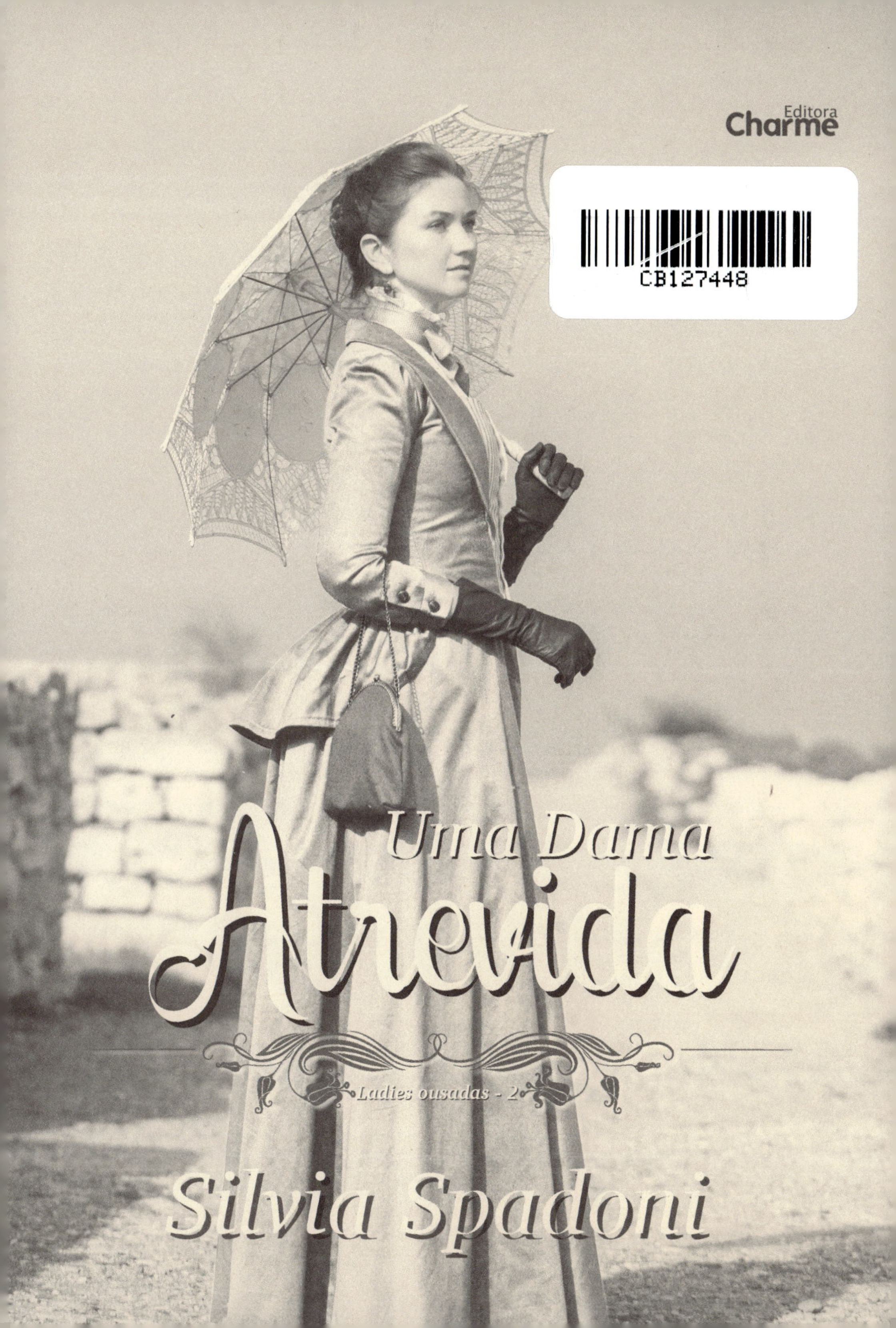
Editora Charme
Uma Dama
Atrevida
Ladies ousadas - 2
Silvia Spadoni

Esta é uma obra de ficção. Nomes, personagens, lugares e acontecimentos descritos são produtos de imaginação do autor. Qualquer semelhança com nomes, datas e acontecimentos reais é mera coincidência.

1ª Impressão 2024

Produção Editorial: Editora Charme
Capa e Produção Gráfica: Verônica Góes
Preparação de texto: Monique D'Orazio
Revisão: Equipe Editora Charme
Fotos: Shutterstock, AdobeStock

CIP-BRASIL. CATALOGAÇÃO NA PUBLICAÇÃO
SINDICATO NACIONAL DOS EDITORES DE LIVROS, RJ

S722d

Spadoni, Silvia
Uma dama atrevida / Silvia Spadoni. - 1. ed. - Campinas [SP] : Charme, 2024.
248 p. ; 22 cm. (Ladies ousadas ; 2)

ISBN 978-65-5933-191-8

1. Romance brasileiro. I. Título. II. Série.

CDD: 869.3
24-95308 CDU: 82-31(81)

Meri Gleice Rodrigues de Souza - Bibliotecária - CRB-7/6439

Editora Charme

www.editoracharme.com.br

Editora Charme

Uma Dama Atrevida

Ladies ousadas - 2

Silvia Spadoni

**Para todas as minhas leitoras,
em especial para aquelas que,
como Pimble, acreditam que nós
mulheres podemos alçar voos e
conquistar sonhos.**

Prólogo

Atou a fita do chapéu sob o queixo e examinou mais uma vez sua imagem no espelho. O vestido discreto, em um tom azul-acinzentado e sem excesso de enfeites ou fitas, parecia adequado. Estava corada, mais do que seria elegante, e os olhos castanhos cor de mel estavam, talvez, brilhantes demais. Precisava lembrar-se de controlar o sorriso, quase tolo, que teimava em dançar nos lábios rosados, e apresentar um semblante mais sério.

Aprumou o porte, conferiu mais uma vez a bolsinha de seda e confirmou que suas cartas de recomendação estavam bem-guardadas. Vestiu o casaco, respirou fundo e saiu.

A sorte estava lançada.

E a srta. Pimble Davenport, pronta para conquistar o mundo!

1

Montaigu House, o elegante palácio de pedras na Great Russell Street, em Bloomsbury, abrigava desde 1749 a sede do Museu Britânico. O edifício principal era imponente, com seus dois andares, um proeminente telhado com mansarda e uma cúpula sobre o centro. Além do espaço destinado às obras de arte e artefatos, abrigava também os gabinetes dos responsáveis por cada departamento, pelo acervo e administração e uma biblioteca.

Pimble fora uma aluna excelente, aprovada com notas máximas, no curso para moças ministrado pela sra. Alistair. Com o auxílio da professora e o patrocínio da querida Lady Georgina Walker, sua fada madrinha, candidatara-se a uma vaga no curso de antiquarismo e história que o museu ministrara em conjunto com Oxford e, da mesma forma que no anterior, saíra-se muito bem. Curiosamente fora a única mulher a concluir o curso, considerado pouco adequado ao sexo feminino, e só o fizera graças à própria resiliência e à força de vontade.

Há uma semana fora divulgado entre os alunos a existência de uma vaga para assistente de Sir Archibald Louis Floyd, o renomado egiptólogo cuja fama de exigente e ranzinza era tão grande ou maior do que o renome.

A vaga seria incialmente preenchida após a análise de credenciais enviadas por carta ao respeitado pesquisador. No entanto, era voz corrente que Sir Archibald não considerava mulheres aptas a trabalhar com assuntos tão cáusticos quanto o estudo e a pesquisa sobre artefatos históricos. Por isso, Pimble tinha certeza de que seria inútil seguir os trâmites normais. A possibilidade de que suas credenciais nem fossem analisadas — mesmo sendo tão boas ou até melhores do que as dos concorrentes homens — era considerável. Por serem de uma mulher, provavelmente seriam imediatamente descartadas. Diante disso, para ter alguma chance, ela precisava de uma abordagem direta, pessoal.

Assim, usou de um artifício.

Com uma carta de apresentação fornecida por Lady Georgina, em nome de P. Davenport, agendara um horário com Sir Archibald. Levava consigo outra carta da sra. Alistair e o histórico de suas notas e dos trabalhos realizados durante o curso de antiquarismo. Esperava que isso a ajudasse a convencer Sir Archibald de que era a pessoa certa para o cargo.

Uma chuva fina caía quando ela desceu do coche e precisou equilibrar-se para não enfiar o pé, calçado com botinas de pelica, na poça d'água do meio-fio. Por um instante pensou em reclamar com o cocheiro, mas o homem não tinha culpa. Havia dois dias, o tempo estava inclemente e a garoa caía de forma ininterrupta, tornando as ruas verdadeiros lamaçais. Conferiu mais uma vez o papel em que anotara o número do gabinete do professor e aprumou-se antes de se dirigir à entrada lateral. Respirou profundamente, precisava de alguns segundos para acalmar a ansiedade e equilibrar-se. Não podia demonstrar qualquer descontrole, tampouco agir com sua costumeira impetuosidade. Estar calma e no domínio de suas emoções seria fundamental para conseguir argumentar de forma objetiva e convincente.

Pimble Davenport, mantenha a compostura, ordenou-lhe a consciência.

O trânsito de pedestres àquela hora não era demasiado e poucos prestaram atenção à jovem. Tampouco o fez o homem de cabelos brancos e um vastíssimo bigode de pontas reviradas que se aproximava embrulhado em um sobretudo impermeável, com um cachecol de lã em torno do pescoço quase a lhe esconder o rosto.

Nenhum dos dois notou o garoto. Encostado na parede pouco à frente, de roupas grosseiras e um boné enterrado até as orelhas, ele parecia imerso em pensamentos. No entanto, seus olhinhos astutos não perdiam nada do que acontecia ao redor. Não deveria ter mais do que onze ou doze anos, mas já dominava a arte de surrupiar objetos com destreza. E não lhe passou despercebido a bolsinha de seda dependurada no pulso da jovem por uma corrente fina, tampouco o relógio de prata que o homem retirara da algibeira para conferir as horas.

Foi tudo muito rápido.

Em um volteio, o garoto arrancou a bolsa de Pimble, provocando-lhe uma dor aguda quando a corrente se forçou contra a pele até arrebentar, e, ato imediato, deu um salto e puxou das mãos do velho o relógio de prata, derrubando-o e correndo em desembalada carreira.

— Aiii! — O grito de Pimble trazia mais revolta do que medo. — Volte aqui, moleque danado! Devolva-me a bolsa! — Seu primeiro instinto foi persegui-lo, mas a visão do idoso caído a impediu. — O senhor está bem? — perguntou, segurando-lhe o braço com cuidado. — Vou ajudá-lo. Veja, seus óculos... Lamento, uma das lentes se quebrou na queda. Esses meninos, não passam de crianças, mas causam um rebuliço.

— Malditos assaltantes, isso sim! — resmungou o velhote. — Obrigado, senhorita — agradeceu, aceitando ajuda para levantar-se. — O pequeno meliante foi muito rápido, não o vi se aproximar.

— Eu tampouco. Está machucado, senhor?

— Não, na verdade não. Apenas um pouco zonzo e, sem os óculos, com certa dificuldade. Ora, veja, ainda caí em uma poça de lama e, pior, acho que torci o pé. Malditos assaltantes! — repetiu, ao perceber o casaco molhado e bastante sujo e a pontada de dor ao firmar o tornozelo.

— Se está zonzo será aconselhável sentar-se um pouco, talvez uma xícara de chá... — Pimble relanceou os olhos, mas não viu nenhum lugar onde pudessem se acomodar.

— Vejo que também se machucou, senhorita — resmungou o velhote, notando o sulco vermelho em seu pulso. — Vamos, não há nenhum lugar por aqui onde sirvam um chá decente. Se puder acompanhar-me — continuou, aceitando o apoio que o braço da jovem oferecia —, ficarei muito grato. Em retribuição lhe servirei uma xícara de Darjeeling — ofereceu, citando o chá indiano de sabor leve e único.

— Bem... — Por um segundo Pimble titubeou, pois a entrevista com Sir Archibald seria em minutos; mas, por outro lado, ela não poderia deixar de auxiliar o homem. — Está bem, mas talvez não possa aceitar o chá. Primeiro deixe-me ajudá-lo, depois veremos.

— Por aqui — disse ele, indicando, para surpresa de Pimble, a entrada lateral do museu. — Alguns minutos apenas; não pretendo atrasá-la para seja lá o que tiver que fazer. Realmente não conseguiria dispensar sua ajuda.

Com cuidado, Pimble o apoiou pelos corredores praticamente vazios do setor privado do museu. Àquela hora, todos já se encontravam acomodados em suas próprias salas, a portas fechadas, e a esperança de que pudesse repassar o encargo a outrem e correr para sua entrevista se esvaiu. Não demorou muito a chegarem ao destino. O senhor indicou uma grande porta de madeira, retirou uma chave antiga do bolso e a abriu com certa dificuldade.

Pimble viu-se em uma sala não muito grande, ocupada por uma escrivaninha meticulosamente organizada, uma única cadeira de couro por detrás dela e uma série de arquivos dispostos contra uma das paredes. O espaço seria quase totalmente impessoal, não fosse uma série de gravuras com motivos campestres enfeitando uma das paredes. Era possível entrever uma minúscula copa, parcialmente disfarçada por um biombo de madeira, provavelmente usada para preparo de chá.

Imaginando tratar-se do escritório do senhor, ia despedir-se, ansiosa por seguir ao encontro de Sir Archibald, quando o notou abrindo outra porta ao fundo para entrar no que agora percebia ser a sala principal.

— Vamos, minha jovem, acomode-se. Talvez aqui. — Indicou uma cadeira em frente a uma enorme escrivaninha entulhada de papéis à qual ele próprio se dirigiu. Em um gesto automático procurou o relógio no bolso, dando-se conta de imediato de que o objeto fora furtado. — A srta. Hastings deve estar chegando; ela providenciará nosso chá — afirmou, referindo-se provavelmente à ocupante da antessala.

Ao contrário da sensação de ordem que sentiu no espaço anterior, ali ela vislumbrou o caos. Mas, ao invés de sentir-se intimidada pela variedade de objetos exóticos que se espalhavam por toda parte, Pimble observava-os fascinada. Sem atentar-se ao convite para sentar-se, rodeava-os, parando um pouco mais diante de um ou outro. O gabinete parecia um depósito, com caixas e livros que se amontoavam por todo lado. Para sua surpresa, uma gata gorda de pelo alaranjado surgiu sem que ela notasse de onde, saltou à sua frente e começou esfregar a cabeça em suas saias, ronronando.

— Bastet, aí está você. Vamos, deixe nossa convidada em paz. Não é elegante incomodar as visitas — avisou o cavalheiro, abanando a mão, mas foi solenemente desconsiderado.

— Ela não me incomoda — replicou Pimble, abaixando-se e fazendo um afago atrás da orelha da gata, que não só o aceitou como ronronou ainda mais alto. — Que interessante escolher o nome de uma deusa egípcia para uma gata.

— Mas se Bastet é... — o homem interrompeu a fala, curioso por ela conhecer a origem da escolha.

— ... representada por uma gata, nada mais adequado, não é mesmo? — Pimble completou o pensamento.

— Bom dia, senhor. Oh! Estou interrompendo? — A mulher, magra e alta, vestida de cinza-chumbo, com os cabelos grisalhos presos em um coque severo, lançou um olhar e obviamente estranhou se deparar com uma jovem, algo inusitado naquele gabinete.

— Ah, sra. Hastings, essa jovem... senhorita... Como é mesmo seu nome?

— Pimble, senhor.

— Pois bem, fomos atacados por um garoto. O sujeitinho levou-me o relógio e ainda me derrubou — informou, retorcendo a ponta do bigode. — Quebrei os óculos e torci levemente o tornozelo, e a senhorita ajudou-me a chegar aqui. Agora precisamos de alguns minutos e de uma xícara de chá para nos refazer.

— Oh, não, senhor — protestou Pimble. — Agora que já está acomodado, receio ter que declinar o chá. Tenho um compromisso neste mesmo prédio e já estou atrasada. Ainda que minhas chances de ser bem-sucedida tenham sido reduzidas, não deixarei de apresentar-me — explicou, como se argumentasse consigo mesma. — O garoto não levou apenas minha bolsa, como também minhas cartas de recomendação. Tenho certeza de que Sir Archibald nem mesmo vai considerar ouvir-me. De qualquer forma, terei que insistir, ainda que ele considere isso um atrevimento. Melhor atrevida do que desistente, não acha, senhor? Essa é minha única chance e não vou desistir sem lutar — afirmou com convicção.

Diante do comentário, o cavalheiro ergueu os olhos e observou a garota, fazendo um sinal sutil com a mão em direção à sra. Hastings. Era evidente que a jovem estava aborrecida, mas certamente não assustada por ter sido vítima de um furto. Sua apreensão era de todo ligada à possibilidade de não ser bem-sucedida em sua pretensão, qualquer que fosse, como se o furto fosse um incidente menor. *Ora... ora... um comportamento bastante diverso do que se espera de uma mulher*, pensou o erudito. Fosse outra, certamente já teria tido um desmaio ou um acesso de pânico.

— Srta. Pimble, quanto a Sir Archibald... hum, digamos que posso argumentar em seu favor. Uns minutos de descanso e uma xícara de chá estão justificados depois do incidente — determinou com autoridade. — Afinal, a senhorita também se machucou, sem falar no susto que sofreu. Descanse por alguns momentos, eu lhe garanto que ele não se importará com o atraso quando souber que foi a meu pedido. Sra. Hastings, chá por favor.

— Certamente, Sir... hum — disfarçou a secretária, diante do olhar que ele lhe lançou. — O senhor tem uma entrevista marcada para as nove horas. Receio que a pessoa em questão esteja atrasada.

— Creio que não — comentou ele com um olhar indefinido direcionado a Pimble. — O chá, sra. Hastings, traga o chá — insistiu com firmeza. — E, quanto à senhorita — continuou, indicando a cadeira à sua frente —, sente-se e conte-me o que sabe sobre a deusa Bastet e exatamente o que tem a tratar com Sir Archibald.

Pimble sentiu vontade de recusar e sair correndo, mas uma força maior a prendeu. Talvez fosse a sensação de que a entrevista já estaria perdida ou a esperança de que o velhinho pudesse mesmo intervir junto ao estudioso. Ou ainda a curiosidade em saber mais sobre os objetos que se espalhavam e que certamente tinham uma história interessantíssima a contar.

— Não há muito a contar, senhor. Mas vejamos... talvez eu seja apenas uma moça ambiciosa, mas minha ambição está toda voltada à cultura e ao conhecimento. E, se for sobre o Egito, fica quase incontrolável. Ouso dizer que talvez tenhamos esse interesse em comum, senhor. Vejo que mantém uma série de artefatos aqui. Por exemplo, esse é um bumerangue egípcio, não é? — perguntou, apontando para um objeto cuidadosamente pousado sobre um berço de tecido. Sua curiosidade natural estava aguçada diante de tantos tesouros. — Sempre quis experimentar, entender como funciona. Claro que não vou tocá-lo, não se preocupe — apressou-se a garantir.

— Hum... vejo que a senhorita tem algum conhecimento. Sim, esse objeto foi encontrado no Egito. Há indícios de que fossem usados desde o Reino Antigo para caçar pássaros. E veja isso aqui...

Quando a sra. Hastings voltou com a bandeja onde estavam arrumadas duas xícaras, um bule coberto com abafador e um prato de biscoitos, deparou-se com uma cena absolutamente inédita.

O sempre circunspecto senhor conversava animadamente sobre múmias com a jovem, que, por sua vez, acompanhava as palavras completamente absorta e com um semblante de admiração.

2

— Belinda! — Pimble adentrou a saleta de estar clamando pela amiga que, àquela hora, provavelmente estaria envolvida com listas de compras ou com as pilhas de contas. Ansiava dividir a novidade e a alegria com ela.

Belinda Carlyle e Pimble Davenport, de origem absolutamente diversa, haviam sentido uma conexão natural ao se conhecerem. A simpatia fora mútua, desde o primeiro contato, e, com o passar do tempo e a proximidade, desenvolveram uma relação de irmãs. Partilhavam sonhos e apoiavam-se mutuamente diante das adversidades. Mais do que isso, agiam como contrapeso uma da outra. Era possível dizer que a natureza impetuosa de Pimble impulsionava e ajudava Belinda a lidar com sua timidez. Por outro lado, o bom senso de Belinda e sua maturidade por vezes refreavam o temperamento impulsivo de Pimble.

Pimble passara a residir no solar da família Carlyle em Chelsea, Londres, por uma dessas manobras felizes do acaso. De origem aristocrática, Belinda vira a mãe esbanjar a renda familiar em jogos de azar, principalmente nas corridas de cavalo. Após a morte do marido, a situação se agravou. Lady Carlyle, em seus devaneios, passou a arriscar cada vez mais na ilusão de que a próxima aposta a faria reaver a fortuna, o que obviamente não acontecia. Desesperada, Belinda buscava uma forma discreta de obter renda e manter as finanças minimamente organizadas. Estava justamente tentando convencer a mãe a aceitar uma pensionista quando receberam uma carta de Lady Georgina Walker. A duquesa de Kent afastara-se da sociedade após seu casamento com o visconde de Durnhill; mesmo assim, ainda era bastante respeitada pela aristocracia. A dama explicava na missiva que tinha sob seus cuidados uma jovem protegida, Pimble Davenport, que Belinda conhecera rapidamente em ocasião anterior. A jovem viera a Londres para estudar na Escola para Moças da sra. Alistair, que dispunha de acomodações para as alunas. Porém, concluído o curso, precisava deixar o local e por isso necessitava de uma nova moradia. Lady Georgina explicou que buscava indicação de pensões bem recomendadas para moças e, por considerar Lady Carlyle bastante informada, perguntava se ela poderia sugerir alguma. O pedido se ajustava perfeitamente às necessidades das Carlyle e foi assim que Pimble, havia dois anos, fora acolhida por Belinda e sua mãe.

A solicitação de Lady Georgina viera mesmo a calhar. Além do aporte financeiro, Belinda conquistara uma amiga sincera, um relacionamento que se estreitara com o tempo.

— Belinda! — A voz de Pimble, um pouco mais alto do que seria recomendável, dava ideia de sua excitação. — Eu consegui! — afirmou, radiante, defronte a amiga. — Você não imagina, fui assaltada... bendito assaltante... foi graças a ele... levou-me a bolsa e as cartas de recomendação...

— Assaltada? — Horrorizada, Belinda levou a mão à boca, os doces olhos castanhos arregalados de espanto. — Por Deus, você está bem?

— Oh, sim! Estou ótima! Perdi a bolsa — disse Pimble com um imenso sorriso —, mas consegui o emprego e, acredite, foi graças ao punguista e um pouco por causa de Bastet, eu acho. Não fosse o assalto, Sir Archibald não teria me dispensado nem mesmo dois minutos de atenção. E foi a gata que nos fez começar a conversar sobre os egípcios. Então, benditos sejam o ladrão e a gata, certo? — concluiu com satisfação diante do olhar ainda incrédulo de Belinda.

— Não... não... não... Nada está certo. Sente-se aqui, acalme-se e conte tudo, nos mínimos detalhes. Oh, Pimble! Assaltada? Vejo que seu pulso tem uma marca bem vermelha, você se machucou — continuou, horrorizada.

— Não foi nada, Belinda — insistiu Pimble, com um gesto de mão a indicar indiferença pelo machucado. — Já sofri ferimentos maiores. Uma vez, um cavalo de Lady Georgina baixou a cabeça com força quando eu segurava o bridão e... não importa — falou, percebendo que tagarelava e se afastava do assunto principal. — Acredite, hoje os benefícios foram muito maiores do que esse hematoma. Vou lhe contar como tudo aconteceu. Eu cheguei ao endereço alguns minutos antes da hora agendada. Chuviscava e eu estava preocupada com a entrevista e, talvez por isso, um pouco distraída, o que não é exatamente novidade...

Pelos minutos seguintes, Pimble detalhou os acontecimentos para Belinda. O incidente, a forma como auxiliou o senhor, a conversa inesperada e os interesses em comum e, por fim, a surpresa ao descobrir que o homem à sua frente era nada mais nada menos do que o próprio Sir Archibald. Não escondeu nem mesmo a apreensão que a tomou quando teve que confessar ter usado um subterfúgio para ser recebida. Ao final, seu interesse e conhecimento garantiram a vaga de assistente, para sua alegria e evidente espanto da secretária, a sra. Hastings.

— ... e foi assim que tudo aconteceu. Viu como eu estava certa? Não fosse o ladrão, tudo teria sido diferente — reiterou, satisfeita.

— Só mesmo você, Pimble, para conseguir transformar um assalto em uma situação benéfica. Mas não deixa de ter razão. Sou obrigada a reconhecer que, se não fosse isso, talvez você não tivesse a chance de uma conversa tão longa e eloquente com Sir Archibald. Até eu, que não transito nos meios acadêmicos, conheço sua fama de rabugento. Fico muito feliz, minha amiga. Você conseguiu não só realizar o sonho de estudar como conseguiu obter uma colocação no museu, como assistente de um pesquisador renomado! — exclamou Belinda, sorrindo e batendo palmas com satisfação. — Precisamos comemorar!

— Sim, minha amiga, essa é uma conquista a ser celebrada. Eu imagino a expressão azeda de todos os meus colegas do curso de antiquarismo quando souberem que a vaga tão desejada foi conquistada pela única mulher. Mas, dessa vez, nada que fizerem será capaz de magoar-me. Eu consegui por méritos próprios e, garanto, farei o possível para não decepcionar Sir Archibald. Vou mostrar a todos que nós, mulheres, somos seres pensantes, inteligentes e capazes de muito mais do que apenas aprender a servir chá.

— Tenho certeza de que vai; você é incrível, minha amiga.

— Não apenas eu; você também. Basta não dar tanta atenção aos comentários de sua mãe. Se me permite dizer — prosseguiu Pimble, mas como sempre expondo a opinião sem esperar permissão —, ela extrapola o limite do razoável em suas críticas e em sua insistência sobre algumas questões.

— Ah, Pimble, mamãe não faz por mal. Ela se preocupa comigo, mas o que lhe falta é bom senso com relação ao dinheiro — Belinda pronunciou a última palavra baixinho, como se dizê-la em voz alta fosse algo abominável.

— Exato, minha amiga, e, embora a sociedade entenda ser deselegante abordar tal assunto, a verdade é que sem dinheiro não se vive. Só não pensa nisso aqueles que o tem de sobra. Vejo que você está preocupada — continuou Pimble, percebendo a ruga vincando a testa de Belinda. — Aconteceu algo que eu não saiba? Sua mãe...

— Não, ela não voltou a jogar. Nem poderia; sequer tem crédito agora. É notório que nossos fundos se esgotaram. Estou aqui analisando as contas da casa e, acho que terei que arranjar outra pensionista. Será isso ou teremos que dispensar a cozinheira.

— Belinda, desmanche essa ruga de preocupação. Daremos um jeito. Se for necessário, posso ajudar, embora cozinhar não seja exatamente algo que eu saiba fazer, mas, posso experimentar.

— De jeito nenhum. Primeiro porque não seria justo, você já nos paga um valor significativo, e, em segundo lugar, porque já experimentamos sua comida. Lembra-se do bolo que tentou fazer? Melhor... não! — concluiu Belinda, rindo ao lembrar-se do bolo completamente solado e queimado. — Seus talentos são outros.

— Bom, não posso negar que esquecer o fermento do bolo e deixá-lo no forno até que o cheiro de queimado invadisse a cozinha não é mesmo uma boa recomendação — concordou Pimble, rindo também.

— E como eu também não sei nem por onde começar a escamar um peixe ou abrir uma galinha, se não quisermos morrer de fome, vamos precisar de dinheiro para manter a cozinheira. Vou colocar um anúncio, oferecendo a vaga para uma pensionista. Temos quartos de sobra nessa casa, tenho certeza de que aparecerão interessadas com referência.

— Claro que surgirão interessadas, afinal a casa é grande e muito bem-localizada.

— Mas não é isso que me preocupa, e sim a reação de mamãe. Ela vai ficar furiosa. Há alguns dias, quando toquei no assunto, ela me acusou de estar jogando o nome de família na lama e transformando o lar em uma casa de cômodos.

— Façamos o seguinte: diga a ela que ou se arranja um nova pensionista ou serei eu a cozinhar. Tenho certeza de que ela preferirá a primeira opção.

— E não posso discordar dela — completou Belinda, rindo mais aliviada. Como sempre, Pimble afastava as sensações ruins com seu jeitinho irreverente e alegre. — Quando você assume seu cargo? Terá tempo de ir ao escritório do *London Chronicle* comigo amanhã? Ou será melhor tentarmos o *London Gazette*? Publicando o anúncio em um jornal oficial, talvez consigamos atrair pessoas respeitáveis. O que acha?

— Acho que devemos tentar em ambos. Vamos primeiro ao *London Chronicle*. Talvez o anúncio saia já na próxima edição vespertina. Eu começo amanhã mesmo em minha nova atividade; mas, como os escritórios do jornal abrem bem cedo, podemos ir até lá antes de eu seguir para o museu. Ah, Belinda, estou tão empolgada! Um pouco assustada também. Será que vou me sair bem nesse novo encargo?

— Você, assustada? Não fique; será plenamente capaz.

— Você sabe, Belinda, que meu sonho é ainda maior. O que eu quero mesmo é participar de uma expedição ao Egito. Essa colocação junto a Sir Archibald será importante, mas ainda falta muito para eu conseguir alcançar o sonho. Uma vez, Willian comentou...

— Willian? — A menção trouxe um ar de espanto a Belinda. — Há tempos você não fala nele! Ainda se lembra?

— Que bobagem, claro que não me lembro — interrompeu-a Pimble. — Nem sei por que o nome dele me veio à mente. Talvez porque tenha sido o único, além de você, a quem confessei tal desejo. Bem, falar em cozinhar me fez perceber que estou faminta. Vou até a cozinha verificar se o almoço está pronto — disse, mudando de assunto e levantando-se para sair, não antes, porém, de Belinda perceber o tom de nostalgia que marcou sua voz ao se referir a Willian de Montefort.

Pobre querida, definitivamente esse patife marcou seu coração. Mas você vai se recuperar, vai vencer e mostrar a ele do que é capaz. E vai encontrar alguém que realmente mereça seu amor, minha amiga.

Por mais que Pimble negasse, Belinda sabia o quanto Willian de Montefort marcara a vida e o coração da jovem. Fora com estrelas nos olhos que ela lhe contara, em uma noite de confidências, como haviam se conhecido e o desenrolar da breve relação. E ao que parecia, ainda restava um pouco daquele encanto em seu coração. Gostaria de ajudá-la, mas nesse assunto apenas o tempo surtiria efeito. Com um gesto de desalento, Belinda passou a redigir o anúncio que levariam aos jornais na manhã seguinte.

Suspirando, Pimble seguiu para seu quarto. Estava com fome, mas aguardaria o chamado da cozinheira. Não havia por que apressar a pobre mulher, que se desdobrava para ajudar em uma casa tão grande e com poucos criados. Na verdade, usara de uma desculpa para deixar a sala quando, irrefletidamente, mencionara Willian de Montefort.

Havia muito tempo não tocava no nome dele. Se o fizesse, Belinda ia querer saber se ele ainda ocupava seus pensamentos. E ela não gostaria de mentir, tampouco de confessar. A verdade é que, em algumas noites, quando se deitava observando as estrelas pela janela de seu quarto, ela se perguntava onde ele estaria.

Jogando-se na cama, Pimble encarou o teto e deixou que as lembranças voltassem. Haviam se conhecido em uma visita que ela fizera ao Museu Britânico. Ele fora gentil, conversara com ela e, mesmo percebendo sua condição de criada, a tratara com respeito e admiração. Chegara mesmo a convidá-la para tomar chá. Fora a única vez em que se sentira realmente admirada por um homem. Por mais que a razão a advertisse sobre o imenso abismo social que os separava, fora impossível impedir o coração de criar ilusões.

De qualquer maneira, a decepção não tardara. A indiferença com que fora tratada na última vez que haviam se encontrado, em Ascot, fora dolorosa. Ele agira de forma desagradável — mais do que isso, se portara quase como um canalha, evitando-a.

Você já superou! Esqueça essa tolice! Willian de Montefort não merece qualquer lembrança, nem mesmo um minuto de seus pensamentos. Ficou no passado, deixe-o lá. O presente está sendo tão rico, o futuro será ainda melhor... não relembre o que acabou, ou melhor, o que nem mesmo começou... Há uma vida inteira para ser vivida. Viva-a bem!

Sua consciência estava certa.

Ela vinha sendo afortunada, sua vida dera uma guinada em direção a um futuro exitoso. Por que deveria perder tempo com algo que a machucara? Ao contrário, deveria concentrar energia e direcionar seu coração ao seu objetivo maior: tornar-se uma profissional respeitada dentro do Museu Britânico e participar de uma expedição de pesquisa ao Egito.

Era difícil demais enfrentar um mundo masculino. Sempre fora vista com reservas, até com sarcasmo, mesmo quando seu conhecimento se mostrava, se não maior, pelo menos igual ao de seus colegas homens. Perder tempo com lembranças tolas somente a fragilizaria. Seu sonho estava ao seu alcance, já havia percorrido uma grande parte do caminho, o importante agora seria superar obstáculos e trilhar o restante.

Você consegue! Use sua coragem e inteligência e conquiste o que almeja. Esse é o futuro que importa.

Decidida, Pimble levantou-se.

Não ia perder-se em pensamentos melancólicos. Ao contrário, iria alegrar-se com sua incrível conquista. E partilhá-la com aqueles que lhe eram caros. Sentando-se à secretária estilo Queen Annie, tomou papel e pena e pôs-se a escrever para Lady Georgina. A amiga ficaria feliz em saber a novidade.

3

— Ora, mas isso é um disparate!

— Disparate é a senhorita atrever-se a contestar a decisão de nosso editor. Por favor, retire-se e leve consigo essas bobagens.

A garota fazia um esforço evidente para conter-se diante da falta de gentileza do sujeito que praticamente a expulsava. Ao entregar as folhas manuscritas, o homem o fez de maneira tão descuidada que os papéis se espalharam pelo chão. Com esforço evidente para manter a dignidade e não romper em lágrimas, ela abaixou-se para pegá-los. Para sua surpresa, outra jovem fez o mesmo.

— Oh, obrigada — agradeceu, com a voz visivelmente embargada.

— Você está bem? — perguntou Pimble, solidária, entregando-lhe uma das folhas que recolhera.

— Podemos fazer algo para ajudar? — emendou Belinda, aproximando-se com um sorriso gentil. — Aquele homem foi bastante grosseiro.

— Ah, senhoritas, muito obrigada. Receio que não possam fazer nada além do que já fizeram — respondeu a garota, forçando um sorriso, que foi prontamente desmentido pelas lágrimas que lhe invadiram os olhos verdes. — Homens... — resmungou como se essa única palavra explicasse toda a situação.

— Pois é, homens... — repetiu Pimble, como se fosse uma especialista no assunto. — Venha — continuou, decidida. — Há uma confeitaria aqui à frente. Vamos tomar uma xícara de chá: é um convite — assegurou, ao notar a expressão um pouco apreensiva da jovem. — Eu sou a srta. Pimble Davenport, mas pode me chamar apenas de Pimble — explicou, estendendo seu cartão de apresentação. — E esta é Lady Belinda Carlyle.

— Sim, uma xícara de chá nos fará bem — concordou Belinda, a quem as decisões intempestivas de Pimble já não causavam surpresa.

As duas chegavam ao escritório do *London Chronicle* para acertar a publicação do anúncio, quando foram surpreendidas pela cena. A jovem à frente delas tinha uma aparência discreta. Vestia-se adequadamente, embora seus trajes não ostentassem luxo, e era óbvio que ficara impactada pela grosseria a que fora submetida.

— Fico muito grata pela gentileza — disse a garota com um sorriso tênue. — Uma xícara de chá cairia muito bem. Mas tenho outra reunião agendada para daqui a pouco em outro periódico e receio não ter tempo suficiente. Oh, desculpem-me, sequer me apresentei. Sou Mathilda O'Brien — completou, estendendo o próprio cartão.

— Prazer em conhecê-la, srta. O'Brien. E, embora chá seja sempre bem-vindo e sua companhia, agradável, devo dizer que também tenho um compromisso às nove horas. Consegui uma colocação e hoje será meu primeiro dia — explicou Pimble, orgulhosa —, mas podemos dispor de alguns minutos. O que a senhorita acha?

— Não será necessário, estou bem, não se preocupe. Fico muito feliz pela senhorita, por sua conquista — mencionou Mathilda com sinceridade. — Gostaria de poder dizer o mesmo. Cheguei a Londres cheia de expectativas, mas receio que o caminho seja mais árduo do que imaginei. A cena que presenciaram foi lamentável. Eu trouxe comigo uma carta de recomendação a respeito de meu trabalho; mas, como viram, fui sumariamente rechaçada. O editor nem mesmo considerou ler o que escrevo, sob a alegação de que sou mulher — explicou.

— Eu entendo muito bem como se sente; já passei por situações semelhantes — concordou Pimble com empatia. — Só posso lhe dizer que não deve desistir. Ao contrário, insista. Em algum momento conseguirá que a ouçam, ou melhor, que a leiam.

— Eu gostaria muito disso, mas, confesso, está sendo mais difícil do que eu imaginei. Infelizmente os outros dois periódicos que procurei também não me deram ouvidos. Oh, mas estou me prolongando, não quero atrasá-las — refreou as palavras ao perceber que falava demais sobre si. — São tão gentis que acabei desabafando. Às vezes não conseguimos impedir que as emoções transbordem em palavras.

— Não se desculpe, eu entendo. Muitas vezes é doloroso trancá-las dentro do peito — acalmou-a Belinda. — Foi um prazer conhecê-la, srta. O'Brien, e sinceramente eu espero que consiga alcançar seu sonho — disse, gentilmente, a título de despedida.

— Por favor, não desista — incentivou Pimble.

— Vou me esforçar, prometo. Mais uma vez, obrigada por terem sido tão gentis — respondeu a garota.

Por um breve instante, Pimble e Belinda a observaram afastar-se, mantendo silêncio.

— Uma moça bastante simpática. E confesso que fiquei intrigada, gostaria de saber o que a trouxe a Londres. Ela me parece uma pessoa educada; suas roupas e seus modos são refinados. Não acredito que tenha vindo em busca de um emprego comum. Ela falou que o editor se recusou a ler o que escreveu, será uma escritora? Talvez uma romancista? — indagou Pimble com a imaginação já correndo solta.

— Talvez, minha amiga, talvez. Mas seja qual for sua ambição, espero que ela tenha êxito. É sempre horrível presenciar a forma como uma mulher é tratada apenas por querer fazer uso de sua inteligência.

— Homens... — grunhiu Pimble. — Por vezes eu acho que eles realmente acreditam que cabeças femininas são apenas suporte para chapéus.

— O pior é que isso é uma verdade. Quando as dificuldades financeiras em minha família começaram, algumas vezes confrontei meu pai pensando em ajudá-lo. Invariavelmente ele me respondia: "Não preocupe sua linda cabecinha, esse não é um assunto para meninas". Talvez, se tivesse partilhado suas preocupações comigo, hoje mamãe e eu não estaríamos nessa situação. Enfim... agora é minha *linda cabecinha* que precisa se esforçar para conseguir soluções. Mas agora é melhor que você vá; não deve chegar atrasada em seu primeiro dia — aconselhou Belinda.

— Você tem razão, está na hora. Deseje-me sorte — pediu Pimble e seguiu apressada tomando a direção do Museu.

O dia passou depressa. Quando Pimble deu por si, a tarde findava. Sir Archibald mostrou-se menos carrancudo e muito mais confuso do que ela acreditava ser possível. Seu escritório mantinha uma ordem discutível, a qual apenas ele entendia, e seus arquivos não estavam organizados com o mínimo senso de lógica. O maior desafio seria aplicar algum método que fosse aceito pelo pesquisador àquela bagunça organizada. Para sorte de ambos, ela lançou-se à tarefa com determinação, paciência e vontade. Seria um trabalho exaustivo catalogar documentos e objetos, mas quanto antes começasse, melhor. Tal ânimo acabou por conquistar uma pequena, mas importante, parcela de aprovação por parte do severo estudioso.

Até mesmo a empertigada sra. Hastings relaxou a constante expressão de desaprovação que lhe marcava o rosto, ao constatar tanta determinação. Ao final do dia, uma exausta, mas absolutamente feliz srta. Pimble, observou o gabinete um pouco mais organizado. Pelo menos, as cadeiras estavam livres das pilhas de livros que se amontoavam sobre elas.

— Ora, por hoje creio ser o suficiente.

Estava por dar como finalizada a jornada do dia, quando um miado alto chamou sua atenção. A voz de Sir Archibald, até então entretido na análise da fragmentos de uma urna, fez-se ouvir pedindo-lhe que liberasse a gata.

— Pois bem, Bastet, está na hora de seu passeio, aproveite-o bem — disse, abrindo a porta e permitindo que a gata escapasse. — Com um olhar rápido verificou que a sra. Hastings já deixara seu posto. — Há algo mais que eu deva fazer, senhor? — perguntou, dirigindo-se diretamente a Sir Archibald e, como resposta, obteve apenas um grunhido e um gesto de mão, dispensando-a.

Com um sorriso, pegou o chapéu e as luvas. Sir Archibald parecia ser um tanto ranzinza, mas Pimble já percebera que, por baixo do jeito rabugento, tinha um bom coração. Para um primeiro dia, tudo havia dado muito certo, concluiu satisfeita.

4

Willian de Montefort apressou o passo com cuidado para evitar as poças d'água, estranhando um pouco o clima úmido. Definitivamente estava desacostumado. A friagem o atingia até os ossos, um contraponto terrível ao clima árido e ao calor escaldante que enfrentara nos últimos meses. Esses extremos sempre o incomodavam.

Chegara a Londres recentemente, depois de uma proveitosa estadia no exterior. Fora ao Cairo na condição de representante do Museu Britânico. A estadia, prevista para durar poucos meses, acabara por se estender por mais de dois anos, com excelentes resultados. E ele tinha certeza de que as notícias que trazia seriam do agrado de todos, em especial de Sir Archibald Floyd, a quem sua missão no Oriente seria de especial interesse.

Uma rápida olhada no relógio que trazia na algibeira, um Patek Philippe de prata, presente do pai, confirmou que estava exatamente no horário. Pontualidade, na Inglaterra, ao contrário do Egito, era uma exigência. Em passadas ágeis, chegou ao número 37/38 da James's Street e galgou os degraus que antecediam a porta de entrada do White's Club.

Com um breve e quase inaudível suspiro de satisfação, entregou a capa e a cartola ao mordomo. Era bom estar novamente em solo inglês, em um local que lhe era familiar, muito embora suas viagens lhe trouxessem satisfação genuína. Seu interesse por antiquarismo havia despertado como uma opção de vida quando se vira obrigado a encontrar um rumo. Segundo filho de um nobre de média fortuna, sem direito a uma renda substanciosa ou ao título e suas propriedades, Willian sabia que precisava dedicar-se a algo que não só agregasse respeitabilidade, como lhe fornecesse algum dinheiro. A ideia de comprar uma patente no exército lhe era repulsiva, tampouco tinha habilidades mercantis. Estudar as civilizações antigas e dedicar-se à pesquisa e às expedições exploratórias a serviço do Museu Britânico lhe parecera muito mais atrativo e promissor. O que se iniciara por falta de possibilidade melhor, se transformara em uma atividade mais do que satisfatória. Willian não desejava, nem mesmo conseguiria, dedicar-se a outra coisa. O deserto o seduzira, o absorvera, bem como a história egípcia e seus mistérios, e ele não se via vivendo uma vida na qual a pesquisa e as escavações não fossem o ponto primordial.

— Tristan, meu caro, como está? — O tom afetivo e o abraço com que Willian agraciou o amigo, embora efusivos demais aos olhos dos outros membros presentes, foram recebidos com alegria verdadeira por Hubbold Tristan, conde de Kensey.

— Hum... o que aconteceu com você? Passou os últimos anos montado no lombo de um camelo, sem chapéu no sol causticante? — respondeu Tristan, percebendo o tom de pele mais escuro e os cabelos com reflexos quase dourados do amigo. — Venha, sente-se aqui e conte-me tudo. *Brandy*? — perguntou ao mesmo tempo em que já sinalizava ao criado para que trouxesse a bebida.

— Sim, por favor. Ah, meu amigo, é um mundo absolutamente diferente, ainda assim, fascinante. Há muito a contar. — principiou Willian, aceitando a taça com o líquido cor de âmbar.

Com entusiasmo, passou a discorrer sobre o trabalho que desenvolvera nos meses em que estivera na corte de Muhammad Ali. Na ânsia de modernizar a região e conseguir ajuda técnica dos europeus, o vice-rei do Egito vinha facilitando a exploração de monumentos, a escavação e a procura de artefatos antigos. Havia tesouro inomináveis a serem descobertos e Willian, depois de muitas negociações nas quais contara com o auxílio do cônsul-geral da Inglaterra, finalmente obtivera permissão para, em nome do Museu Britânico, organizar uma grande expedição.

— Nem imagino como a notícia vai repercutir junto à diretoria e, em especial, junto a Sir Archibald Floyd. Ele é um estudioso respeitado, com conhecimento profundo sobre a civilização egípcia e vem se empenhando já há algum tempo a ampliar a coleção de artefatos no museu. Tenho certeza de que a autorização para essa expedição o deixará extremamente animado. Quanto a mim, não vejo a hora de colocar os planos teóricos em prática. Realizei algumas escavações, nada muito grande. Com apoio técnico e financeiro do Museu, tenho certeza de que a empreitada será um sucesso.

— Então você pretende voltar ao Egito? Vai integrar a tal expedição de pesquisa? — indagou Tristan, um tanto surpreendido. A seriedade com que Willian discorria sobre o assunto estava lhe mostrando uma faceta nova do amigo. Um tanto leviano e superficial, ele agora se mostrava realmente dedicado e empenhado em fazer os planos darem certo.

— Esse é o meu sonho e não pretendo apenas fazer parte como integrante. Meu objetivo é convencer Sir Archibald de que tenho habilidade e competência para chefiá-la. Ora, meu amigo, pela primeira vez me vejo alcançando resultados satisfatórios em algo de importância, sem usar da influência de meu pai. Estou sentindo-me muito bem em poder dizer que saí de debaixo de suas asas e que o prestígio que venho obtendo deve-se a meu trabalho e esforço. É gratificante poder tomar as rédeas da própria vida e obter sucesso.

— Um brinde a isso, meu amigo. Não posso negar que, no seu caso, tal liberdade é bastante benéfica — comentou Tristan, erguendo o cálice, ciente de que o velho aristocrata sempre sufocara o filho com suas exigências. — Devo dizer que sentirei falta de sua companhia no futuro, mas fico satisfeito em vê-lo tão determinado. E, como pretende retornar àquele inferno arenoso, não podemos perder tempo. Há muito a fazer antes que parta novamente.

— O que quer dizer?

— Se você pretende retornar ao deserto e viver sob o sol causticante, entre berberes sem o mínimo de civilidade, devemos usar o tempo em que está aqui para fazê-lo usufruir das maravilhas da civilização. Devemos ir a todas as festas que pudermos. Vamos relembrar os bons tempos. E passar algumas noitadas com as moças no salão de Madame Lilly, outras embrenhados em um bom jogo de cartas. Isso sem falar das corridas de cavalo e nos passeios aos Jardins de Vauxhall. Ah! Realmente, há muito a se fazer! Na próxima semana, o baile oferecido pelos Darley abrirá a temporada. Obviamente você receberá um convite; eu me certificarei disso. Agora que Thomaz está casado — referiu-se ao visconde de Durnhill —, talvez tenhamos mais sorte tanto junto às belas debutantes quanto às... bem, você sabe — disse Tristan com uma piscadela. — Seremos mais afortunados sem a concorrência de nosso amigo visconde — insistiu, com uma risada alegre e não usual. — E posso dizer o mesmo em relação às cartas e aos cavalos.

— Bem, meu amigo, em primeiro lugar cabe esclarecer que os egípcios não são povos berberes. E, em segundo, sua sugestão é excelente. — Riu Willian. — Convívio em sociedade nunca é demais. Baile, jogos, corridas de cavalos, como nos bons tempos em que éramos um trio inseparável. Sim, é uma ótima ideia, vou gostar. E falando nisso, Thomaz, como está? Já falei demais sobre mim, conte-me um pouco sobre ele. Como vai nosso amigo e sua duquesa? — perguntou, usando o título que Georgina Walker nem mesmo usava mais, mas pelo qual sempre fora conhecida. — Espero que o casamento lhes tenha feito bem.

— Quanto a isso, não há dúvida. Chega a ser até indecoroso marido e mulher viverem tão bem e tão felizes — comentou Tristan, fingindo uma expressão soturna. — Thomaz perdeu aquela aposta e encontrou felicidade de verdade. Nada me deixa mais satisfeito do que isso. — Riu, em contraponto à expressão anterior. — Eles já têm um herdeiro, um garoto adorável de quem sou padrinho, com muito orgulho — continuou, com evidente satisfação —, e uma garotinha recém-nascida. Aliás, por causa dela, ele não virá a Londres encontrá-lo. Thomaz não deixaria Lady Georgina sozinha, e a bebê é muito nova para viajar ou ficar distante da mãe. Você terá que esperar para revê-lo. Red Oaks, por sua vez, vem prosperando desde que ele iniciou o plantel com as crias de Eros e Afrodite. Sim, nosso amigo perdeu aquela aposta e conquistou o amor e a felicidade.

— Bem, pelo menos um de nós. Eu pelo menos não tenho a obrigação de conseguir um herdeiro, por isso casamento não é uma das minhas prioridades. E quanto a você, continua à espera da debutante perfeita? O tempo passa, meu amigo, e o título exige continuação.

— Debutante perfeita... na verdade, nem mesmo tenho conseguido tolerar essas moças de cabeça oca que a cada ano são apresentadas à sociedade, ainda que a imposição social de ter um herdeiro venha se tornando cada vez maior. Mas você me conhece, minha fama de mal-humorado me precede, e minhas chances de encontrar alguém minimamente interessante diminuem a cada ano. Acabarei me casando com alguma debutante com cara de cavalo e voz esganiçada — lamentou-se —, mas com um dote apreciável. Algo terá que valer a pena.

— Fama? Ora, meu amigo, você é mesmo um grandalhão mal-humorado, ainda que apenas na aparência. Quem o conhece como eu sabe que essa não é uma definição exata a seu respeito. Mais do que isso, sabe que esse cinismo em relação às mulheres tem razão de ser. Não se deixe levar apenas pelo comportamento de uma, Tristan. Nem todas são iguais, o que você precisa é encontrar uma jovem que o enxergue além da aparência e da fama que o acompanha.

— E da fortuna... — completou, com uma pontada de sarcasmo. — Você diz isso como se fosse fácil. Ah... Mulheres! Definitivamente não tenho habilidade para lidar com elas.

— Então deixemos esse assunto para depois — decidiu Willian, ciente de que esse era um assunto sensível, e não apenas para Tristan. Não gostaria que o amigo lhe perguntasse sobre a própria vida amorosa. A lembrança de uma certa jovem o acompanhara durante sua estadia no exterior, mas aquele era um assunto delicado.

Pimble! Srta. *"apenas Pimble"*!

Um sorriso involuntário lhe curvou os lábios ao relembrar a garota voluntariosa e inteligente. Certa nostalgia associada à impressão de que deixara escapar algo importante o espicaçou. Escolhas nunca eram fáceis e, mais uma vez, ele se perguntou se havia feito a certa. Com uma ponta de pesar, aceitou mais uma dose de *brandy* e concentrou sua atenção no que o amigo dizia.

5

— Bom dia! Estou animadíssima! Recebemos um convite, o primeiro da temporada!

O tom alegre e um pouco estridente, associado à expressão de Lady Carlyle, deixavam evidente sua satisfação. A mulher entrou na sala brandindo o cartão de papel como se fosse uma espada, e só não deu pulinhos e volteios porque isso poderia lhe causar tonturas. Estava claramente encantada.

— Vamos chamar a costureira, Belinda — continuou ela em altos brados. — Precisamos de vestidos novos. E chapéus, fitas para os cabelos, plumas... e certamente vamos precisar contratar uma criada de quarto e...

— Mamãe!

O tom de reprimenda era evidente na voz da jovem. Normalmente tímida, receosa de enfrentar a matriarca, Belinda vinha mostrando alguns sinais de rebelião ultimamente. E nem poderia ser diferente, pois a situação financeira da família era precária, e se alguém não mantivesse o bom senso e limitasse os devaneios de Lady Carlyle, em breve estariam morando em algum albergue. Vestidos! Nova criada! Ora essa, precisavam era pagar ao peixeiro. Aquela era uma boa hora para contar à mãe que pretendia alugar mais alguns quartos, algo que ainda não tivera coragem ou oportunidade para fazer.

— Mamãe — repetiu no mesmo tom —, fico muito feliz por termos recebido o convite, mas não crie ilusões. Não há dinheiro para vestidos, plumas e muito menos para uma nova criada. Se quisermos participar da temporada, teremos que nos arranjar com o que já temos. Nossas finanças estão deterioradas, mal há o suficiente para as contas, que dirá para esse tipo de gastos. Aliás...

— Aliás... — incentivou Lady Carlyle quando Belinda interrompeu a fala, claramente constrangida.

— Aliás, justamente para podermos fazer frente à nossas despesas eu... nós... teremos que encontrar uma nova pensionista. Talvez duas... ou três... — insistiu num rompante, erguendo-se e armando-se de coragem para enfrentar a discussão que viria a seguir. — Eu já devia ter lhe contado, mas não tive oportunidade.

— Pelos deuses! Como ousa?! Você está transformando nossa casa em um cortiço, Belinda! — O brado de Lady Carlyle se fez ouvir ao longe. — Essa casa é minha, não permitirei isso! Vou...

— Vai fazer o que, mamãe? Talvez vender suas pérolas para que consigamos pagar o peixeiro, comprar velas ou lenha para as lareiras? Acredite, não temos opção. As contas têm que ser pagas. — Apontou a pilha de papel à sua frente. — Se quisermos continuar aquecidas e alimentadas, precisamos alugar alguns quartos. Há alguns dias eu coloquei um anúncio nos jornais e espero que apareçam interessadas.

— Mas isso... isso... — gaguejou Lady Carlyle, o rosto rubro de raiva.

— Isso é o que precisamos fazer, a menos que a senhora não se incomode de congelar no inverno e de viver com uma dieta à base de batatas. Acredite, estamos bem perto de ter que fazer isso. Na verdade, eu sugiro que a senhora, assim como eu, torça para que surjam interessadas, porque se isso não acontecer... nem posso imaginar o que nos espera.

— Que absurdo! — replicou a dama, sentindo-se ultrajada.

— Acredite, mamãe, alugar alguns quartos será uma experiência menos dolorosa do que começar a vender a prataria, a louça... — concluiu Belinda. — Pense pelo lado positivo, será agradável termos companhia, a casa ficará mais alegre, mais cheia de vida. Veja Pimble; tem sido tão estimulante conviver com ela! A senhora sabe que, mais do que uma pensionista, ela se tornou uma amiga.

— Hum... — resmungou Lady Carlyle sem se opor ao comentário sobre Pimble.

A verdade é que, embora tivesse nascido nas classes inferiores, Pimble caíra nas graças de Lady Georgina, um ícone da sociedade londrina. Seria muita tolice contrapor-se a uma pensionista que tinha por madrinha a duquesa de Kent. Bem, aceitara Pimble e talvez tivesse que fazer o mesmo em relação a outras jovens, bufou intimamente. Definitivamente uma dieta à base de batatas seria intolerável! E vender a prataria? Isso então era algo inimaginável! Mas, definitivamente, se Belinda pensava que cederia todos os seus desmandos, estava enganada.

— Bem, faça como quiser. Essa casa também é sua — concordou. — Se acha que precisamos transformá-la em uma casa de cômodos para termos algum conforto, que seja! Mas fique ciente de que não pretendo comparecer à temporada como se fosse uma mendiga.

— Mamãe, veja lá o que vai fazer. Por favor, não seja tola, não se envolva novamente com jogos de azar. Mal conseguimos pagar a Lorde Tristan o valor que a senhora perdeu naquela malfadada aposta em Ascot. Nem sei o que faríamos se ele não tivesse sido um cavalheiro e aceitado receber o valor sem juros e em pequenas parcelas.

— Cavalheiro teria sido se houvesse perdoado a dívida — resmungou Lady Carlyle, fazendo um bico rabugento.

— Eu jamais aceitaria! Seria por demais humilhante! Garanti a ele que pagaria até o último centavo e o fiz.

— Ora, cale-se! E não se preocupe, eu darei um jeito. A propósito, o convite de Lady Rowena Darley inclui Pimble. Imagine só, a criada vai passar a frequentar a sociedade. Onde iremos parar? — E, com essas palavras, saiu rapidamente da sala antes que a filha a questionasse sobre como pretendia arranjar fundos para roupas novas.

— Eu? Fui incluída no convite? — O ar de surpresa de Pimble era inegável. Por um instante, ela manteve suspensa a xícara de chá sem levá-la à boca. — Uma gentileza imensa de Lady Rowena, certamente a pedido de Lady Georgina, embora eu não saiba como poderia aceitar — completou, antes de dar um gole na bebida quente. — Você consegue me imaginar circulando por um salão de baile?

— Mas é claro que vai aceitar. E se não for por si mesma, será por mim. Sua companhia certamente vai tornar divertido um evento que pode ser um tanto desagradável. Sinceramente, não tenho mais paciência, tampouco forças, para enfrentar outra temporada e as expectativas de mamãe. A possibilidade de passar noite após noite, baile após baile, aguardando que convites para dançar surjam como em um passe de mágica, me faz estremecer. Não, definitivamente só irei aos bailes nos quais possa acompanhar-me.

— Hum, definitivamente não acredito que seja da forma como você relata. Algo me diz que você menciona isso apenas para convencer-me a acompanhá-la. Mas não poderia recusar seu pedido, muito embora não veja como poderei ajudá-la, a não ser que lhe fazer companhia sentada seja uma forma de ajuda. Sim, porque se a você os convites para dançar são poucos, para mim serão inexistentes. A menos que... claro, sempre podemos dançar uma com a outra. Isso nos tiraria do sofá — concluiu Pimble, muito séria, o que provocou uma expressão surpresa e em seguida uma explosão de risos em Belinda.

— Imagine as expressões das matronas — a jovem respondeu entre risos.

— Imagine a expressão de sua mãe — completou Pimble, às gargalhadas.

— Melhor não — concluiu Belinda, depois de refletir por um segundo. — Não estou preparada para causar um escândalo.

— E falando nisso, tenho que confessar que não sei dançar, nunca pratiquei. Aulas de dança não faziam parte dos ensinamentos da escola da sra. Alistair e antes de vir para cá... bem, você conhece minha condição. Sinceramente, se por um capricho do destino alguém me solicitasse uma dança, eu teria que recusar sob pena de fazer um papel ridículo e massacrar os pés de meu parceiro. Sob esse aspecto, acompanhá-la aos bailes talvez não seja uma boa ideia.

— Que não seja por isso. Muito embora não seja especialista no assunto, dançar eu sei. Mamãe contratou um bom professor quando eu estava prestes a debutar. Como ela diz, dançar, tocar piano, cantar e declamar poesia são requisitos essenciais à educação de uma jovem. Posso perfeitamente ensiná-la — afirmou Belinda com um sorriso triunfante.

A expressão da jovem era de tal satisfação que Pimble sequer pensou em recusar. Ademais, mesmo que a possibilidade de vir a ser convidada a dançar em um baile fosse mínima, seria interessante aprender.

— Está bem — concluiu. — Você me ensina. Veremos se serei capaz de aprender com alguma graciosidade. Mas agora eu gostaria de saber se há alguma novidade quanto ao anúncio que colocamos no jornal. Surgiu alguma interessada?

— Recebi uma carta ontem, uma jovem chamada Heléne. Ela me pedia algumas informações e um horário para visitar o quarto antes de se decidir. Parece uma moça educada, escreve muito bem. Disse-me ser chapeleira na Fortnum & Mason.

— Que interessante! A Fortnum & Mason é fornecedora da família real, não é? Será que ela já confeccionou chapéus para Sua Alteza Real? — indagou Pimble, animada. — Talvez a possibilidade de pedir opiniões sobre chapéus para a chapeleira da rainha diminua a rejeição de sua mãe a uma nova inquilina.

— Pimble, você tem razão — emendou Belinda, rindo. — Confesso que não havia pensado nisso, mas será um bom argumento.

— Lady Carlyle vai acabar se acostumando, você vai ver. Afinal, essa casa é tão grande!

— Lady Belinda. — A chegada da criada interrompeu a conversa. — Há uma jovem à porta. Ela informou que veio pelo anúncio do jornal. Aqui está seu cartão.

— Uma jovem? Heléne foi a única que me escreveu, e ela ficou de vir amanhã... Ora, é Mathilda O'Brien! — exclamou Belinda com certa surpresa, ao verificar o cartão. — Que coincidência! Faça-a entrar.

— Boa tarde... Lady Belinda? — A surpresa de Mathilda foi evidente.

— Boa tarde, srta. O'Brien, que bom revê-la. A criada disse-nos que veio pelo anúncio do jornal, uma coincidência interessante. Por favor, sente-se — convidou Belinda, que se levantara para recebê-la.

— Sim, o anúncio não trazia nomes, apenas o endereço, e jamais imaginei... Oh, desculpe-me, srta. Davenport, a surpresa me fez esquecer as boas maneiras. Boa tarde, como tem passado?

— Muito bem, e você, Mathilda, como vai? — respondeu Pimble, curiosa com a presença da jovem.

— Pimble chegou há pouco do trabalho e estamos tomando chá, como vê. Aceita uma xícara? — interrompeu Belinda, sinalizando para a criada.

— Oh, sim. Uma xícara de chá será adorável, obrigada. E respondendo à sua pergunta, srta. Davenport, não estou muito bem. Tive mais um imprevisto, o que aliás me trouxe aqui. Eu vim pela notícia do quarto disponível, mas não imaginei encontrá-las. Vocês moram aqui?

— Sim, srta. O'Brien, moramos aqui. Quando nos encontramos no *London Chronicle*, eu estava indo colocar o anúncio que tem em mãos — disse Belinda, apontando o recorte que a garota segurava. — Esta casa é minha e de minha mãe. Infelizmente, dificuldades financeiras me obrigam a tal atitude. Ainda que dividir o lar com estranhos possa não ser algo agradável, foi a melhor solução que encontrei para sanar o problema. — Belinda sorriu, um pouco constrangida por ter que revelar tão abertamente suas dificuldades. — Pimble é nossa inquilina; na verdade, uma amiga que nos deu a alegria de vir residir conosco. E desde que coloquei o anúncio, tenho rezado para que surjam interessadas assim como ela, simpáticas, gentis e de boa índole. Parece que estou sendo atendida. Tanto você quanto a srta. Heléne, a outra jovem que me procurou, parecem corresponder a esse anseio.

— Vocês não imaginam como fico feliz em ouvir isso. Confesso que estava bastante angustiada, acreditando que teria que deixar Londres. Essa situação em que me encontro... Eu não quero desistir, entendam, mas se não encontrar um lugar... mas, agora talvez tudo se ajeite e... — Mathilda falava rápido, as frases se sobrepondo, tornando difícil a compreensão.

— Calma, Mathilda. Não estamos entendendo. Talvez se você nos explicar com mais detalhes, fique mais fácil. Não há pressa, leve o tempo que precisar — interferiu Pimble, percebendo o grau de ansiedade da garota.

— Claro, me desculpem. Estou um pouco nervosa, e isso me deixa confusa. Vou tentar explicar melhor.

— Vou pedir mais chá para todas nós — Belinda decidiu. — Pimble está certa, não tenha pressa, temos muito tempo para ouvi-la.

— Bem... por onde eu começo? Acho que pelos meus sonhos adolescentes e pelo desejo de vir a Londres para conquistá-los. Pode ser?

— Comece por onde quiser, temos tempo e disposição para ouvi-la — animou-a Pimble, servindo-se de um biscoito amanteigado. Histórias sempre a deixavam animada e abriam seu apetite.

6

Mathilda bebericou o chá. Estava muito doce, e isso a fez recordar a mãe, que o servia exatamente dessa forma. Lembrar-se da família sempre lhe trazia uma certa nostalgia, mas dessa vez a razão era boa. Pigarreando, organizou os pensamentos e começou a falar.

— Sou a única filha mulher de uma família irlandesa. Meu pai tem uma grande livraria em Dublin. É um leitor bastante exigente, apreciador de Shakespeare — relatou Mathilda, uma ponta de saudade perceptível em suas palavras. — Já minha mãe prefere os poemas de John Keats. Vivendo em uma família que promove a leitura e as letras, nada poderia ser-me mais desejável do que ter alguns trabalhos publicados. Inspirada pela srta. Jane Austen, por quem tenho imensa admiração, e decidida a provar a meu pai e meus irmãos que mulheres podem vencer no ofício da escrita, armei-me de coragem e enviei meus textos a alguns editores na Irlanda. Um deles, responsável por um periódico respeitado, chegou a tecer elogios, e vários mencionaram que poderiam até publicá-los se... o autor não fosse uma mulher. Podem imaginar um absurdo desses? O fato de eu ser mulher inviabilizou a publicação de meus textos, mesmo diante do reconhecimento da qualidade de minha escrita.

— Comportamento típico masculino, bastante previsível, aliás — resmungou Pimble. — E que tipo de textos escreve, srta. O'Brien? Romances? Novelas? Gosto muito de ler e já estou interessada em conhecer seu trabalho. Uma escritora... isso é simplesmente fantástico!

— Geralmente contos, alguns romances. Mas não exatamente aqueles adocicados, em que as mulheres são apontadas apenas como bonecas de porcelana vazias. Minhas personagens procuram ter uma voz mais libertária. Elas pensam, e não apenas em fitas e vestidos novos. Reconheço que isso não parece aceitável a alguns, mas para alcançar a desejada mudança é necessário começar por algum lugar. Coloco na boca das personagens as palavras que eu mesma tenho vontade de dizer.

Diante do aceno de concordância e admiração de Pimble, Mathilda continuou:

— Por isso, quando minha avó faleceu, deixando-me uma pequena renda, decidi que viria para Londres defender meus interesses e publicar meus trabalhos. Acreditava que aqui, no centro do Império, houvesse uma aceitação melhor de uma autora mulher. Receio, no entanto, ter me enganado.

Belinda e Pimble ouviam atentamente a colocação de Mathilda, sorvendo o chá e provando biscoitos amanteigados. A segunda, plenamente ciente das dificuldades que vinham sendo encontradas pela jovem escritora, identificava-se com a situação; afinal, ela mesma enfrentava circunstâncias semelhantes em seu campo de interesse.

— Enfim, está sendo ainda mais difícil do que imaginei — prosseguiu Mathilda. — Mas isso não é tudo. Minha mãe só não se opôs à minha vinda porque fui acolhida por uma amiga, a sra. Ridley. Podem imaginar a preocupação de uma mãe irlandesa em deixar sua única filha morando sozinha em Londres. Eu tive que prometer mil vezes que seria cuidadosa.

— Posso imaginar. Minha mãe não seria diferente — concordou Belinda.

— Pois bem, se não bastasse não ter conseguido até agora um editor interessado em meus textos, minha anfitriã está adoentada e decidiu fechar a casa na cidade e recolher-se definitivamente à casa de campo, em busca de ares melhores. Oh, ela convidou-me a segui-la, mas não teria sentido eu me encerrar no campo. Não foi para isso que deixei Dublin.

— E foi por essa razão que o anúncio lhe interessou, porque está à procura de moradia? — indagou Pimble.

— Sim, o anúncio foi um alento. Eu já estava conformada em retornar à Irlanda. Afinal, para ficar em Londres preciso da indicação de um local respeitável e seguro para fixar residência. Como eu disse, prometi à minha mãe que teria cuidado. Assim, um quarto de pensão qualquer não me serve de forma alguma, mesmo porque, se eu me mudasse sem uma recomendação... bem... tenho certeza de que em um piscar de olhos meus irmãos estariam aqui para arrastar-me de volta para casa. Bastaria receberem a primeira carta com a notícia.

— *Arrastá-la*? Irmãos? Quantos são? — Pimble não se conteve, o verbo usado era singular e sua curiosidade espicaçou-a.

— Três — afirmou Mathilda. — Três irmãos mais velhos e muito maiores. Literalmente, acredite, eles me arrastariam se eu pensasse em me recusar a voltar — completou, rindo e fazendo um gesto que mostrava serem todos bem mais altos do que ela. — Enfim, foi a localização indicada no anúncio que chamou minha atenção, então resolvi vir até aqui, observar o lugar. A casa é linda e o endereço, perfeitamente respeitável. Por esse aspecto, eles não teriam motivos para se opor. Restava saber quem seriam os senhorios. Resolvi arriscar e bati à porta em um impulso e... aqui estou, totalmente surpresa em encontrá-las.

— Minha cara srta. O'Brien — atalhou Belinda —, se há uma coisa que posso lhe assegurar é que, embora empobrecidas, minha mãe e eu somos absolutamente respeitáveis. Quero dizer, tirando um certo pendor de mamãe pelas corridas de cavalos, não há nada que nos desabone. Somos aristocratas, falidas é verdade, mas com um nome prestigiado e um ótimo relacionamento em sociedade. Nada a desabonará se vier residir aqui — explicou Belinda, compreendendo o dilema da jovem. O fato é que as preocupações mencionadas por Mathilda depunham a seu favor. Ela parecia ser uma jovem de boa família, com irmãos que zelavam por ela. A própria Belinda também não se sentiria confortável em alugar um quarto a alguém sem boas recomendações.

— Não tenho dúvida quanto a isso. Foi uma surpresa maravilhosa e um alívio saber que é você a senhoria. Se o quarto estiver vago e se eu for bem-vinda... naturalmente posso apresentar cartas de referência ou você pode questionar a sra. Ridley. Bem, se estiver tudo certo tenho interesse em ficar com o quarto.

— Então teremos uma nova moradora! — Pimble bateu palmas alegremente. — Seja bem-vinda, srta. O'Brien. Sim, porque tenho certeza de que suas referências serão impecáveis assim como sei que as informações que terá sobre as Carlyle serão as melhores possíveis.

— Pimble! — repreendeu-a Belinda, um pouco preocupada pela rapidez com que a amiga concluiu a situação. — Você nem sabe se a srta. O'Brien vai gostar do quarto.

— Então talvez seja interessante mostrá-lo agora — sugeriu rapidamente, ciente de que aquele era um bom momento. Lady Carlyle fora visitar uma amiga e ainda se demoraria um pouco. Evitar um encontro imediato entre ela e a jovem daria tempo a Belinda para avisar e acalmar a mãe.

— Não queremos apressá-la — respondeu Belinda, sem perceber a intenção da amiga. — Você pode pensar a respeito o tempo que quiser e voltar outro dia para definirmos tudo. Afinal, pelo que entendi, veio até aqui em um impulso.

— É verdade, foi em um impulso. Mas já que estou aqui... Sim, eu gostaria de ver o quarto. Prefiro enfrentar os problemas rapidamente e partir logo em busca de soluções.

— Faz muito bem, srta. O'Brien. Além disso, é sempre bom lembrar que as primeiras pensionistas podem escolher os melhores quartos, e a senhorita vendo hoje terá a melhor oportunidade — acrescentou Pimble, desconsiderando o revirar de olhos de Belinda.

— Essa casa é tão bonita, tenho certeza de que devem ser todos confortáveis — comentou delicadamente Mathilda, seguindo Belinda em direção às escadas.

— Está fechado há algum tempo — explicou a anfitriã, com uma pontada de constrangimento na voz. — Naturalmente, será arejado e espanado antes que venha para cá. Embora não seja muito grande, eu creio que é um dos mais agradáveis. Recebe o sol da manhã e tem uma bela vista para o jardim. Foi ocupado por muitos anos por minha avó paterna, uma ótima pessoa, embora um pouco excêntrica. Imagine, era apaixonada por arte chinesa. Veja se a agrada — disse, abrindo a porta e dirigindo-se à janela para afastar as cortinas e permitir a entrada de luz.

— Oh! É... perfeito — murmurou Mathilda, deixando o olhar correr por todo o espaço. O piso era de carvalho, a cama ampla, coberta com uma colcha de seda verde-jade e ladeada por pequenas mesas de apoio. Delicadas estatuetas de marfim estavam dispostas sobre o frontão da lareira. Havia um biombo de seda chinesa, um *recamier* e até uma delicada escrivaninha em pau-rosa. Mas o que realmente a encantou foram as paredes recobertas por um papel de parede com o fundo no mesmo tom verde-jade, salpicado de flores e pássaros coloridos. Era um quarto alegre!

— Fico contente que tenha gostado. Não há um quarto de banho ou de vestir anexo; mas, quando quiser, é possível trazer uma banheira de estanho e acomodá-la atrás do biombo. Então, se realmente gostou, posso deixá-lo reservado por alguns dias, até que você se decida.

— Não... quer dizer... não preciso de tempo para pensar. Se estiver bem para você, ficarei com ele. Nem acredito que isso aconteceu! Estava certa de que meu sonho de me tornar autora em Londres estava encerrado, mas agora a esperança se renovou. Tenho certeza de que aqui vou conseguir dedicar-me a escrever.

— Fico contente. Creio que será uma ótima solução para ambas.

— Será, Lady Carlyle. E com isso resolvido, vou dedicar-me a despertar o interesse dos editores em minha escrita, mesmo sendo mulher. Embora eu nem imagine como conseguirei fazer isso — concluiu, já mais acanhada.

— Pois, para isso, acho que eu tenho uma solução — interveio Pimble, com sua habitual irreverência. — Conheço muito bem sua situação, porque já a enfrentei sendo a única mulher em um curso de antiquarismo. Ainda hoje, embora tenha sido a melhor aluna, sou vista com desconfiança e condescendência por meus colegas e professores homens. Meu interesse pelo Egito é considerado uma excentricidade e nunca sou vista com seriedade. Ainda assim consegui uma vaga de assistente de um pesquisador, uma colocação bastante desejada. Embora minha contratação tenha decorrido de um acaso, eu havia pensado em um estratagema para conseguir ser ouvida. Talvez a mesma ideia funcione para você.

— E o que seria? — perguntou Mathilda, visivelmente interessada.

— Ora, escreva seus textos e os envie assinados de uma forma que não seja identificada como mulher! — enfatizou Pimble, com certa petulância, como se tal opção fosse a solução óbvia. — E não só isso, recuse-se a encontrar os editores pessoalmente e só se revele depois que seu nome e seu valor como escritora forem reconhecidos. Temos alguns autores, e talvez autoras, que já publicaram usando pseudônimos. Sou capaz de apostar que a estratégia vai funcionar.

— É uma ideia, srta. Davenport, mas confesso que considero repulsivo ter que usar um nome masculino, como se assinar o próprio nome afastasse a qualidade do que se tem a dizer — contestou Mathilda, um tanto decepcionada.

— Então não use um pseudônimo, use seu nome, só que abreviado. Matthie! Um apelido que pode significar Mathilda ou Mathew. Deixe que a imaginação pouco fértil dos homens deduza que você é um deles. Dessa forma não estaria se escondendo, tampouco mentindo. — Pimble deu uma piscadela.

— Eu assinaria textos com meu nome, mas... eles não perceberiam que sou mulher. Pelo menos não até eu surpreendê-los, e isso só depois que meu valor fosse reconhecido — falou Mathilda, pausadamente, refletindo sobre a possibilidade.

— A vida não é justa com as mulheres. Por vezes penso que a única vantagem que temos sobre os homens está justamente no fato de eles não acreditarem que somos capazes de pensar — comentou Pimble, reforçando o próprio argumento.

— Srta. Davenport, está certíssima! É uma ideia incrível! — exclamou Mathilda. — Como não pensei nisso? Oh, obrigada, vocês duas não imaginam como estão sendo maravilhosas comigo. Devo dizer que meu São Patrício deve ter propiciado nosso encontro naquela manhã. Acho que em uma só ação consegui organizar minha vida e ainda as conheci. Espero que não considerem atrevimento de minha parte esperar que venhamos a ser amigas.

— De forma alguma. Estamos felizes com sua vinda, não é mesmo, Pimble?

— Muito felizes. E devemos acabar com esse tratamento cerimonioso. Como bem disse, seremos amigas. Doravante nada de formalidades, seremos apenas Belinda, Pimble e Mathilda.

— Um viva a isso!

7

Naquele dia o clima estava ameno o suficiente para ensejar uma caminhada. Depois de meses vivendo em temperaturas que ultrapassavam em muito o daquela tarde londrina, Willian não titubeou em atravessar o parque e percorrer a pé os quarteirões que o separavam do prédio do Museu Britânico. A vastidão do deserto despertara algo em sua alma que não conseguia entender. Fosse o que fosse, as paredes de um gabinete por vezes o faziam sentir-se em uma prisão. Ele agora precisava dos espaços abertos, da sensação de liberdade física, da possibilidade de sonhar em voar sem limites ou barreiras.

Por um instante, sentiu saudades de sua tenda em meio às areias douradas. Ali, ele era apenas Willian, um escavador, e não o segundo filho de Lorde Montefort. Um título não fazia a menor diferença quando se tratava de obter sucesso em uma expedição; eram as próprias habilidades que garantiam o resultado. Ser respeitado pelo seu trabalho e não por uma vinculação familiar era algo novo para ele, algo inesperadamente agradável.

O sentimento o tornou ainda mais determinado a alcançar seu objetivo. Precisava convencer o Museu Britânico a deixá-lo chefiar a expedição para pesquisa e descoberta de artefatos antigos. O Egito era fascinante, suas areias escondiam verdadeiros tesouros e as respostas para diversas indagações históricas. Era um universo que o conquistara e o qual ele também desejava conquistar. E a chave para seu sucesso estava nas mãos de Sir Archibald. Se o respeitado pesquisador o apoiasse em tal pretensão, teria êxito.

Por um segundo imaginou qual seria a reação do pai a seu possível sucesso, mas rapidamente afastou a sensação. Tudo a seu tempo, um passo de cada vez. Mais uma vez Willian repassou todos os argumentos, históricos e políticos, que evidenciavam que o momento era aquele. Para aguçar ainda mais a curiosidade e despertar o interesse do velho professor, ele lhe trouxera um presente. Um anel de ouro gravado, provavelmente saqueado em alguma escavação rudimentar e vendido a ele por poucas piastras. Ladrões de túmulos estavam começando a se tornar comuns no Egito, infelizmente. Se algo não fosse feito a respeito, muito se perderia. Esperava que a peça, magnífica, despertasse o interesse do velho professor. No local onde fora encontrada, certamente haveria muitos outros tesouros.

Conferiu as horas; estava um pouco adiantado. Teria tempo para admirar uma ou outra obra que lhe chamasse a atenção no caminho até o gabinete de Sir Archibald. Com agilidade, galgou os poucos degraus que levavam à entrada principal. Estava atravessando o saguão quando uma pessoa, metros à frente, chamou sua atenção. A moça, de costas para ele, observava atentamente uma urna mortuária, possivelmente egípcia. A forma como ela se moveu, ou talvez a cor de seus cabelos, ativou uma sensação de reconhecimento em seu coração.

Seria possível?

Incapaz de afastar-se, ele ficou a observá-la por alguns minutos.

A inclinação da cabeça...

O talhe esbelto...

O evidente interesse nos objetos à frente...

Nesse momento, a jovem virou-se levemente, permitindo-lhe a visão do perfil delicado.

Era ela!

Em algumas noites, quando no vazio do deserto observava o céu salpicado de estrelas, a imagem de Pimble ganhava forma em sua mente e ele perdia-se imaginando como ela estaria.

E agora era real.

Ali estava ela... ao alcance de seus olhos... ao alcance de sua voz...

Em um impulso, sem pensar no que diria ou em como se comportaria, aproximou-se.

— Srta. Pimble — falou baixinho, quase em um sussurro.

Eventualmente, Pimble aproveitava alguns minutos de folga para passear pelas galerias do museu. Naquela manhã chegara mais cedo e, como estava há algum tempo curiosa sobre uma nova urna funerária colocada em exposição, decidira que seria uma boa hora para admirá-la. Seu interesse pela cultura egípcia jamais diminuía. Ao contrário, cada oportunidade de aprendizado era apreciada. O objeto à sua frente era fascinante em sua complexidade, todo decorado com símbolos coloridos, ainda não totalmente decifrados.

Trabalhar com Sir Archibald vinha sendo cansativo, mas muito compensador. Ela aprendia mais a cada dia, e sua expectativa de conseguir participar de algum projeto em campo aumentava. O velho professor fora conquistado por sua determinação e seu interesse e já não se limitava a mandá-la arquivar ou organizar. Também passara a ensiná-la detalhadamente o que cada um dos artefatos significava. Haviam desenvolvido uma relação respeitosa, de admiração mútua e, embora o mestre não admitisse, era óbvio que a tomara como pupila. Sir Archibald não prescindia da ajuda de Pimble; ao contrário, a presença da jovem era um alento e ele se comprazia em dividir conhecimento com ela.

Pimble estava absorta na análise do artefato quando percebeu alguém às suas costas. Um leve perfume masculino atingiu seus sentidos, evocando um sentimento doce. Dizem que os olhos da alma enxergam o que os olhos do corpo não veem. Foi isso que Pimble sentiu. Ela soube que era ele antes mesmo de virar-se. E quando a voz chegou a seus ouvidos, sua pele se arrepiou e o coração falhou uma batida.

— Srta. Pimble.

Maldito tempo! Adormecera seus sentimentos, mas não a preparara para um reencontro. Corrigindo a postura, respirou profundamente, manteve a expressão neutra e controlou o tom de voz antes de virar-se e encará-lo.

— Willian de Montefort — cumprimentou ela, com indiferença.

Ele estava mudado, notou. O charme juvenil desaparecera. Havia agora uma dureza desconhecida em sua expressão. Talvez fosse a linha do maxilar, mais rígida e firme, ou as pequenas rugas que contornavam seus olhos. A pele estava mais escura, marcada pelo sol, os cabelos um pouco mais longos... diferente, ele estava diferente.

— Como vai, Pimble? — perguntou, notando que ela não corrigira a forma de tratamento. Tampouco usava um anel de noivado. — Que surpresa, encontrá-la aqui. Você está... — Ele calou-se, os olhos fixos nela, incapaz de verbalizar o que sentia. Nenhuma palavra parecia capaz de descrever.

— Como estou, Willian? — indagou Pimble, curiosa.

— Ainda mais bonita do que eu me lembrava — respondeu com galanteria, embora tal afirmação lhe parecesse pequena demais diante da jovem à sua frente.

— Obrigada — agradeceu ela, arqueando a sobrancelha esquerda, em um gesto de descrença —, mas talvez um pouco de exagero. Beleza nunca foi um de meus atributos. E sinceridade parecia ser um dos seus, ou estou enganada?

— Não, não está enganada, e, não estou exagerando. Você está radiosa e muito elegante, acredite. E, pelo que percebo, ainda interessada em egiptologia. Que coincidência, depois de todo esse tempo, encontrá-la aqui. Uma coincidência muito feliz.

— Interessada em egiptologia? Sim, como sempre. Ao contrário de alguns, não sou volúvel. Mantenho-me fiel ao que me agrada, milorde.

A contração de um músculo na mandíbula foi o único sinal de que Willian de Montefort percebera a crítica sutil. De qualquer forma. ele não a contestou, como se reconhecesse uma certa razão no que fora dito.

— É muito bom saber que nossos interesses continuem os mesmos — disse, assentindo —, e isso me faz pensar que temos muito a conversar. Depois dessa viagem há tantas histórias a contar, tantos relatos sobre costumes, lendas, deuses... O Egito é ainda mais incrível do que supúnhamos, e o deserto... Ah, Pimble... o deserto é mágico. Eu me lembro que você tinha curiosidade sobre isso. Adoraria contar-lhe um pouco do que encontrei por lá, sobre as caravanas de camelos, sobre os berberes e seus rituais, a beleza dos oásis...

— Fico feliz que tenha gostado, e o assunto realmente interessa-me muito. Mas não se preocupe, o fato de termos os mesmos interesses não o obriga a dividir sua experiência comigo, pelo menos não de uma forma pessoal. Não pensa em escrever algo sobre o que viu? Um artigo para o jornal ou para a Biblioteca de Oxford, relatando o resultado de sua viagem? Se o fizer, lerei com atenção.

— Ora, Pimble, não se trata de obrigação, mas de prazer diante dessa coincidência... encontrá-la aqui... Se eu acreditasse em deuses diria que eles conspiraram para esse momento.

— Eu não chegaria a tanto. Por que os deuses conspirariam para nos aproximar? Nós dois sempre gostamos desse museu. Não vejo como algo tão predestinado. Como disse, é uma coincidência. — O tom frio da voz de Pimble e seu distanciamento polido contrastavam com a impetuosidade de Willian. Apenas suas bochechas coradas deixavam entrever que seu coração estava mais agitado do que o normal.

— Não importa. Seja qual for a razão, é surpreendente que você tenha decidido vir até aqui hoje. Esse reencontro... aqui... estar diante de você é como voltar no tempo. Tenho me perguntado o que você tem feito — mencionou ele com uma nota de expectativa no tom de voz.

Pimble franziu levemente a testa. As palavras de Willian provocavam-lhe um certo desconforto. Ao contrário dele, ela não queria voltar no tempo. Sua vida seguira na direção perfeita; ela estava feliz com o que conseguira. Por um instante pensou em atualizá-lo sobre sua nova realidade, relatar como evoluíra, como chegara a assistente de Sir Archibald Louis Floyd, mas não o fez. Sentia que aquelas eram conquistas suas e que não necessitava da aprovação, ou admiração, dele. Permaneceu em silêncio, concentrada em não lhe dar a satisfação de perceber que sua presença a desconcertava.

— Eu gostaria de convidá-la para um chá. Infelizmente, em poucos minutos terei uma reunião importante — prosseguiu Willian, tirando o relógio da algibeira e conferindo as horas. — Não posso cancelá-la, por maior que seja a minha vontade de acompanhá-la em seu passeio. Mas eu posso ir buscá-la em sua casa, essa tarde, se estiver bem para você.

O convite inesperado surpreendeu Pimble. Mas, ainda que sua curiosidade fosse imensa, tomar chá com Willian era algo completamente fora de questão. Aquele era um capítulo encerrado no livro de sua vida e ela não tinha qualquer intenção de reescrevê-lo. O reencontro continuaria a ser apenas uma coincidência, não havia mais qualquer espaço para ele, muito menos para certas ilusões.

— Embora seja um convite tentador, não posso aceitá-lo. Tem razão em supor que estou em um passeio, no entanto esse momento de lazer está a se encerrar. Também tenho obrigações a cumprir e já estou atrasada.

— Então talvez amanhã...

— Obrigada, mas... não. Não acho que tenhamos algo a conversar, não mais. Fico feliz que tenha sido bem-sucedido e, tenha certeza, se decidir escrever sobre suas descobertas, lerei com satisfação. Minha curiosidade sobre o Egito não diminuiu. Mas não vejo qualquer razão para retomar contato. Por que o faríamos? Foi agradável reencontrá-lo, Willian, agradeço seu convite, mas agora devo retornar a meus afazeres. Tenha um bom dia.

E com essas palavras, Pimble afastou-se, o queixo erguido, o andar seguro, tranquila quanto a ter tomado a decisão correta, mas receosa de que ele pudesse ouvir o trombetear furioso de seu coração traidor.

Willian respirou fundo. Precisava de alguns instantes para acalmar-se. Reencontrá-la de forma tão inesperada fora um choque! E ela recusara seu convite, algo ainda mais inesperado, algo que jamais imaginara possível.

De forma sutil, até esquiva, Pimble muitas vezes ocupara seus sonhos. Em outras situações, como uma nuvem, tênue e fugaz, ela se fazia presente quando ele observava a vastidão das dunas douradas ou a beleza do céu coalhado de estrelas. E, de repente, ali estavam, mais uma vez frente a frente. Pela primeira vez percebeu a falta que sentira de sua alegria e vivacidade.

Ela aparentava ser a mesma jovem doce e um tanto impetuosa que o conquistara com sua inteligência e simpatia. Mas, ainda assim, algo mudara. Havia uma nova energia a seu redor. Pimble parecia... brilhar! Seu porte altivo e sua segurança transpareciam um orgulho que ele não vislumbrara antes. Ela estava ainda mais encantadora.

Estar diante dela novamente lhe trazia uma sensação indefinível. Como se tivesse perdido algo importante, que não identificava, mas que de alguma forma o marcara.

8

A sala era um imenso depósito de livros e artefatos. Ele fora barrado na antessala por uma mulher de cabelos grisalhos e expressão austera, quase azeda, e tivera que esperar ser anunciado. Como membro da aristocracia, não estava acostumado a esse tratamento, mas nem pensou em protestar. Sir Archibald tinha fama de excêntrico, e a secretária deveria cumprir atentamente todas as suas determinações. Não poderia culpá-la por exercer bem sua função. Além disso, esperar alguns minutos não lhe faria mal; ao contrário, usaria esse tempo para acalmar a ansiedade.

— Agradeço por me receber, Sir Archibald. Tenho plena ciência do quanto seu tempo é exíguo; mas, acredite, as notícias que trago são animadoras — cumprimentou Willian, aceitando o convite para sentar-se diante da atulhada escrivaninha.

— Hum... — o professor resmungou e afagou o bigode, um hábito que surgia quando algo despertava sua atenção. — Sou realmente ocupado, mas confesso que o assunto é interessante. Bem, seja objetivo; tempo na minha idade é um artigo de luxo. Imagino que me procurou porque necessite de algo. O que seria? — perguntou de forma direta o idoso, a quem a idade não diminuíra a perspicácia e ainda aumentara a franqueza. Aliás, essa era uma característica um tanto quanto criticada por seus pares, mas exatamente uma das que tinha em comum com Pimble.

— Tem razão, gostaria de seu apoio. E não há razão para meias-palavras — continuou Willian, cruzando as pernas. — A objetividade vem bem a calhar. Como é de conhecimento no meio acadêmico, há tempos o Museu Britânico vem buscando autorização e oportunidade para enviar uma expedição exploratória ao Egito. As instabilidades políticas na região sempre foram uma grande dificuldade, mas agora tudo se mostra propício e, sem falsa modéstia, meu empenho foi responsável por grande parte desse resultado...

Por alguns minutos, explicou a situação e respondeu a algumas perguntas, defendendo com afinco a organização de um grupo de escavação e pesquisa.

— Como eu disse, os resultados foram muito bons — concluiu, retirando do bolso o anel cuidadosamente embrulhado e protegido em um saco de veludo. — E eu lhe trouxe uma peça de presente, uma amostra do que é possível encontrar na região. E embora a considere digna de fazer parte do acervo do museu, eu a entrego como um presente pessoal ao senhor. Comprei-a de um árabe muito mal-encarado e sem qualquer conhecimento sobre o valor histórico do que estava vendendo, alguém que chegou até mim através de alguns carregadores egípcios. Não só a considero de grande valor, como a coloco como prova de que tesouros estão sendo saqueados — lamentou, entregando-a quase com reverência a Sir Archibald. — Temos a chance de evitar que tudo se perca, mas precisamos ser rápidos.

Com cuidado, o professor desembrulhou o anel. Impressionado, pegou uma lupa e passou a examiná-lo. Foi impossível não notar o entusiasmo que o dominou.

— Um anel em ouro, gravado... parece-me o símbolo da deusa Hator, uma divindade interessante. Se eu estiver certo... — balbuciou. — Meus olhos me enganam. Já não consigo distinguir muito bem. A peça não é muito grande e a gravação está desgastada. Vou precisar de ajuda.

— Gostaria muito, mas ainda não sou versado em mitologia egípcia — desculpou-se Willian. — Tenho estudado o assunto, mas confesso que até aqui minhas atribuições se desenvolveram no aspecto prático, como proceder com as licenças, encontrar pessoal de apoio competente e desenvolver as escavações. Naturalmente, espero contar com sua experiência na expedição. No que tange a conhecimento histórico e valoração das peças o senhor é indispensável.

— Permite-me examinar a peça, Sir Archibald?

A voz feminina chocou Willian. Concentrado em sua explanação, não notara a aproximação da jovem e, dessa vez, fora ele o surpreendido.

— Pimble? — Sua entonação ao pronunciar o nome dela flutuou entre questionamento e surpresa.

— Ainda bem que retornou da biblioteca, srta. Davenport. Já conhece minha assistente, Lorde Montefort? — perguntou o professor, notando que ele citara o nome com certa familiaridade.

— Assistente? — Willian precisou de um esforço sobre-humano para manter-se minimamente controlado. — Hum... sim, já nos conhecemos. Só não imaginava....

— Que eu fosse assistente de Sir Archibald? Realmente, eu não mencionei esse detalhe, embora lhe tenha dito há pouco, no saguão, que tinha atribuições a desempenhar — disse Pimble, com certa displicência, como se ocupar aquela posição fosse algo corriqueiro. — Bem, vejamos o que temos aqui — continuou ela, recebendo o anel de Sir Archibald e manuseando-o com cuidado. — Um belo anel! Gravado com a imagem da deusa Hator. Veja, senhor — estendeu o anel ao alcance dos olhos do professor —, os chifres que a caracterizam, as pontas recurvadas para cima e o adereço solar. Uma peça feminina, com certeza, considerando que essa divindade representava música, dança, feminilidade e cuidado maternal. Podemos ter uma ideia da idade, já que só começou a ser reverenciada no período da Quarta Dinastia, no reino Antigo.

Completamente atordoado, Willian ouviu Pimble discorrer sobre o assunto, trocando ideias e fazendo sugestões ao professor com propriedade e conhecimento. Era impressionante! E foi nesse momento que ele percebeu de onde vinha o brilho que ela emanava. Não estava mais diante de uma jovem simples e inculta. Pimble conseguira ultrapassar suas limitações e alcançar seus sonhos e ele se defrontava agora com uma mulher realmente magnífica. Não havia outra palavra para descrevê-la. A doce Pimble se tornara uma mulher magnífica!

— Afinal você vai me contar o que aconteceu? Estamos aqui há cerca de dez minutos e você ainda não pronunciou uma só palavra — observou Tristan, aceitando o copo de *brandy* que o criado lhe estendeu. — Achei que estivesse eufórico e satisfeito em razão da conversa com Sir Archibald. O que aconteceu? Nada saiu como você esperava?

— Sir Archibald? Sim, foi tudo bem — respondeu Willian, ainda imerso em pensamentos.

A reunião naquela manhã se encerrara sem que Sir Archibald se posicionasse de forma clara e definitiva sobre as pretensões de Willian. Fosse em outro dia, teria ficado decepcionado, mas o reencontro inusitado com Pimble amortecera a frustração e, desde então, ele conseguira concentrar a atenção em outra coisa. Encontrava-se com Tristan no White's, como combinado anteriormente; mas, ao contrário do que o amigo esperava, não trocara com ele mais do que meia dúzia de palavras. Estava literalmente perdido nos próprios pensamentos.

— Foi uma surpresa imensurável, Tristan — acabou por dizer. — Eu não sei bem como descrever. Era ela, a jovem doce e atrevida que conheci tempos atrás como criada de Lady Georgina. Lembra-se? Desde aquela época, ela me impressionou com sua inteligência. Era ela e, ao mesmo tempo, não era. Essa Pimble que encontrei hoje é muito mais.

— O que está dizendo? Como assim, era e ao mesmo tempo não era? Você está confuso. Talvez seja melhor não aceitar outra dose. Está desacostumado ao *brandy*? Parece que a bebida alterou seu estado. Sim, porque imaginei que você fosse relatar o resultado de sua conversa com Sir Archibald e, desde que chegou, as poucas palavras que pronunciou foram sobre essa tal de... como é mesmo o nome dela? A garota, a criada de Lady Georgina.

— Não seja tão pedante. E ela não é mais uma criada, já lhe disse — contestou Willian em voz firme. — E, ao contrário do que você pensa, não estou bêbado. Surpreendido, sim, de uma forma maravilhosamente positiva. Pimble, esse é o nome dela.

— Meu Deus, quem daria um nome desses a uma criança? — resmungou Tristan, chocado.

— Um nome único para uma mulher igualmente única. Ela trabalha com Sir Archibald, o que é simplesmente admirável! Você não entende, porque desconhece as dificuldades de se sobressair em um meio acadêmico como a Universidade de Oxford e o Museu Britânico. Pimble superou todos os demais alunos e conseguiu o cargo de assistente do mais renomado professor. Que petulante eu fui, julgando que teria algo a lhe ensinar, algo a lhe contar. Ela demonstrou tanto conhecimento! Estou completamente arrebatado. Sempre a achei surpreendente, mas agora...

— Arrebatado? — interrompeu Tristan com um sorriso irônico. — Você não mencionou ainda suas características físicas, ela é bonita? Eu não me lembro bem.

— Você está sendo pedante mais uma vez. E tolo, tentando reduzir meu encantamento a uma simples atração física. Sempre a achei bonita, mas o sentimento de admiração que me toma vem de sua força de vontade e capacidade intelectual. Eu repito, ela é uma mulher magnífica! O que conseguiu conquistar nem mesmo jovens aristocratas com condições muito mais favoráveis alcançam.

— Jovens aristocratas? Duvido que saibam onde fica o Egito. Essas são entediantes, só querem encontrar um bom marido e, quanto mais importante o título, mais se alvoroçam. Parecem aves saltitantes, batendo as asas e agitando os leques, piando pelos cantos em cochichos desagradáveis. Não, interesse histórico definitivamente não é o forte de nossas debutantes.

— Exatamente, meu amigo. Por isso eu lhe digo, a srta. Pimble Davenport, assim como seu nome, é única! E agora me pergunto se... se eu tivesse sido mais enfático ou mais corajoso anos atrás...

— Não entendo bem o que você quer dizer, meu amigo, quando faz alusão à *coragem*.

— Uma dúvida recorrente: viver de acordo com as rígidas normas dos Montefort é uma conduta correta ou simplesmente covarde? É isso o que quero dizer. Eu sempre agi de modo a agradar meu pai, e hoje pergunto-me se esse comportamento não me levou a desagradar a mim mesmo.

— Willian, por favor, vamos nos ater a conversar sobre a beleza da moça. Confesso que não estou disposto a discutir questões filosóficas nesse momento. Muito embora eu deva reconhecer que você tem certa razão quando menciona, ainda que indiretamente, seu pai. Não posso negar que ele, digamos... ora, deixe para lá. Vamos tomar mais uma dose.

Lorde Gilles de Montefort, pai de Willian, não era mesmo uma das pessoas mais agradáveis. Sua noção estereotipada de honra e dever extrapolava, por vezes, o bom senso. No entanto, aquele assunto sempre acabava por aborrecer Willian e não seria ele a provocá-lo.

Sinalizando para que o criado lhe servisse mais uma dose, Tristan passou a descrever as qualidades de um novo potro que adquirira recentemente. Ocorria que, embora se esforçasse, não conseguia prender a atenção do amigo, não realmente.

Perdido em pensamentos, Willian ouvia sem prestar atenção. O encontro com Pimble o marcara profundamente. Era como se os céus, os deuses, o destino, fosse quem fosse que tecesse a trama da vida, estivesse lhe dando a chance de repensar seu presente e seu futuro.

9

Belinda se recolhera cedo. Fora um dia longo e exaustivo. Ainda por cima, ela tivera uma conversa desagradável com a mãe. Lady Carlyle simplesmente não conseguia perceber as limitações a que estavam sujeitas. A vinda de Mathilda daria uma pequena folga ao orçamento familiar, mas naquela tarde ela recebera uma cobrança da costureira. A mãe encomendara um vestido caríssimo e, como sempre, a sobrepujara garantindo que encontraria uma forma de realizar o pagamento. Começava a pensar que teria que trancar a mãe em casa para impedi-la de cometer tais desatinos.

Aborrecida, fora cedo para o leito, mas a aflição ainda não a deixava dormir. Revirava-se de um lado a outro, quando uma batida se fez ouvir e, antes mesmo que pensasse em responder, a cabeça de Pimble surgiu no vão da porta. Segurando uma vela, de camisola, com os cabelos trançados e um xale jogado nos ombros, ela perguntou:

— Está com muito sono? Mas há uma coisa que não me deixa dormir e gostaria de contar; isso se não for muito tarde.

— Nem um pouco de sono e, mesmo que estivesse, esperaria para ouvir o que tem a dizer. Você está inquieta, eu já havia notado e até lhe perguntei ao jantar se estava tudo bem. Obviamente não está! O que aconteceu, minha amiga? Venha, sente-se aqui e conte-me tudo — respondeu Belinda, dando uma batidinha na beira da cama, como se a indicar o local.

— Um encontro fortuito, e eu até me saí bem, embora minha vontade fosse acertar-lhe a cabeça com a estatueta da deusa Ísis, exposta no museu quase à minha frente. Mas me comportei! No entanto, encontrá-lo na sala de Sir Archibald, isso foi um susto maior. Pior ainda saber que ele quer comandar a expedição, como eu vou conseguir participar se for ele?

— Calma! — A voz de Belinda foi firme, embora em tom baixo. — Calma! Você está falando muito rápido, confusa, e não consigo acompanhá-la. Diga-me primeiro, quem foi que você encontrou? Ou melhor, em quem queria bater?

— Willian — respondeu Pimble em um tom de voz firme —, em Willian de Montefort, é claro!

— Oh! Conte-me tudo — pediu Belinda, mortificada. — O que aquele rapaz arrogante fez dessa vez?

— Na verdade, nada de mais, Belinda. Fui eu que acreditei que, depois de tanto tempo, ele não passasse de uma lembrança ruim, alguém a quem não teria mais o desprazer de encontrar. Enganei-me! Para minha surpresa, ele surgiu hoje no museu, como se fosse uma aparição. A propósito, ele parece diferente, talvez mais sério, não sei. Eu mantive a frieza, mesmo surpresa, e o tratei como ele merece, mas não posso negar que por dentro estava tremendo. E não me pergunte o porquê; eu não saberei lhe dar a resposta. Não, não me olhe assim, meu coração não disparou, emocionado, longe disso! — apressou-se a explicar, notando a expressão de Belinda. — Foi mais um sentimento de desconforto e um susto. De qualquer maneira, ele teve a ousadia de me convidar para tomar chá e, obviamente, eu recusei. Tampouco vou negar a satisfação que senti ao perceber sua incredulidade ao descobrir que sou a assistente de Sir Archibald. Foi como se o destino tivesse me reservado essa oportunidade de uma pequena... desforra? Não nego que há tempos eu... você sabe, eu quase me apaixonei, quase! Se o comportamento dele tivesse sido diferente...

— O comportamento dele foi horrível! — atalhou Belinda, que conhecia bem o que acontecera. — Ele praticamente a ignorou! Foi ultrajante!

— Ele agiu como um aristocrata, temeroso de ser visto na companhia de uma criada durante um evento real. Não foi realmente uma surpresa. Seria tolice acreditar que ele teria um comportamento diferente. Mesmo assim... foi... difícil! E, ao mesmo tempo, foi sorte.

— Sorte? O que você quer dizer? Não entendo dessa forma, Pimble! Willian a tratou com descaso! Fora tão gentil, vocês tinham tanto em comum e de repente ele a ignorou, como se você fosse um nada! Isso é sorte?

— Exatamente! Veja, Belinda, eu quase me apaixonei. E foi graças a esse comportamento horrível, como você diz, que caí em mim e superei o... o que havia começado a sentir. Por isso afirmo com segurança: foi uma sorte ele ter agido dessa forma antes que eu me envolvesse seriamente. E, se pensarmos bem, o que aconteceu acabou por me impulsionar em direção aos meus verdadeiros sonhos. Talvez, se Willian não tivesse aparecido e em seguida desaparecido de minha vida, eu ainda fosse apenas a criada de Lady Georgina.

— Hum... pensando por esse lado... talvez tenha sido sorte mesmo.

— E que agora se transforma em azar! Maldição! — praguejou Pimble, sem qualquer constrangimento.

— E essa agora, o que você quer dizer? — perguntou Belinda, que nem sempre conseguia acompanhar o raciocínio ligeiro da amiga.

— Eu sou perfeitamente capaz de encarar Willian com frieza e enxergar a situação como realmente é, mas... A verdade é que não era hora de *ele aparecer*, e ainda por cima envolvido justamente em meu trabalho. Isso me incomoda, tê-lo por perto dessa forma.

— Em seu trabalho? O que quer dizer, Pimble?

— Eu lhe disse, encontrei-o depois na sala de Sir Archibald. Ele estava lá para discutir o planejamento da expedição ao Egito. Ele quer coordenar o projeto, aquele do qual sempre sonhei participar. A presença dele certamente vai alterar meus planos. Eu estou indo tão bem com Sir Archibald, e agora tudo pode se perder.

— Mas por que pensa assim? Acha que ele a prejudicaria de forma intencional?

— Talvez não intencional, mas seu comportamento anterior me leva a pensar que dificilmente irá concordar com minha participação. E, se tudo ficar a cargo dele, o que eu poderei esperar?

Com gentileza e carinho fraterno, Belinda tomou a mão de Pimble nas suas. Um gesto de conforto. Ela sabia que, por baixo daquela aparência forte e determinada, por baixo de todo atrevimento e coragem, havia uma garota doce e sensível, que fora muito magoada. Seria uma injustiça imensa se Willian de Montefort viesse a interferir em suas aspirações.

Pimble, no passado, jamais mantivera esperanças quanto a um

relacionamento amoroso, muito embora entre eles houvesse evidente afinidade e simpatia. Willian e ela se conheceram de uma forma inusitada, diante da Pedra de Roseta no Museu Britânico. Foram apenas dois ou três encontros, e ela tivera a ilusão de que haviam se tornado amigos. Ele estava de partida para o Oriente e, face ao interesse comum pelo Egito, talvez pudessem trocar cartas. Mas, na última vez em que se encontraram, diante da aristocracia em Ascot, ele a tratara com uma frieza desconcertante, como se não a conhecesse. Ou melhor, como se sentisse vergonha de conhecê-la.

— Eu o excluí completamente de minhas lembranças — murmurou Pimble — e ele não tem o direito de se infiltrar novamente em minha vida. A possibilidade de estudar foi um presente imensurável e, por maiores que tenham sido as dificuldades, venho conquistando o que desejo. Tudo estava indo bem, até agora. Por mais absurdo que possa ser, Willian surge justamente no centro de tudo o que me interessa. Sir Archibald cogita nomeá-lo chefe da expedição que será organizada pelo Museu Britânico, justamente o projeto em que sonho participar.

Seu tom de voz expressava revolta. Ainda assim, ela não permitiu que seus olhos vertessem sua angústia. Chorar seria inútil. Cerrou os lábios e manteve-os secos. Belinda acalentou-a como faria com uma irmã mais nova, apoiando-a com carinho.

— Minha querida, você conseguiu tudo por seus méritos, você é forte, é dedicada. Não deixe que Willian de Montefort a desequilibre. Não lhe dê esse poder, jamais! Nada está perdido. Você já mostrou seu valor a Sir Archibald. Confie em sua capacidade. Eu acredito em você.

— Você tem razão — admitiu Pimble, erguendo-se. — Não devo permitir que ele me aflija. Lamentar tampouco me levará a algum lugar. Tenho que acreditar em mim; tenho e vou. Essa expedição é meu projeto de vida. Não vou desistir, mesmo que signifique conviver com Willian, ou enfrentá-lo. Tenho certeza de que Sir Archibald ficará a meu lado e atestará minha capacidade.

— Isso mesmo! Não lhe dê mais importância do que ele merece. Você é forte, é uma vitoriosa e vai conseguir. Tente dormir, minha amiga, descanse. Amanhã à noite teremos o baile na casa de Lady Rowena. Vamos nos concentrar nisso. Se estivermos juntas, tenho certeza de que será uma noite de diversão. Uma pena que Mathilda não possa ir conosco — lamentou Belinda, desviando o assunto propositalmente.

— Ela é uma ótima garota, não é mesmo? Fiquei muito contente em saber que encontrou um periódico disposto a publicar seus contos e artigos. A ideia de assinar Matthie O'Brien surtiu efeito, pois ela finalmente conseguiu a atenção de um editor e, como já sabíamos, seus textos foram considerados de muito valor — disse Pimble, esquecendo-se de seu dissabor ao se lembrar da alegria da amiga.

— Sua ideia foi excelente. Assinar Matthie abriu-lhe as portas. A ironia está no fato de o editor que mais apreciou seu trabalho ser, segundo ela, um escocês arrogante que acredita serem as mulheres seres inferiores, destinadas a usar a cabeça apenas para experimentar fitas e chapéus. Ela já o procurara uma vez e, para seu desgosto, foi essa a resposta que ouviu. Ele nem mesmo concordou em ler seus textos. Talvez por obstinação, ela decidiu enviá-los pelo correio sob o pseudônimo masculino. Dessa forma, ele não só leu como se encantou com a qualidade de sua escrita. E a publicou! Rimos muito ao imaginar qual seria a reação dele se descobrisse que está dando destaque ao trabalho de uma mulher e pagando por ele.

— Ora, melhor que nunca descubra. Homens! Nunca se sabe o que esperar. Quase consigo pensar que merecem ser enganados, muito embora Mathilda não o tenha feito. Afinal, ela assina o próprio nome e não tem culpa de esse nome atender tanto a um homem quanto a uma mulher. — Riu Pimble, divertindo-se com a situação. — É um nome justo, não diferencia masculino e feminino. Pensando nisso, gostei ainda mais. E já que estamos falando sobre ela, quando ela se muda para cá?

— Ora, eu esqueci de lhe contar. Amanhã, pela manhã. Combinamos em um sábado, assim você estará por perto para ajudar-me com mamãe.

— Não se preocupe, estarei a seu lado.

— Conto com isso. Bem, acho melhor tentarmos dormir, se quisermos estar com boa aparência na festa. Segundo mamãe, boas noites de sono são essenciais e, pelo menos sobre isso, ela parece estar certa — brincou Belinda. — É seu primeiro baile, minha amiga, e espero que se divirta, de verdade.

— Não sei se conseguirei sentir-me confortável; você sabe que aquele não é meu ambiente. Mas Lady Rowena foi extremamente gentil e eu não poderia recusar o convite. Ainda assim, acho que não vou conseguir relaxar... toda aquela etiqueta... não conseguiria decorar nem a metade das regras, ainda que quisesse. E, sinceramente, não quero. Por vezes me pergunto se não seria mais agradável se as pessoas, em vez de afetadas e cheias de normas, fossem simplesmente gentis. Prometa-me que não vai me deixar sozinha por muito tempo. Conto com você para evitar que meu... hum... excesso de franqueza acabe por causar constrangimentos. Por favor, se eu exagerar, cutuque-me.

— Sempre, minha amiga. — Riu Belinda. — E não estou nem um pouco preocupada com seu comportamento. Na minha opinião, franqueza nunca foi um defeito.

— Diz isso apenas porque é minha amiga. Eu sei que por vezes esse tal excesso pode ser um tanto inconveniente. E, falando em franqueza, vou deixá-la dormir, pois seus olhos mal conseguem se manter abertos. Está escutando-me por pura gentileza. Boa noite, Belinda, e obrigada pelo carinho. Você é a melhor amiga que uma garota pode desejar.

10

— Belinda, você pode explicar por que o quarto de sua avó está todo aberto? E aquela menina... a nova criada, não consigo lembrar o nome...

— Susie, mamãe, a garota se chama Susie — explicou Belinda, ciente de que teria que ter muita calma e paciência nos momentos a seguir. Embora, havia alguns dias, tivesse avisado à mãe de que a nova pensionista chegaria naquele fim de semana, Lady Carlyle optara por ignorar a questão.

— Sim, essa mesma — continuou a dama, sentando-se à mesa para o desjejum. — Por que ela está esbaforida, arrumando a cama? Por acaso você acredita que minha sogra, que Deus a tenha e a mantenha, vai reviver e voltar a seu quarto? É bem verdade que ela adorava aquele quarto; mas, se ela aparecer, eu juro, saio correndo e não volto!

— Que bobagem, mamãe. Não fale assim, é óbvio que não mandei arrumar o quarto para a vovó. Experimente esses *scones* — ofereceu Belinda, servindo a mãe, com a esperança de que os pãezinhos amenizassem o ataque de mau humor que viria quando ela percebesse que o movimento acontecia em razão da chegada de Mathilda.

— Hum... *scones*? — questionou a dama, servindo-se. — Eu não sabia que a cozinheira era hábil a esse ponto. E, afinal, por que perder tempo limpando aquele quarto? Talvez melhor arejar a sala de estar, já que está uma manhã bonita. Podemos nos sentar lá, com as janelas abertas para o jardim e relaxar por algum tempo. Hum... — grunhiu Lady Carlyle em aprovação, colocando um substancioso pãozinho com creme na boca.

— Não, não foi nossa cozinheira que assou os *scones*. Ela mal dá conta do trivial. Esses doces são da Fortnum. Achei que seria bom termos um desjejum especial hoje. — Belinda conhecia a mãe e sabia que ela não resistia a uma guloseima.

— Alguma razão para isso? Não me diga que seguiu meu conselho e decidiu apostar algumas moedas... Foi bem-sucedida? Ganhou, certo? O que foi, cavalos? Eu sempre lhe disse que...

— Mamãe, acha mesmo que eu faria isso? — protestou Belinda, horrorizada. — De modo algum. Apenas, bem... acontece que a nova pensionista chega hoje, e como ela já pagou pela estadia do próximo mês, temos uma sobra. Nada substancial, mas suficiente para um pequeno luxo. Aliás, isso explica também para quem o quarto verde está sendo preparado — emendou, rapidamente. — Que bom, vejo que a senhora adorou o doce. Está vendo a vantagem de se...

— Pensionista!? — gritou Lady Carlyle, com a boca cheia, esquecendo-se completamente das boas maneiras. — Achei que você tivesse desistido dessa loucura. Quem é a rameira que eu terei que aturar sob meu teto?

— Por favor, não se refira a ela dessa forma pejorativa, mamãe. Mathilda O'Brien é uma jovem escritora que residia com a sra. Ridley, viúva do coronel Ridley — apressou-se a esclarecer Belinda. — É uma moça adorável. Sua família e os Ridley têm laços de amizade há anos, e a viúva a recebeu quando veio de Dublin para Londres. Mas, agora, com a decisão da sra. Ridley de fixar-se definitivamente no campo, ela precisa de novas acomodações.

— Uma irlandesa! — Lady Carlyle fez um gesto de desprezo. — Metida a escritora! Só falta ser uma ruiva atrevida e deselegante.

— Ruiva, sim! Atrevida, talvez — admitiu Belinda, lembrando-se de como a jovem enfrentara o diretor do *London Chronicle*. — Mas deselegante, não! A srta. O'Brien é uma linda moça, muito educada e de porte altivo. E, como eu já lhe disse, mamãe, não temos alternativas. Pense pelo lado positivo: será muito agradável ter mais uma boa moça, muitíssimo bem recomendada, com quem partilhar amizade. Nos demos muito bem, e ela adorou o quarto da vovó, principalmente o papel de parede chinês.

— Não quero saber, não me interessa, não pretendo conviver com ela. Se você insistir em transformar nossa casa em... em... Vou passar a fazer as refeições no quarto.

— Então eu sugiro que faça isso mesmo, porque as novas pensionistas virão, e não serão apenas Pimble e Mathilda. A menos que pretenda devolver seu vestido novo para a costureira, por absoluta impossibilidade de pagamento.

— Recuso-me a ouvir tais disparates. Quer saber de uma coisa? Vou ao Regent's Park. Um passeio será muito melhor do que ficar aqui ouvindo tais asneiras. Poderia convidá-la, mas você parece ter coisas mais importantes para fazer do que acompanhar a própria mãe. Você se transformou em... nem sei em quê!

— Um passeio seria adorável, mas alguém terá que ficar em casa para receber Mathilda. E, entre nós duas, não tenho dúvidas de que o melhor é que seja eu.

Com um muxoxo mal-humorado, Lady Carlyle levantou-se.

— Uma irlandesa! E ainda por cima, ruiva! Que absurdo. Pelo menos os *scones* estavam muito bons...

— Ela deve estar prestes a chegar. Achei até que viria pela manhã — disse Pimble, aproximando-se da janela.

A tarde já ia pela metade, e Mathilda ainda não chegara, o que gerava uma pontada de aflição em Belinda. Teria a garota desistido? Ela já lhe adiantara o pagamento do mês, e parte do dinheiro havia sido muito bem gasto.

— Eu também, será que não virá? Talvez tenha ouvido os rumores acerca do humor de mamãe. Ah, Pimble, ela está cada vez pior, e não sei o que fazer!

— Não, não creio que seja isso. Sua mãe é reconhecida por sua aptidão para jogos de azar, mas não exatamente por mau humor. Muito pelo contrário, socialmente ela é vista como alguém bastante divertida, o que não é exatamente mentira. Perdulária, sim... mas divertida! Olhe. — E apontou pela janela. — Um coche de aluguel parou diante da porta. Deve ser Mathilda.

E realmente, alguns minutos depois, Mathilda O'Brien, um pouquinho descabelada, adentrou a sala, anunciada por Susie.

— Lamento se me fiz esperar. A sra. Ridley partiu apenas ao final da manhã e eu não quis deixá-la sozinha. Não é fácil abandonar o lar. — E uma pontada de tristeza se fez notar em sua voz. — Como bem podem imaginar.

— Muito gentil de sua parte ficar com ela, Mathilda. — Assentiu Belinda.

— Sim, mas agora que está aqui, cabe a nós sermos gentis — emendou rapidamente Pimble. — O bom de vir hoje é que estamos ambas em casa e você poderá contar conosco para ajudá-la a acomodar-se. Queremos que se sinta confortável, e não posso negar que poderia ser um tanto estressante começar sua vida aqui na companhia apenas de Lady Carlyle. Ah! Perdoe-me, Belinda, não quis ser grosseira — desculpou-se, percebendo que sua costumeira franqueza poderia ter magoado a amiga.

— Não se preocupe, Pimble, você não foi grosseira, apenas direta, como sempre. E acho que o comentário foi até providencial. Eu devo preveni-la, Mathilda, de que... hum... o humor de minha mãe é um tanto instável quando versa sobre pensionistas. Ela tem certa dificuldade em aceitar nossa falta de recursos — esclareceu Belinda, constrangida —, e por vezes comporta-se mal. Receio que possa reagir de uma forma pouco simpática à sua presença, em um primeiro momento.

Belinda mal teve tempo de terminar o comentário. Como se a menção a houvesse atraído, Lady Carlyle entrou na saleta com um folhetim aberto na página de apostas, resmungando em voz alta.

— O Black Star correu o páreo três e venceu! E estava pagando três para um. Eu deveria ter seguido meu palpite. — Ao se deparar com as jovens, teve um sobressalto. Agilmente, tentou esconder atrás de si o jornaleco e trouxe um sorriso forçado ao rosto. — Ora, Belinda, você não avisou que teríamos convidadas para o chá.

— Mamãe! — exclamou Belinda, sem esconder uma certa frustração. — Apostas? Está mesmo pensando em apostar? De novo? Quando vai aprender a lição?

— Não sei por que você está dizendo isso! Estou apenas tentando manter-me informada. Afinal de contas, o turfe é um esporte nacional e não vejo nenhum problema em gostar de cavalos. E quem é essa jovem que nos dá o prazer da visita? — questionou, numa tentativa óbvia de desviar o assunto.

— Lady Carlyle, muito prazer em conhecê-la — apresentou-se a jovem, levantando-se de forma graciosa. — Sou Mathilda O'Brien, a nova pensionista. Também gosto muito de cavalos. Quando quiser conversar a respeito, terei imenso prazer. Meu pai é um adepto das corridas e ensinou-me alguns truques para avaliar um bom animal — explicou, como se corridas de cavalos fossem um assunto trivial.

Por um segundo o silêncio reinou no ambiente enquanto as três observavam Lady Carlyle. Ao ouvir a palavra "pensionista", sua fisionomia fechou-se com desagrado. Em seguida, um leve sorriso curvou seus lábios. Mathilda, ao que parecia, conseguira causar uma boa impressão ao mencionar gostar de cavalos.

— Mathilda O'Brien, hum... Bem, já que minha filha decidiu transformar nosso lar em uma casa de cômodos, pelo menos que seja com alguém com quem poderei partilhar alguns interesses. Seja bem-vinda, srta. O'Brien, a... digamos... essa confraria feminina — concluiu com um leve desprezo.

— Confraria, Lady Carlyle? — indagou Pimble, curiosa.

— Muito melhor do que chamar de pensão, não acham? Já que tais mudanças parecem ser obrigatórias, pelo menos devemos tentar manter alguma dignidade — resmungou a velha dama, deixando a sala.

— Oh! Mamãe! — protestou Belinda.

— Não se preocupe, Belinda, não me melindrei — Mathilda apressou-se a acalmá-la. — Minha mãe também tem um gênio um tanto difícil, mas aprendi a lidar com ela. Quando a vejo um pouco irritadiça, procuro chamar sua atenção para um assunto de seu interesse. No caso de minha mãe, são flores; no da sua, parecem ser cavalos.

— Foi mesmo providencial seu comentário sobre os cavalos. Isso a amoleceu um pouco. No entanto, eu devo pedir-lhe que não a incentive. Mamãe tem um péssimo hábito de apostar — disse Belinda, envergonhada. — E ela se referiu a nós de uma forma um tanto depreciativa. Peço desculpas.

— Minha amiga, não tem por que desculpar-se. Primeiro, porque os comentários de Lady Carlyle não são sua responsabilidade — interrompeu Pimble. — E, segundo, porque gostei da menção a uma confraria. Sua mãe obviamente usou de ironia, mas essa é uma excelente ideia. Uma confraria feminina! Amigas enfrentando unidas os obstáculos que as impedem de conquistar um lugar nesse mundo masculino.

— Ora, se essa não é uma boa ideia, não sei o que seria! — exclamou Mathilda. — Uma confraria de amigas, apoiando-se mutuamente. Se os homens têm seus clubes exclusivos, por que não teríamos uma confraria feminina? Isso é incrível!

— Bem, se vocês gostam da ideia — murmurou Belinda, ainda sem entender bem o que Pimble tinha em mente. — Não posso negar que apoio e amizade são sempre um sustentáculo. Mas não vejo necessidade de nenhuma denominação para nos apoiarmos mutuamente, vocês veem?

— Eu não estou pensando apenas em nós. Imagino expandirmos nosso apoio a outras mulheres. Tenho certeza de que existem muitas que almejam crescimento intelectual. Imaginem quantas mulheres inteligentes e ávidas por conhecimento vivem sufocadas por restrições descabidas. Vamos reunir todas aquelas que sonham usar seus talentos para a arte, a cultura, a política... Quem sabe um dia nossa confraria poderá impulsionar uma mulher até o Parlamento — discorria Pimble, cada vez mais animada, a voz um tom mais alto. — Sim, seria maravilhoso! E precisamos de um nome!

— Seria mesmo, embora eu não tenha qualquer esperança. Não nos deixam sequer escrever, que dirá governar! — resmungou Mathilda.

— Pimble, vamos começar por nós mesmas — concluiu Belinda, diminuindo o já conhecido impulso sonhador da amiga. — Uma confraria de amigas já é o suficiente por ora. O futuro... quem sabe? No entanto, não posso negar: essa é uma ideia divertida.

— Sim, começaremos por nós. Mas não vou desistir da ideia. Quanto ao nome... digamos... — Com um olhar ao derredor, Pimble notou, através das janelas, o belo canteiro de íris azuis florescendo no jardim. — Íris! O que vocês acham de Confraria da Íris?

— Íris, uma de minhas flores preferidas — comentou Belinda suavemente. — Embora não tenha o glamour das tão reverenciadas rosas inglesas, é uma linda flor, e são seus canteiros que muitas vezes formam a base de um belo jardim. Sim, gostei.

— Então devemos brindar a essa ideia brilhante — emendou Mathilda. — Uma confraria feminina. Mas, antes de tudo, uma confraria de amigas.

— Precisamos de uma bebida — concordou Pimble. — Chá?

— Não, tenho uma ideia melhor — afirmou Belinda, animada, correndo em direção a um armário. — Mamãe guarda uma garrafa de Pimm's por aqui, para fins medicinais, é claro. Mas acho que essa é uma boa hora para fazermos uso dela. — Riu, enquanto servia três doses mínimas em cálices de cristal. — A nossa confraria — brindou. — Muito embora eu ainda não saiba exatamente o que isso significa.

— Às Íris — emendou Pimble — e à amizade. Porque, nesse mundo tão masculino, é isto que importa: ter amigas e poder contar com elas. É isso que significa. Um brinde a nós!

Erguendo os cálices, todas brindaram, engasgando-se um pouco com a bebida forte, o que resultou em boas risadas.

11

— Você está linda!

— Ora, não exagere — ponderou Pimble, acanhada com o comentário de Belinda. Ela usava um vestido de seda com detalhes delicados em renda, num tom de lavanda suave. Fora um presente de Lady Georgina e, embora simples, era uma peça de extremo bom gosto. Como não dispunha de joias, prendera os cabelos e os enfeitara com pequenas flores do mesmo tecido do vestido. — Você também está muito bonita, Belinda.

— Um vestido do ano passado. A costureira conseguiu dar-lhe uma nova aparência. Minha mãe sempre teve a tendência de escolher modelos cheios de babados e insistir para que eu também os usasse. Tamanha profusão de tecido facilitou a reforma e finalmente pude usar um modelo discreto, mais a meu gosto.

— Esse tom de cor-de-rosa lhe cai muito bem. Você está adorável. Acho que terei de renunciar à sua companhia, e o farei de bom grado, porque os rapazes farão fila para conseguir sua atenção — afirmou Pimble, feliz pela amiga. Ela sabia o quanto Belinda suportava as cobranças da mãe quanto a conseguir um bom casamento.

— Não se iluda, pois nada do que tenho a oferecer é atrativo. É de conhecimento geral que uma jovem sem fortuna e sem grande beleza não se destaca no famigerado mercado de casamentos, a razão central das temporadas. Tenho ciência plena disso e, depois de três temporadas, estou tentando me conformar com a possibilidade de ficar solteira. Não que eu não deseje um casamento; o problema é que também não desejo *qualquer* casamento, e a cada ano vejo as possibilidades diminuírem. Se o casamento se tornar mesmo uma possibilidade distante, talvez eu consiga uma colocação como dama de companhia. Afinal, conviver com Lady Carlyle e suas extravagâncias será uma boa referência para a função. — Riu Belinda.

— Não, não pense assim. Você é uma pessoa gentil e doce. Merece encontrar alguém que perceba o quanto é preciosa. Tenho certeza de que isso vai acontecer e de que você será muito feliz.

— Acho difícil, mas, se acontecer, você será minha madrinha! Já está convidada!

— Com muito prazer, milady — agradeceu Pimble, fazendo uma pequena reverência. — E agora acho que devemos descer. A carruagem de aluguel já deve ter chegado, e sua mãe certamente está à nossa espera. Vamos. Que seja uma noite divertida!

Pimble precisou de esforço para manter-se educadamente controlada enquanto sua vontade era percorrer o salão, olhos arregalados, admirando tudo e todos. A festa estava maravilhosamente linda, em sua modesta opinião. Embora tivesse ficado por bastante tempo a serviço de Lady Georgina, a duquesa vivera sempre muito reclusa, sem oferecer grandes recepções. Por isso, Pimble pouco havia participado dos preparativos para tais eventos e, obviamente, jamais imaginara participar de um como convidada.

O salão fora enfeitado com grandes arranjos florais e havia uma profusão de velas, trazendo uma luminosidade dourada ao ambiente. A orquestra tocava em um tablado, criados de libré serviam champanhe, e havia um buffet com guloseimas e refrescos montado entre duas colunas. Os homens usavam casacos elegantes e as mulheres ostentavam joias belíssimas. Ela estava encantada e bastante ciente de que aquele não era o seu lugar. Mas, já que ali estava, ficaria aproveitando o luxo e o glamour inusitados.

— Lady Rowena se esforçou, pois está tudo lindo — confidenciou-lhe Belinda ao aguardarem na fila para cumprimentar a anfitriã.

— Sim, está. Tudo parece perfeito, embora eu deva reconhecer que não tenho um padrão de comparação. É minha primeira vez em um ambiente assim.

— Torço para que não seja a última — murmurou Belinda.

— Lady Rowena, que festa lindíssima! Ouso dizer que mesmo sendo a primeira da temporada, não será suplantada por qualquer outra. — Lady Carlyle fez uma mesura um tanto exagerada, como sempre.

— Gentileza de sua parte. Fico contente por estar gostando. Oh! Belinda e Pimble! — exclamou a anfitriã, dessa vez alargando o sorriso e demonstrando evidente satisfação. — Que bom que vieram.

— Milady — cumprimentou Pimble com uma reverência discreta e graciosa —, muito obrigada pelo convite! Foi uma surpresa. Mais do que isso, um presente maravilhoso!

— Você sempre será muito bem-vinda, Pimble — respondeu Lady Rowena, com um sorriso caloroso. — Agora, aproveitem a noite e divirtam-se — desejou, voltando-se para a baronesa de Westminster, que reivindicava atenção.

— Está tudo lindo, mas um pouco quente. Não sei se é o ambiente ou se sou eu, sentindo-me assim por estar ansiosa — comentou Pimble, abanando o leque enquanto se afastavam.

— Não é impressão. O salão está mesmo um pouco abafado, talvez por estar tão cheio. Acho que ninguém declinou o convite. A sociedade parece ter vindo inteira — concordou Belinda. — Vejo os criados circulando com champanhe, mas eu gostaria de um refresco. Vamos até o buffet?

— Não se demore — interveio Lady Carlyle. — Você deve circular pelo salão, esforçando-se para chamar alguma atenção. Ainda está com seu cartão de dança em branco; precisa encorajar algum pretendente. Temporadas não são infinitas, o tempo passa e, se não quiser acabar solteirona, deve tratar de encontrar um marido desta vez.

A jovem titubeou, mas não respondeu à grosseria da mãe, apenas mordeu os lábios e dirigiu-se ao buffet, esforçando-se para manter um sorriso no rosto enquanto atravessavam o salão.

— Não a deixe magoá-la — pediu Pimble, baixinho, enquanto aguardavam o criado servir-lhes o refresco. — Você é uma moça maravilhosa. Doce e sensata! E não precisa ficar se pavoneando por um salão para encontrar quem reconheça suas qualidades.

— Infelizmente, minha mãe tem razão — resmungou Belinda. —

Não estou ficando mais jovem. Tampouco mais atraente. Isso sem falar que sequer disponho de um dote decente. Oh, Pimble, seria tão mais fácil se nos permitissem viver sem o peso da obrigação de conquistar um marido! Não tenho nada contra o casamento, ao contrário. Eu quero me casar, ter uma família, filhos, uma casa minha. Ao contrário de você, não tenho ambições diversas daquelas a que fui direcionada. Eu realmente adoraria me casar! O que me incomoda é a pressão que minha mãe e a sociedade impõem nesse sentido.

— Entendo o que quer dizer. Temporadas sempre me pareceram semelhantes às corridas de cavalos — disse Pimble, com seriedade.

— O que exatamente quer dizer? — perguntou Belinda, a quem as comparações incomuns da amiga já não surpreendiam. — Você está comparando os eventos a corridas de cavalos?

— Mais ou menos isso. Pense comigo: o primeiro baile da temporada é como a largada em um grande prêmio. Os cavalos são as debutantes, todas correndo para conseguir a melhor colocação possível, ou seja, um marido. Claro que o diamante da temporada, como é chamada a debutante mais disputada, se equipara ao melhor cavalo do páreo. Ambos conquistam o melhor prêmio, seja ele uma taça ou o nobre com maior título e fortuna.

— Oh, meu Deus, Pimble! — exclamou Belinda, rindo. — Que imaginação! É uma comparação um tanto insólita, mas devo concordar que é realista. Tudo se resume a uma grande corrida para conseguir o melhor prêmio. Àquelas não agraciadas com bons atrativos, conseguir terminar o páreo, ou seja, casar-se, já se configura uma conquista. Você não acha tudo isso muito deprimente? É um verdadeiro mercado; nós, mulheres, devemos encontrar um marido a qualquer custo e, para isso, precisamos exibir nossos atributos. No entanto, encontrar felicidade em uma união que não esteja fundada em afeto e interesses comuns é quase impossível. O que significa que chegar ao fim da corrida não nos trará necessariamente felicidade, pelo contrário.

— Sim, a mim parece deprimente. Mas é essa a expectativa que a sociedade tem em relação às mulheres. Conseguir um bom casamento deve ser sempre o objetivo maior. E o que acontece com elas quando o tão sonhado objetivo se mostra muito diferente da expectativa? Por que não podemos ter liberdade para... hum... testar o amor e descobrir se uma relação nos fará bem antes de termos que nos prender pelos laços de um casamento? Seria muito melhor para todos.

— Suas ideias são revolucionárias, minha amiga, mas impraticáveis. Uma mulher que se dispusesse a testar o amor, seja lá o que você esteja querendo sugerir com isso, certamente teria sua reputação completamente arruinada. Infelizmente, em nosso meio, as relações só se aprofundam após o casamento e aí... pode ser tarde demais. Se pelo menos eu conhecesse alguém que partilhasse do meu modo de pensar! Você sabe que temos passado por dificuldades depois que meu pai morreu, mas continuo achando que sentimentos devem se sobrepor a dinheiro.

— Belinda, você tem um coração nobre e certamente encontrará alguém que partilhe tais ideais.

— Quem me dera, minha amiga. Nem mesmo consigo um pretendente aceitável, que dirá um com nobres interesses. A possibilidade de casar-me, apenas por casar-me, com alguém que não me desperta qualquer afeto ou arrebatamento... não sei se conseguiria. Talvez prefira a solteirice. Que minha mãe não me ouça!

— E não está errada! Lembre-se: você não é obrigada a aceitar tudo o que sua mãe impõe. Esta noite, por exemplo, não a transforme em uma "caça ao marido". Vamos tentar nos divertir, ouvir música e tomar champanhe! E minha proposta para dançarmos juntas continua a valer — afirmou, rindo e conseguindo trazer leveza ao semblante da amiga —, muito embora eu tenha certeza de que um cavalheiro logo se interessará em preencher esse cartão de danças.

Pimble viu a amiga esforçar-se para trazer um sorriso ao rosto. Às vezes, sua vontade era confrontar Lady Carlyle e fazê-la notar o quanto era cruel com a filha; mas, infelizmente, sabia que não poderia, muito menos deveria, ultrapassar certo limite. Não era fácil, mas ela transformara o desejo de ser ferina com a velha dama em um exercício de autocontrole. Em contrapartida, dedicava sua amizade sincera a Belinda e, dentro do possível, afastava-a da influência negativa da mãe. A autoestima da jovem fora bastante machucada, e ela faria o possível para ajudá-la. Era fácil perceber que, ao contrário de Mathilda e dela mesma, os anseios de Belinda tinham uma conotação mais romântica, voltados a uma vida doméstica. Tudo que Belinda sempre desejara era formar uma família feliz. Seria uma pena se seus sonhos não se concretizassem, que nenhum gentil-homem percebesse o verdadeiro tesouro que ela era, com sua doçura muito mais valiosa do que um dote.

— Vamos voltar ao centro do salão. Tenho certeza de que em breve os convites para dançar surgirão, assim como os pretendentes. Quero ver um lindo sorriso em seu rosto. Anime-se, pois a festa mal começou — afirmou Pimble, direcionando Belinda.

— Você tem razão! Sonhos existem para serem sonhados. Quem sabe em algum desses cantos exista um cavalheiro que deseje exatamente o mesmo que eu? Ou que pelo menos não me considere entediante? Hoje vou apenas tentar me divertir — respondeu Belinda, com alegria, mais para agradar à amiga do que por verdadeira esperança.

O que as jovens não notaram foi o cavalheiro, semioculto por uma das colunas, ouvindo com atenção a conversa. Tampouco notaram que ele as seguiu com o olhar quando se afastaram.

12

Hubbold Tristan, conde de Kensey, viu as jovens se afastarem. Não fora educado de sua parte ouvir a conversa, mas certamente fora muito interessante, embora não lhe parecesse real. Havia muito tempo, aprendera que nem sempre o que se via ou ouvia correspondia à verdade. As mulheres eram todas similares, distinguindo-se apenas pela aparência física e seus interesses. Porém, Lady Belinda não lhe era de todo desconhecida, na verdade lembrava-se dela.

Há alguns anos, durante uma temporada em Ascot, a jovem o procurara para negociar a dívida da mãe, cujo vício em apostos era notório. Ela fora agradável e absolutamente correta. Ele se sentira tão sensibilizado com sua situação, decorrente da inconsequência da mãe, que pensara até em desconsiderar a dívida. No entanto percebera a tempo que isso a ofenderia e a faria sentir-se eternamente devedora, o que seria uma humilhação, razão pela qual se limitara a facilitar o pagamento. E ela cumprira fielmente o acordado.

Pensando bem, talvez devesse dançar com algumas das jovens presentes, para manter o mínimo de civilidade e aparência social. Talvez Lady Belinda fosse menos aborrecida do que as debutantes de cabeça oca.

— Belinda, ele a está observando fixamente há alguns minutos. Acho que vem em nossa direção — comentou Pimble para a amiga, que se virara de costas para a pista de dança.

— Oh, não! Então eu não o despistei! Não que ele me cause qualquer aversão; ao contrário, Lorde Tristan sempre me tratou com cortesia, mas vir em minha direção não é uma boa coisa — lamentou Belinda, mordendo o lábio. — Será que minha mãe se envolveu em alguma aposta disparatada e inconsequente? Ele possui cavalos e já lhe concedeu crédito uma vez; isso pode ter sido um fator a incentivá-la. Bem que a achei muito animada com a possibilidade de comprar novas roupas. Só me falta isso, minha mãe ter contraído nova dívida. Eu morreria de vergonha se...

— Lady Belinda.

A voz grave a fez virar-se, e um súbito calor subiu-lhe ao rosto já em antecipação ao eventual comentário sobre o comportamento da mãe.

— ... concede-me esta dança? Isso se em seu cartão de dança não estiver anotado o nome de alguém que tenha sido mais rápido do que eu — brincou. — Devo preveni-la, no entanto, de que há algum tempo não pratico essa atividade. Terei que contar com sua generosidade em não me julgar desastrado por demais.

— Dançar... sim, naturalmente — concordou Belinda, enquanto aceitava o braço que o lorde lhe oferecia para conduzi-la ao centro do salão. Ainda assim, seu receio não diminuiu. Talvez ele estivesse sendo cordato antes de mencionar a possível dívida da mãe.

— Não a tenho visto recentemente, o que, devo dizer, é uma pena — disse ele, entabulando conversa. Escolhera aquela dança porque sabia que lhe proporcionaria a possibilidade de trocar algumas palavras com a jovem.

— Muita gentileza de sua parte, porém não temos muita oportunidade de participar da vida social — respondeu Belinda, com certa timidez. — Milorde, mais do que ninguém está ciente de nossas dificuldades. Minha mãe, como sabe... bem, seu gosto por apostas não diminui, não importa o quanto eu lhe mostre como é um vício devastador.

— Ora, Lady Carlyle tem um fraco por cavalos, é certo, mas...

— Desculpe-me a franqueza — interrompeu Belinda, aflita. — Mas não existe razão para que eu não seja verdadeira com o senhor; afinal, já presenciou minha desventura. Ela... ela... lhe pediu... ou apostou... talvez tenha perdido... talvez o senhor precise avisar-me... — A jovem gaguejava, mostrando visível desconforto em abordar o assunto que a espicaçava.

— Não! — Ele foi firme. — Se milady acredita que a convidei para dançar porque preciso discutir alguma... hum... aposta ou um débito contraído por sua mãe, está enganada.

— Mesmo? — A indagação saiu espontaneamente, revelando surpresa. O alívio que sentia por ele não a estar cobrando por um eventual débito da mãe era imenso.

— Não tenho o hábito de mentir, senhorita. Eu não a convidei para dançar e cobrar eventuais dívidas de sua mãe — reafirmou, antes de fazê-la girar em um movimento elegante.

Pela primeira vez naquela noite, um sorriso caloroso e verdadeiro invadiu o rosto de Belinda e incendiou seus doces olhos castanhos. A distância, mas ainda assim atenta às reações da amiga, Pimble não pôde deixar de notar a mudança em sua expressão.

Pimble relembrou que, embora tivesse a fama de ser um homem rude, fora Lorde Tristan o responsável por unir em definitivo Lady Georgina e Lorde Hughes. Alguém que fora tão bom e amável com os amigos não poderia ser uma pessoa de má índole. Pelo menos de longe, considerando-se a expressão de Belinda, Lorde Tristan não estava sendo duro; ao contrário, parecia estar se comportando com gentileza. E, se Belinda estava feliz, tudo estava certo.

Vendo a amiga tão alegre, relaxou. O ambiente continuava quente e nem mesmo o abanar do leque trazia algum refrigério. Além disso, os grampos usados para manter os cabelos impecavelmente presos no alto da cabeça e as flores que o enfeitavam não eram algo a que estava acostumada. Estava começando a sentir-se desconfortável; talvez, se conseguisse refrescar-se um pouco... Uma volta no jardim lhe pareceu algo convidativo. Pimble sabia muito bem que embrenhar-se pelas alamedas escuras não era o comportamento esperado de uma dama. Ao contrário, era o tipo de coisa que poderia dar origem a maledicências. Mas, afinal, ela não era uma dama! Sem falar que ninguém naquele imenso salão notaria sua ausência. Enquanto dançava, Belinda não sentiria sua falta. Ela, por outro lado, precisava de ar fresco. A tentação foi maior do que o bom senso.

Desviando-se dos convidados, o rosto um pouco escondido pelo leque, ela foi se dirigindo a uma das grandes portas abertas para a área externa. À exceção de uma ou outra pessoa na varanda, o jardim à frente parecia vazio. Uma grande lua navegava no céu, derramando seu brilho prateado, e o ar fresco era um alívio depois do calor abafado que reinava no salão. No horizonte, um raio riscou o céu, prenúncio de que a calmaria iluminada não duraria muito. Mas, por ora, a noite estava bela e ela não resistiu. Guiando-se pelo perfume das rosas, desceu os degraus que a separavam das alamedas arborizadas. Mal dera alguns passos, quando uma voz engrolada chegou a seus ouvidos. Assustada, percebeu que o sujeito recostado em uma árvore tinha uma garrafa de *brandy* nas mãos.

— Ora... ora... uma donzela sozinha no jardim... deve estar procurando companhia... venha cá, minha franguinha — grunhiu o homem, cambaleando em sua direção.

Pelas roupas, era um dos convidados; no entanto, estava completamente embriagado. Por um ou dois segundos, ela titubeou, dividida em ultrapassá-lo ou virar-se e retornar por onde viera. E essa demora foi suficiente para que o sujeito a agarrasse pelo braço e a puxasse contra si.

— Franguinha... você tem um cheiro bom... não se assuste. Só quero um beijo, minha donzela perdida na noite... só um beijo... você vai gostar...

O hálito do sujeito fedia a álcool e ela sentiu o estômago revirar quando o desaforado tentou encostar os lábios nos seus. Só que Pimble não era uma pobre donzela em perigo. De onde vinha, as mães ensinavam as filhas a se defender de brutamontes como aquele. Sabia que gritar por socorro não o impediria. Provavelmente seus gritos sequer seriam ouvidos. Precisava reagir de outra forma. Erguendo a perna com força, ela direcionou a joelhada para a virilha, visando acertá-lo em um ponto fraco. Infelizmente, as saias a atrapalharam e o golpe não foi forte o suficiente. Sua resistência só o fez ficar mais excitado e atrevido. Assustada, empurrou-o e tentou correr, mas ele era mais forte e a agarrou. A seda frágil do vestido se rompeu e, com nojo, ela viu o homem babar, os olhos vidrados e fixos em seus seios mal cobertos pela chemise.

Um grunhido estrangulado saiu de sua garganta quando percebeu que não teria forças para pará-lo. Fechou os olhos instintivamente, como se essa fosse uma forma de se proteger, empurrando-o e tentando arranhá-lo no rosto. Ela não cederia facilmente, lutaria com todas as suas forças! Mas, antes que o sujeito a tocasse, foi arrancado com violência.

— Seu animal imundo! Eu deveria arrancar seus testículos e enfiá-los em sua boca antes de matá-lo! — rosnou alguém, esmurrando o desgraçado com força.

Ela não sabia de onde ele surgira; mas, quando deu por si, Willian estava parado à sua frente, belo como um anjo feroz e protetor. Os olhos faiscando a encaravam com firmeza. Sua expressão denotava preocupação, mas sua voz era suave, como se temesse assustá-la ainda mais.

— Ele a machucou? Você está ferida, Pimble?

— Não, ele não chegou a me ferir... — ela balbuciou, em choque. — Eu o chutei, mas ele era muito forte... e as saias atrapalharam... mas, vou ficar bem... vou ficar...

— Claro que vai — afirmou ele, ajudando-a a levantar-se com cuidado. — Claro que vai, você é muito corajosa e o enfrentou bravamente. Não se preocupe, esse maldito não será mais capaz de incomodá-la.

— Ele está... morto? — perguntou, espiando de longe, ainda um pouco assustada.

— Não! Longe disso, só desmaiado, e tão bêbado que provavelmente nem se lembrará do que aconteceu quando acordar amanhã — informou Willian, cutucando com a ponta da bota o infeliz caído ao chão. — Vamos, vou levá-la daqui — disse ele, tirando o casaco e colocando-o sobre os ombros dela com cuidado.

— Levar-me? Para onde? — perguntou, aturdida.

— Ele rasgou seu vestido. imagino que você não se sentirá confortável em voltar para a festa.

Caindo em si, Pimble percebeu que estava completamente descomposta. Willian estava certo, não poderia voltar à festa sob pena de causar um escândalo. O passeio inocente seria visto de outra forma, surgiriam comentários maldosos e não adiantaria explicar que fora vítima de um bêbado. Um desgaste inútil! Ele estava certo: sair dali era o mais conveniente. Mas e Belinda? E por que, entre todos os homens de Londres, tivera que ser justamente Willian a ajudá-la?

— Eu agradeço, mas não posso ir embora assim; Belinda vai ficar preocupada — protestou. — Ela estava dançando com Lorde Tristan. Estava tão alegre... não quero estragar sua noite. Talvez eu consiga uma agulha e linha e possa dar um jeito nisto — sugeriu, olhando desolada o estado deplorável do vestido.

— Dançando com... Bem, isso não é muito comum; Tristan não é muito afeito a dançar — comentou Willian, um pouco surpreso. — Mas não se preocupe. Sairemos pela lateral do jardim e, ao passar pelos criados, eu mandarei que um deles leve um recado a Lady Belinda. Por melhor que seja sua intenção, não creio que consiga... digamos... ficar apresentável, só com a ajuda de uma agulha e linha. Aquele calhorda provocou um belo estrago. Vamos. Minha carruagem está bem à porta — disse, amparando-a. — Vamos, antes que alguém a veja assim.

Atordoada pelo acontecido, ela não teve como recusar e, antes que desse por si, estava deixando a festa. Era estranho pensar que ele viera em seu auxílio, que se importava a ponto de levá-la dali, realmente estranho. Mas não ruim, concluiu.

13

— Você está bem?

A pergunta foi feita após alguns minutos. O interior da carruagem, iluminado pelos raios de lua que entravam pela janela, o deixava perceber o contorno de seu rosto. Ele daria a Pimble o tempo que ela julgasse necessário para se acalmar, mas antes era necessário saber se ela estava ferida.

— Ele a machucou? — insistiu, baixinho.

Contentou-se com o sinal negativo que recebeu.

O ataque inesperado fora grotesco e ele temera por ela. Porém, mais uma vez Pimble o surpreendera. Ao contrário do que seria esperado, ela não gritara e lutara bravamente. Por sorte, ele a estava seguindo e pudera evitar que o maldito alcançasse seu intento. Willian precisara manter-se frio para não surrar o bastardo até quebrar-lhe os ossos. Fora a preocupação com ela que o impedira.

Ele a notara no salão assim que chegara à festa de Lady Rowena. Procurava por Tristan, quando seus olhos a encontraram. Encantado, não havia conseguido desviá-los da mulher elegante que ela se tornara. O choque teria sido ainda maior se não a tivesse encontrado dias antes no gabinete de Sir Archibald. Ele se lembrava de Pimble como uma jovem inteligente e um tanto atrevida, mas agora... ela estava ainda mais fascinante.

Encontros fortuitos... interesses comuns... tantas coincidências. Se, a exemplo dos egípcios, acreditasse em predestinação... *Que bobagem! Estava impressionado, é verdade, mas isso não deveria levá-lo a ilusões tão pueris,* repreendeu-o a própria consciência. Ainda assim, uma sensação de inevitabilidade o invadiu, como se o que viria a seguir estivesse traçado desde tempos imemoriais. Era como se os céus... os deuses... o destino... fosse quem fosse que criava a trama da vida, estava lhe dando a chance de viver uma nova história.

— Obrigada. — A voz dela, suave e baixa, rompeu seu devaneio. — Eu... estou bem, ele não me machucou — respondeu, por fim, esforçando-se para não mostrar fraqueza. O que menos precisava nesse momento é que Willian, justamente Willian, sentisse pena dela. — Sei que não deveria ter ido ao jardim sozinha, mas o salão estava tão abafado! Não imaginei que durante uma festa, em uma casa respeitável, eu pudesse ser atacada de tal forma! — Caindo em si, estremeceu ao pensar que o desfecho do ataque poderia ter sido diferente. Um soluço mal contido rompeu seu peito, enquanto seus olhos transbordavam.

Envolvendo-a com o cuidado dispensado a uma preciosidade rara, Willian puxou-a para si em um gesto inocente. Ela era forte. Ainda assim, em uma contradição inexplicável, parecia frágil e ele sentiu um absurdo desejo de protegê-la. Ela se contraiu, mas acabou por apoiar a cabeça em seu peito e ele a embalou como se fosse uma criança — com delicadeza, sussurrando palavras doces, deixando-a chorar suas lágrimas.

A carruagem rodava as ruas de Londres e ele a manteve presa a si, até que a sentiu acalmar-se. Um súbito impulso de protegê-la o invadiu. Não a deixaria sozinha.

— Já estou melhor — agradeceu Pimble, afastando-se ao perceber que chorara recostada no peito de Willian. — Oh, lamento muito, molhei seu casaco. Que tolice a minha. Acredite, isso não costuma acontecer com frequência.

— Você se refere a molhar casacos de cavalheiros com lágrimas? — brincou Willian, tentando deixar a situação mais leve.

— Claro que não. Me refiro a chorar. Isso é algo a que não me dedico normalmente. Foi o choque. Não imaginava passar por tal desconforto. Afinal, não estava em uma viela no East End. Lá eu saberia o que esperar dos homens e estaria preparada para um ataque como esse.

— Não há mal nenhum em desabafar, não é uma tolice. Eu sei que você é uma garota forte, basta ver como se defendeu, o que, no entanto, não a torna imune. A agressão que sofreu justifica o choro e muito mais. E, a propósito, canalhas não são encontrados apenas no East End. Pelo contrário, há muitos deles escondidos sob o manto da nobreza. Na verdade, sou eu que devo desculpar-me por não ter chegado antes e evitado que aquele bastardo colocasse as mãos sujas em você — rosnou Willian, ainda furioso com o acontecido

— Mas você chegou! A tempo, quero dizer, de... bem, ele rasgou meu vestido, mas não conseguiu nada além disso. Eu o chutei, sabia? Ou melhor... tentei... Queria acertá-lo... — Pimble sentiu o rosto esquentar ao perceber o que estava prestes a dizer. Uma dama não teria tentado dar uma joelhada nos testículos do infeliz, muito menos mencionaria a intenção. Mas... afinal, ela não era mesmo uma dama, certo? — Eu tentei dar-lhe uma joelhada lá... nas partes sensíveis — disse, em um tom de desafio. — O vestido atrapalhou um pouco, mas eu o acertei. Minha mãe uma vez me ensinou que isso era uma coisa que poderia derrubar um homem.

— E ela estava certa! — respondeu Willian, rindo em aprovação. — Você fez muito bem. Ainda que não o tenha derrubado, seu golpe o retardou. E ele deve ter aprendido a lição. Pelo menos vai lembrar-se dela quando acordar dolorido amanhã. Sem falar que, quando se olhar no espelho, vai se deparar com um olho roxo e um nariz quebrado. O infeliz mereceu a surra que lhe dei.

— Sim, ele mereceu — concordou ela, mais calma. — E de hoje em diante vou tomar mais cuidado com passeios noturnos. Foi uma tolice, mas a noite estava tão agradável. Eu só pensei em caminhar um pouco pelo jardim.

— Ainda há tempo para isso. Você gostaria de caminhar um pouco?

— Acho que sim... sim. Um pouco de ar fresco talvez me ajude a ficar mais calma. Oh, não! Meu vestido está rasgado. Não será conveniente caminhar nessas condições — disse ela, em dúvida sobre o que fazer.

— Use meu casaco, não há ninguém a vista, o parque está vazio a essa hora — Willian sinalizou ao cocheiro com uma batida. — Venha — convidou, estendendo-lhe a mão quando a portinhola foi aberta. — Vamos dar um passeio. Caminhar lhe fará bem. Estamos ao lado do Hyde Park, e a noite está bastante quente, embora em breve deva mudar — considerou, observando o vento que começara a soprar.

Pimble o observou por um instante. Mais uma vez notou que o homem à sua frente estava diferente daquele que conhecera. Seus traços eram os mesmos, sua voz era a mesma, mas seus olhos... Havia um calor desconhecido neles. O instinto lhe dizia que ele não a machucaria fisicamente; mas, se ela permitisse, poderia roubar-lhe a alma.

Eles caminhavam devagar, apreciando o silêncio quebrado vez ou outra pelo pio de uma coruja. Palavras não pareciam necessárias. Havia conforto em estarem calados.

Incapaz de afastar os olhos, Willian observava o perfil delicado, o queixo firme e orgulhoso, os lábios que pareciam esboçar um sorriso. O tempo a deixara mais bonita: havia agora uma serenidade doce em seu olhar. O encanto ultrapassava sua aparência e se estendia pela inteligência brilhante. Lembrou-se de como Sir Archibald referira-se a ela de forma elogiosa, descrevendo seus méritos. Willian sentiu uma onda de orgulho pela jovem ao seu lado.

Um farfalhar nas árvores, uma lufada de ar frio... Nuvens começaram a se amontoar e, como se temesse a tempestade, a lua se escondeu. A noite escura envolveu-os em seu manto. Pimble aconchegou-se dentro do casaco. O cheiro másculo que se desprendia do tecido invadiu suas narinas. Subitamente o ambiente mudou: o ar parecia pesado, carregado de eletricidade, mas não apenas por causa da tempestade que se avizinhava. As palavras não ditas voejando entre eles, mesmo sem ser pronunciadas, criavam um liame invisível, a sensação de que algo inafastável os levaria adiante.

— Vamos retornar — pediu ela, voltando-se e encarando-o antes que uma emoção ilusória os envolvesse. Um raio cruzou os céus ao longe, o brilho fugaz iluminando seus rostos. Ela não estava pronta para o fogo que entreviu nos olhos dele. — A chuva... não teremos tempo, melhor voltarmos agora.

— Sempre haverá tempo, minha querida... para nós, sempre haverá tempo.

Pimble sentiu um arrepio percorrê-la. Algo lhe dizia que Willian não se referia àquela noite. Mas ele estava enganado: o tempo deles havia passado e palavras bonitas não o trariam de volta.

— Não, nem sempre há tempo. Por vezes ele se esvai e nunca, nunca retorna — ressaltou ela, fazendo o mesmo jogo. — Você está sendo gentil em amparar-me. Agradeço, mas já estou bem e não gostaria de enfrentar o temporal que se avizinha. Por favor, leve-me para casa — disse, virando-lhe as costas e seguindo em direção à carruagem.

— Algo a incomodou, algo que fiz? — indagou Willian, percebendo a mudança de comportamento.

— Depende de a que você esteja se referindo. Hoje... — enfatizou — ... hoje você foi um cavalheiro.

Mais uma vez ele sentiu o golpe. Sabia ao que ela aludia e não poderia contradizê-la. Pimble estava certa em sua insinuação: ele nem sempre fora um cavalheiro. Instintivamente fez um gesto em sua direção, ansiando por desculpar-se, por explicar.

— Por favor — insistiu ela, interrompendo-o antes mesmo que ele pronunciasse as palavras. — Apenas... me leve para casa.

Assentindo com um gesto de cabeça, Willian ajudou-a a subir os degraus da carruagem e mandou o cocheiro seguir. Em silêncio, fez o que ela pediu. Palavras não mudariam o passado, lamentou.

14

— Bom dia! Não resisti, vim acordá-la. — A cabeça de Belinda apareceu à porta do quarto. — Estou ansiosa para saber o que aconteceu. Por que você deixou a festa? Está tudo bem?

— Hum. — Pimble sentou-se no leito. — Você não me acordou. Na verdade, eu mal dormi essa noite.

— Você também? — O tom de Belinda, muito mais alegre do que o habitual, deixava claro que a noite insone não era resultado de algo ruim; ao contrário. — Pelo visto temos muito a conversar. Vou pedir que Susie nos traga chá e biscoitos. Estou faminta, mas só de pensar em descer para o desjejum e encontrar mamãe, e ouvi-la falar sobre meu comportamento, sobre... enfim, não estou disposta a isso. O que eu quero mesmo é conversar com você — afirmou, aproximando-se para puxar o cordão da sineta que ficava ao lado da cama.

Antes que Belinda se acomodasse ao lado de Pimble, outra batida à porta se fez ouvir e, em seguida, os cachos ruivos de Mathilda surgiram.

— Incomodo? Eu vi quando Belinda veio para cá e, confesso, estou curiosa para saber como foi o baile. Mas, se a conversa for particular, eu entendo. Não é minha intenção ser inconveniente.

— Não seja boba, somos amigas. Lembra-se? Amigas nunca são inconvenientes. Sentem-se aqui. — Pimble apontou a beirada da cama. — E agora, conte-nos, Belinda. Está bem evidente que você teve uma ótima noite e que não se aguenta de vontade de falar a respeito. Vamos lá, conte-nos tudo — pediu Pimble, com sua franqueza habitual.

— Sim — insistiu Mathilda. — Queremos saber o que a deixou tão alegre.

— Suspeito de que tenha sido um lorde grandalhão com fama de mal-humorado — implicou Pimble. — Da última vez que a vi, estava dançando.

Acho que ele lhe pisava os pés, mas não a vi reclamando.

— Ora, ele não me pisou os pés! E de forma alguma é mal-humorado. Ao contrário, é gentil e tem uma conversa muito interessante e… — Belinda só notou que caíra na armadilha ao perceber os olhares risonhos que Pimble e Mathilda trocaram. — Ah, vocês… está bem — continuou, rindo. — Pimble está certa; minha alegria está relacionada a Lorde Tristan. Ele transformou uma noite que tinha tudo para ser chata em um momento muito agradável. Dançamos por duas vezes e ele ainda me convidou para continuar o assunto que abordávamos, tomando um copo de ponche. Segundo minha mãe, meu comportamento foi absolutamente escandaloso, mas eu adorei! Há muito tempo não me divertia tanto.

— Que maravilha, Belinda! Fico muito feliz por você, minha amiga. Eu confesso que não o vi pisando em seus pés. Em vez disso, você ostentava um sorriso radiante enquanto dançava com ele. Estava linda e irradiava alegria.

— E ele virá visitá-la hoje? — A pergunta ansiosa de Mathilda lançou uma sombra no sorriso de Belinda.

— Bem, eu não sei. Ele não comentou nada sobre uma visita. Talvez por não ter tido oportunidade — comentou, com um toque de esperança na voz. — Estávamos conversando, animados, quando minha mãe nos interrompeu. Segundo ela, havia alguém me procurando, o que obviamente não era verdade. Ela apenas queria chamar minha atenção por eu estar por tempo demais na companhia dele. Arrastou-me para a sala das senhoras e me manteve lá por mais de um quarto de hora. Quando voltei ao salão, ele já não estava. Não sei, talvez tenha ido embora cedo. O fato é que não o vi mais.

— Ele certamente virá visitá-la, minha amiga. De qualquer maneira, lembra-se do que conversamos? Era uma noite para diversão e você claramente se divertiu. Objetivo alcançado — resumiu Pimble, sem meias-palavras.

— Pensando bem, você está certa — concordou Belinda, sem, no entanto, confessar que a expectativa por uma visita era algo acalentado em seu coração. — E quanto a você, Pimble, o que a fez sair da festa tão cedo? Ficou magoada por eu tê-la deixado só? Quando eu recebi seu recado, avisando que estava vindo para casa, pensei em fazer o mesmo. Mas Tristan insistiu em uma segunda dança e... Puxa, eu fui uma amiga muito ruim, não é mesmo?

— Não, minha querida, por que você deveria estragar sua noite para vir encontrar-me em casa? Você fez exatamente o que eu faria, ficou e divertiu-se. Eu apenas quis sair mais cedo, um pouco de dor de cabeça e, cá entre nós, a festa estava linda, mas não era mesmo meu ambiente preferido — explicou Pimble. Seu coração ansiava em abrir-se com a amiga, mas aquela não era a melhor hora para conversar sobre os acontecimentos da véspera. Belinda estava por demais feliz e, se tomasse conhecimento da agressão que ela sofrera, ficaria inconsolável por não ter estado a seu lado.

— E então foi apenas pela dor de cabeça? — insistiu Belinda.

— Sim, foi apenas uma dor de cabeça muito desagradável e forte. Mas já estou bem e, assim como você, morrendo de fome. E, pensando bem, vamos juntas tomar nosso desjejum no salão. Não adianta tentar fugir; em algum momento teremos mesmo que enfrentar Lady Carlyle. Que seja logo, e em conjunto! De qualquer maneira, seria muita maldade fazer Susie subir até aqui com uma bandeja com chá para três. Demasiado pesada, certamente.

— Você tem razão, vamos descer. E se minha mãe insistir em recriminar-me, venham em meu socorro, por favor — brincou Belinda, alegre demais para levar o temor a sério.

— Milady, chegaram flores. — Susie entrou na sala trazendo um bonito ramalhete de lírios.

Por um instante, os olhares das quatro mulheres se dirigiram a ela. A tempestade da noite anterior havia cessado e um sol morno entrava pelas janelas da sala de estar. Belinda tentava com afinco terminar um trabalho de costura enquanto Pimble e Mathilda liam, desfrutando confortavelmente o descanso de uma tarde preguiçosa de domingo.

— Oh! Quem poderá ter me enviado flores, talvez o barão Noblat? — indagou rapidamente Lady Carlyle, largando o jornal e estendendo as mãos, absolutamente certa de ser a destinatária. — Ontem à noite, conversamos por alguns minutos e eu notei que ele me dedicou uma atenção especial.

Vamos, menina, o que está esperando? Traga-me o cartão — determinou de forma rude.

— Mas, milady, as flores não são para a senhora. — retrucou a pobre criada, indecisa sobre o que fazer, temendo desagradar a dama tão irritadiça.

— Como não são para mim? Então para quem? — perguntou com certo espanto a matrona, como se nenhuma das jovens presentes fosse merecedora desse tipo de atenção.

— Para Lady Belinda. — A resposta de Susie veio com um certo tom vingativo e, sorrindo, ela entregou o buquê. — Há um cartão, senhorita — concluiu, apontando.

Foi impossível não notar a expressão que tomou o rosto de Belinda. Um misto de incredulidade e alegria. Ela recebeu as flores e sentiu seu perfume. Com delicadeza, quase reverência, tocou as pétalas de um suave tom de rosa. Eram lindas! Ela pressentia quem as havia enviado e não tinha pressa. O cartão intocado lhe permitia criar expectativas, imaginar palavras doces e gentis que revelassem o quanto a noite anterior também fora importante para ele. Enquanto não as lesse, poderia sonhar. Não tinha qualquer pressa em quebrar o encanto.

— Vamos, menina! O que está esperando? Diga logo quem as enviou — determinou Lady Carlyle, como se o assunto fosse de interesse geral, com a voz áspera, evidenciando desapontamento e trazendo-a à realidade.

Intimidada pelo tom impositivo da mãe e por anos de obediência cega, Belinda automaticamente pegou o cartão; mas, antes de retirá-lo do envelope, seus olhos encontraram os de Pimble. A amiga parecia querer dizer-lhe algo. Ela entendeu exatamente o que poderia ser. Aquele era um momento seu, e tinha o direito de desfrutá-lo sozinha. Ainda que fosse apenas uma mensagem comum, um gesto educado e sem grandes significados, ainda assim era um momento seu. Com calma, abriu o cartão e leu em silêncio. Então um grande sorriso tomou-lhe o rosto e ela levantou-se.

— E então, Belinda? — A insistência da mãe chegava a ser grosseira; mas, encorajada pelo olhar de Pimble, foi categórica.

— Um admirador as enviou, mamãe.

— Não me diga que foi... Belinda, as flores são de Lorde Tristan? — indagou Lady Carlyle com irritação. — Não me diga isso, menina, você conhece sua fama! Ele não merece atenção. É grosseiro e jamais, jamais vai se interessar por você seriamente. Pior do que isso, temo que o interesse dele só lhe traga prejuízo. Ninguém vai querer cortejá-la por medo de desagradá-lo e ele não levará à frente sua atenção. Ele está na *lista*, você sabe qual! É notório na sociedade que aquele homem não se casará com ninguém, a não ser, é claro, que a jovem em questão seja possuidora de um dote considerável, o que não é o seu caso. Não, Belinda, se as flores forem dele, jogue-as fora e esqueça.

— Não se preocupe, mamãe, quem as enviou me parece bastante respeitável. São flores lindas, e eu jamais as jogaria fora. — Ignorando o ar surpreso de Lady Carlyle, levantou-se com o ramalhete em mãos. — Vou colocá-las pessoalmente na água. Ficarão muito bem em meu quarto. — Com uma piscadela à Pimble, deixou a sala, de cabeça erguida.

15

— Então foi você?! — A gargalhada que se seguiu ao comentário deixou evidente que Tristan não estava minimamente preocupado. Ele contava a Willian que Lorde Twist fora encontrado inconsciente no jardim de Lorde Darley, com o nariz quebrado e um hematoma no olho, quando o amigo respondera laconicamente ter sido o autor da surra. — E pode me explicar o que o levou a tal ato de selvageria? Não que eu duvide de que aquele covarde tenha merecido. O sujeito é um calhorda, um bêbado venal. Ainda assim, estou curioso. O que ele fez exatamente a você?

— Não a mim, a ela! O maldito... ousou... tocá-la!

A afirmativa embutia tamanha fúria que Lorde Tristan não se atreveu a retrucar em tom de zombaria. Willian estava sério, e assim permaneceu enquanto cortava a ponta do charuto e o acendia, lentamente, cumprindo todas as etapas que o ritual exigia. E foi apenas depois da primeira baforada que ele se dignou a comentar o assunto.

— Twist abordou uma jovem no jardim de forma covarde e vil. Eu apenas garanti que ele se afastasse da moça antes que mal maior ocorresse e garanti que aprendesse a lição para que jamais volte a incomodar outra mulher. Existem homens que só entendem a linguagem da violência. Portanto, nada mais justo que dialogarmos com eles dessa forma.

— Você sabe que lhe quebrou o nariz, e acho que mais alguma coisa. De qualquer forma, ele mal se lembra do que aconteceu. A história que contou envolve um ataque nebuloso de pelo menos três sujeitos e não menciona nenhuma jovem.

— Eu devo ter batido com a força de três, ou então ele estava mais bêbado do que imaginei. Melhor que não se lembre mesmo. Assim vai desobrigar-me de ter que dar explicações. E, definitivamente, ele mereceu. Sujeito infame!

— E a jovem? Curiosamente, ninguém comentou nada a respeito.

— O que tem a jovem? — perguntou Willian, os olhos perigosamente escuros e atentos.

— Você não mencionou quem é ela. Tampouco explicou como se envolveu ou o que estava fazendo no jardim. Aliás, eu nem o vi na festa! Não estou entendendo muito bem... — O olhar firme de Willian lhe indicou que não deveria tocar no assunto. — Agora entendi; essa questão não me diz respeito. Não vou perguntar mais nada. Eu apenas fiquei curioso, nunca o vi defender alguém com tanto vigor! Deve ser uma moça especial.

— Sim — respondeu, sucinto —, ela é.

— Bem, se é assim, que seja. Que tal mais um *brandy*? Acho que precisamos mesmo restabelecer forças depois de ontem — argumentou Tristan, levantando-se da confortável poltrona de couro e servindo-se de mais uma dose sem aguardar o criado. — Definitivamente, a festa de Lorde Darley culminou em uma noite de surpresas. Você, sempre tão comedido, envolveu-se em uma briga, e eu dancei a valsa e a quadrilha... com a mesma jovem.

O conde pigarreou, como se não soubesse como abordar o que claramente desejava comentar, porém Willian limitou-se a levantar a sobrancelha de modo sugestivo, permanecendo calado.

— Lady Belinda, a jovem em questão, é interessante. Não tem nada das frivolidades insuportáveis dessas debutantes. Interessante, apenas isso, não dê asas à imaginação, tampouco crie hipótese românticas. Ela tranquila e doce, suporta uma mãe tresloucada e sonha em se casar por amor. Acredita nisso? Apenas a ilusão da juventude explica tal ambição. Ou talvez não espere exatamente por amor, mas pelo menos por alguém com quem tenha interesses em comum, alguém que valorize afeto e companhia, fidelidade também e...

— Ela lhe disse tudo isso? — indagou Willian, um pouco surpreso.

— Não exatamente. Na verdade, eu escutei sua conversa com outra jovem. Eu sei — apressou-se a dizer. — Antes que me recrimine, saiba que sei que essa é uma atitude pouco recomendável. No entanto, foi de muita utilidade, pois permitiu-me saber mais sobre ela. Eu já a conhecia, mas perdemos contato. Talvez você não se lembre de alguns acontecimentos que ocorreram às vésperas de sua partida para o Egito...

Tristan narrou como conhecera Belinda Carlyle e como fora o reencontro, deixando claro que ela o impressionara bastante. Havia um entusiasmo quase juvenil na forma como a descrevia.

— ... e assim, acordei hoje extremamente empolgado e enviei-lhe flores. Não lhe fiz exatamente a corte, apenas agradeci por ela ter suportado minha presença em duas, veja bem, duas danças. No entanto, agora...

— Agora? — perguntou Willian, a título de incentivo.

— Agora estou preocupado. Eu me empolguei e a jovem é adorável, mas não gostaria que interpretasse de forma equivocada a minha atenção. Seria horrível se ela imaginasse que estou a lhe fazer a corte. Não se trata disso, eu apenas gostei de sua companhia.

— Não entendo uma coisa, meu amigo. A jovem o impressionou, e essa é a primeira vez que vejo isso acontecer, mas você receia que ela pense que a está cortejando?

— Ora, Wiliam, eu sei que parece estranho. O tempo passa e eu ainda não consegui me desincumbir do dever imperativo de dar continuidade a meu nome e título. Mas você conhece minha história, e, por mais gentil que Lady Belinda seja, não posso esquecer de quem é filha. E se a doce jovem, depois de alguma convivência, se mostrar igual à megera inconveniente que tem por mãe? Não seria algo difícil de acontecer. Não quero correr esse risco.

— Essa é uma suposição muito amarga, meu amigo. De qualquer maneira, não há necessidade de pedi-la em casamento amanhã — ironizou Willian. — Lady Belinda não é uma adolescente em sua primeira temporada, ávida à espera de uma proposta. E pelo que relatou, ela me parece uma moça de bom senso, sem qualquer semelhança com a maneira tresloucada de ser da mãe — afirmou Willian.

— Você acha que estou errado, não é? Afinal, ela sempre se mostrou uma jovem muito amável, de modo que eu não teria por que recear um comportamento vulgar ou desagradável. Ainda assim, você não pode negar que tenho motivos para temer, sendo ela filha de quem é. Não é improvável que com o tempo venha a apresentar comportamento similar ao da mãe, uma mulher fútil, viciada em jogos. E há algo que me incomoda: todos sabemos que ela busca um casamento vantajoso para a filha, pois sua derrocada financeira não é exatamente um segredo. Ou seja, Lady Carlyle representa tudo o que abomino em uma mulher.

— Uma mãe não transfere seus maus hábitos de forma automática para uma filha, Tristan. Mas, se Lady Belinda se mostrar dessa forma, basta afastar-se como eu mencionei — sugeriu Willian. — Uma visita não significa um pedido de casamento. Você poderia tentar conhecê-la melhor.

— Aí é que está a questão. Ela impressionou-me bem, e você tem uma certa razão quando diz que uma mãe não transfere seus maus hábitos automaticamente para uma filha, mas não podemos esquecer que a jovem foi criada por ela. Tampouco podemos desconsiderar o quanto uma mulher pode ser encantadora e, ainda assim, dissimulada.

— Meu amigo, eu o entendo, porém acredito que mais do que medo de se decepcionar, você tem medo é de se apaixonar. Talvez, Tristan, esteja na hora de você permitir-se errar novamente, e... talvez... afastando o medo, acabe por acertar. A vida é assim, meu amigo, nem sempre acertamos, mas sempre devemos tentar.

— Você fala demais, Willian. E nem sempre algo que eu goste de ouvir. Se está mencionando aquela outra, já lhe pedi, esqueça esse assunto.

— Eu falo o que sinto, com sinceridade. Se não o fizesse, não seria um amigo. Estamos sempre cercados daqueles que nos dizem o que gostaríamos de ouvir, ainda que não corresponda à verdade. Mas, só os verdadeiros têm coragem para ser sinceros, porque sabem que o liame da amizade é muito maior do que a bajulação desmedida.

— Eu sei, Willian. E, embora eu proteste, porque a verdade nem sempre é agradável, fico-lhe grato. Por vezes, é justamente a sinceridade de um amigo que nos ajuda a abrir os olhos. Eu vou pensar. Apenas não sei se já estou pronto para acreditar.

— Só descobrirá tentando. Dê a si mesmo uma chance — incentivou Willian. — E, enquanto isso, sirva-me mais uma dose. Estou aqui a dar-lhe conselhos como um grande conhecedor, no entanto minha situação não é muito melhor. Sabe, meu amigo, estou começando a pensar que talvez tenha cometido o maior erro de minha vida.

— Erros podem ser consertados. Sempre há tempo para isso.

— Quem me dera! Mas, como disseram-me recentemente, o tempo por vezes se esvai e nunca, nunca retorna — resmungou, repetindo as palavras de Pimble antes de emborcar o conteúdo do copo.

— Está querendo embebedar-se? Nunca o vi atacar com tanta sede uma garrafa de *brandy*! — A resposta de Willian foi um grunhido. — O que está acontecendo? O que o incomoda? Há algo errado com os planos da expedição? É a isso que se refere?

— Não, na verdade não com a expedição. O que me incomoda é a impressão de que errei em algumas escolhas, de que não percebi o que tinha a meu alcance. Como se a felicidade fosse um pássaro na palma de minha mão e eu a tivesse soltado, deixando-a voar para longe. Mas não quero falar sobre isso, essa é uma questão que ainda não compreendo bem — desconversou. — Falemos do projeto. Sir Archibald ficou bastante impressionado com as possibilidades que apresentei e pressionou a diretoria. Uma chance imperdível, enfatizou. A possibilidade de encontrarmos tesouros históricos é imensa, sem falar no conhecimento da história, na possibilidade de entender como viviam civilizações anteriores à nossa.

— Ora, por vezes me pergunto como é possível que tenha existido civilização anterior à da Inglaterra — comentou Tristan, de forma superficial, bem de acordo com a insuportável arrogância britânica, o que irritaria Willian, como ele sabia.

— Não seja ridículo — protestou Willian, e já ia fazer um comentário ácido sobre a ignorância do amigo quando percebeu seu ar de zombaria. — Ora, você está apenas querendo aborrecer-me.

— Desculpe-me, mas hoje você está diferente do Willian que conheço: introspectivo, falando por meias-palavras. É minha vez de insistir: o que aconteceu? Há pouco você ouviu pacientemente minhas ponderações sobre Lady Belinda. Também estou disposto a escutá-lo. O que foi, apaixonou-se? — perguntou em tom de galhofa, como se a possibilidade fosse impensável.

— Não... quer dizer... sim, um pouco... Na verdade, não sei! — corrigiu-se, sem querer confidenciar ao amigo o quanto seus pensamentos estavam tomados por Pimble. — Não sei o que é isso que estou sentindo. O fato é que meu coração vem sussurrando insistentemente que eu talvez tenha encontrado um tesouro, e não me apercebi. Se ele estiver certo, eu tolamente deixei minha felicidade escorrer por entre os dedos. Essa dúvida tem me atormentado. Não sei como, meu amigo, mas se o que meu coração sussurra for real, não vou me conformar. Eu lutarei contra tudo e contra todos, até contra o próprio tempo, para obrigá-lo a retornar e me dar a chance de recomeçar. Eu sei que pareço confuso, mas é assim que estou me sentindo. Não me peça para explicar o que eu mesmo ainda não entendo.

— Meu amigo, eu nunca o vi assim — assustou-se Tristan. — Tem certeza de que está bem? Não se atormente, tenho certeza de que seja o que for, você conseguirá alcançar o que deseja.

— Você tem razão, ficar a me debater sobre a questão não irá ajudar. Eu preciso entender sentimentos tão novos e só então partir em busca do que realmente importa. Mas esse não é mesmo um assunto confortável, não me sinto à vontade para discuti-lo. Ainda não. Nem mesmo com você, meu amigo — desculpou-se Willian, ansioso por mudar de assunto. — Mas você está certo em relação a outro aspecto: há outra questão desagradável, algo relacionado ao projeto, sim — comentou, procurando desviar a curiosidade de Tristan. — Sir Archibald comunicou que não vai participar da expedição, não pessoalmente. Alega estar muito velho e sem condições de enfrentar as agruras do clima e as dificuldades que uma temporada no deserto sempre acarreta. Mas, por mais interessado que eu esteja para liderar essa empreitada, reconheço que sozinho não conseguirei levá-la a termo. Além da equipe de apoio, preciso de um acadêmico comigo, alguém com capacidade de avaliação e com conhecimento histórico sobre o assunto.

— Ora, Willian, mas isso não deve ser um problema — admirou-se Tristan. — O próprio museu deve indicar alguém com essas exatas qualificações.

— Claro que sim. Inclusive já indicaram alguém. Jeffrey Trumble, um estudioso novato, recomendado e aprovado por Sir Archibald, mas...

— Mas o quê? Se ele é qualificado, seu problema está resolvido.

— Não se trata apenas de qualificação. Em uma expedição desse porte, é necessário que o grupo seja coeso, que haja empatia e camaradagem, principalmente entre os líderes. Não é fácil passar longos períodos em uma escavação. A monotonia, o clima do deserto, as muitas horas de trabalho sob condições desfavoráveis... O ambiente pode se tornar opressivo e belicoso se os líderes não estabelecerem uma boa relação. Eu conheci o tal Trumble.

— Já sei, não foi com a cara dele — deduziu Tristan, de forma direta.

— Tem razão, não simpatizei com ele — continuou Willian. — Pedante, formal, cheio de maneirismos e exigências. Imagino como será seu comportamento em um acampamento em meio ao deserto. Pode ser que ele tenha muito conhecimento, disso não duvido, mas seu lugar será sempre atrás de uma mesa, numa sala do museu, jamais em campo. No entanto, uma ideia não convencional está surgindo já há alguns dias em minha mente. Uma possibilidade que a princípio parece maluca, mas que... Estou sendo precipitado. Não é algo que eu deva comentar, não antes de avaliar o que será necessário para tornar minha opção viável — resmungou, voltando a franzir o cenho.

— Então, se não há nada a fazer, bebamos! — concluiu Tristan, voltando a encher os copos.

Porém, nem mesmo *brandy* foi suficiente para tirar a ambos do mutismo em que se encerraram, cada um imerso nos próprios pensamentos, questionando consigo as razões do coração.

16

Ela apressou o passo; nessa manhã, os compromissos se acumulavam. Há semanas, ela vinha trabalhando com afinco na catalogação de uma série de artefatos egípcios que jaziam, há algum tempo, guardados em caixas no imenso porão do Museu Britânico. Sir Archibald, em que pese sua imensa dedicação e paixão pelo assunto, já não contava com a mesma disposição física para enveredar pelos corredores dos depósitos, encontrar a caixa certa, desembalar peças empoeiradas, enfim, fazer o trabalho manual. E tampouco se sentia disposto a delegar tal função a qualquer um, já que havia a necessidade de um cuidado extremo no manuseio dos artefatos.

Pimble se mostrara perfeitamente adequada à função e, mais do que isso, se tornara insubstituível, pelo menos aos olhos do velho professor. Embora cansativo, o trabalho era instigante. Ela nunca sabia com que tesouro iria se deparar ao desembalar uma das peças. Na maioria das vezes, eram peças de cerâmica, algumas ainda intactas, ou mesmo artefatos pessoais, como uma sandália, provavelmente feminina, incrivelmente preservada após tantos séculos. Com um pouco de sorte, surgia uma joia ou um punhal. De qualquer maneira, ela amava o que fazia. Amava descobrir e saber mais sobre uma civilização que crescera e tivera seu apogeu tantos séculos antes. Sua sede de conhecimento não diminuía e seu desejo de visitar aquela terra, tão distante e diferente, apenas crescia com o passar do tempo.

Ela não vira mais Willian. Ele não a procurara, o que, de certa forma, era um alívio. Durante esse tempo, vinha se fortalecendo para enfrentá-lo de forma impessoal e sedimentar sua posição como assistente de Sir Archibald. Aliás, era através do professor que lhe chegavam, a conta-gotas, as notícias sobre o trabalho que Willian vinha desenvolvendo, o projeto e os planos para a expedição. Pimble ansiava por saber mais, por descobrir se, de alguma forma, ela estava incluída ou se, ao contrário, ele estava a barrar sua participação, mas controlava a curiosidade. A situação indefinida só a estimulava a trabalhar duro, a mostrar seu valor. Seu esforço lhe renderia frutos; na hora certa, ela buscaria o lugar que estava se esforçando por merecer. Não perderia a maior oportunidade de conseguir seu intento e realizar seu sonho. Não permitiria que ele a prejudicasse.

— Bom dia, sra. Hastings — cumprimentou, pendurando o casaco no gancho que havia na parede da antessala. — Sir Archibald já chegou?

— Bom dia, Pimble — respondeu a secretária, tratando-a com familiaridade, exatamente como a jovem lhe pedira que fizesse. — Ele chegou cedo e parece ansioso. Já perguntou por você duas vezes.

— Então é melhor eu ir direto até ele.

— Eu levo chá — completou a sra. Hastings, enquanto Pimble batia discretamente à porta do gabinete e, sem esperar resposta, entrava.

— Srta. Davenport — foi logo dizendo o professor, o único que se recusava a chamá-la pelo prenome —, que bom que chegou. Preciso daquelas anotações, as que fizemos na última reunião... sobre os locais de interesse para escavações.

— Bom dia, senhor. Um instante, elas estão aqui, nessa pasta. — Com agilidade, Pimble localizou e entregou a pasta com os papéis solicitados. — Alguma definição? — indagou, curiosa.

A questão do local exato onde as escavações aconteceriam era motivo de discussão há algum tempo. Não bastava apenas a possibilidade de se encontrar um campo auspicioso, mas também de como proteger o espaço pesquisado. Ainda que Muhammad Ali, o vice-rei, governasse com apoio do sultão e com razoável autonomia, por vezes escaramuças tumultuavam a região. Era preciso cuidado para que o resultado de um trabalho árduo e longo não fosse interrompido bruscamente.

— Na verdade, estamos em um impasse. Lorde Montefort estabeleceu um perímetro que considera ideal, nas imediações de Luxor, à margem ocidental do Nilo. Mas Trumble discorda, insistindo em um local mais ao sul.

— Trumble? Jeffrey Trumble? — A voz de Pimble deixou transparecer uma pontada de angústia.

Trumble estudara com ela e fora um dos mais insuportáveis colegas que uma mulher poderia ter. Pernóstico e arrogante, sempre a tratara como alguém inferior, muitas vezes interrompendo-a durante as aulas, como se o que ela falasse não fosse sequer digno de ser ouvido. Como se não bastasse, ficara indignado por ela ter sido escolhida como assistente por Sir Archibald e chegara a fazer uma reclamação formal junto ao museu. Se aquele sujeito desprezível era parte da expedição, suas chances estavam arruinadas. Nada do que ela fizesse seria suficiente para ele aceitar tê-la como integrante do grupo.

— Você o conhece? Ah, sim, ele deve ter sido seu colega de curso, não é? — E, sem esperar resposta, continuou: — Jeffrey Trumble foi bastante recomendado. Ele será o responsável pelo registro e catalogação dos objetos que forem sendo encontrados. Embora eu não tenha certeza de que seja a pessoa ideal para a função, devo reconhecer que tem sido muito participativo e diligente.

— Ele será o responsável? Mas eu pensei que o senhor...

— Ah, não, minha querida, esses ossos velhos já não aguentariam o lombo de um camelo. Eu ficarei aqui, aguardando o resultado, ansioso pelas descobertas.

Pimble sentiu o coração congelar no peito. Se seu mentor não fosse participar, como haveria um lugar para ela? Com um fio de esperança, perguntou:

— E já se decidiu por Jeffrey, mesmo não o considerando a pessoa ideal?

— Bem, ele me parece um pouco... talvez não seja a pessoa certa. Bem, não importa. O fato é que — e, nesse momento, a expressão de Sir Archibald demonstrou certa irritação — ele tem parentes influentes. Um deles, inclusive, é financiador do projeto. Então, a menos que haja uma objeção concreta por parte de Lorde Montefort, eu não tenho como me opor à sua designação. Vamos, vamos — falou, indicando a porta. — Temos uma reunião no gabinete do diretor em... — dando uma espiadinha no novo relógio — ... cinco minutos.

— Eu também? — questionou Pimble, a quem nunca fora facultado comparecer.

— Sim, não me lembro bem por que, mas alguém solicitou sua presença. Vamos. Isso não importa, o que importa é estarmos lá no horário. Eu odeio atrasos, você sabe.

Com a esperança em frangalhos, esforçando-se por manter a naturalidade quando sua vontade era esbravejar, Pimble seguiu-o. Possivelmente, fora Trumble que a solicitara: uma chance nova de espezinhá-la ou desacreditá-la diante de Sir Archibald. Seus passos nunca foram tão arrastados. O que seria uma oportunidade maravilhosa para demonstrar seu conhecimento provavelmente agora se transformaria em um momento de humilhação. Não se tratava de competência ou conhecimento. Como poderia competir com *parentes influentes*?

Willian avaliava o que pretendia fazer. Teria uma chance, apenas uma, e precisaria conduzir o processo muito bem para não a desperdiçar. Fora ele que discretamente requisitara a presença de Pimble na reunião. Pretendia, com isso, que ela tivesse a oportunidade de demonstrar seu conhecimento. Ocorria que também sabia que seu comparecimento causaria estranheza e até rejeição. Por isso, precisava ser cuidadoso, manter o delicado equilíbrio, impulsioná-la sem alardes. O ideal era que não soubessem de seu interesse, inclusive ela. Não queria correr o risco de sua atitude ser vista como favorecimento, o que desmereceria a capacidade da jovem.

— Senhores... — Com essa palavra e um gesto de cabeça, cumprimentou os presentes ao entrar na sala.

Jeffrey Trumble já estava sentado à mesa. Mais uma vez, a figura do jovem, excessivamente arrumado, provocou-lhe aversão. A camisa de seda, imaculadamente branca, era adornada com rendas, o casaco de veludo tinha botões dourados e a gravata fora presa com um alfinete de diamantes. O sujeito claramente empoava os cabelos; o tom escuro não era natural. Como se não bastasse, seu perfume afastara o costumeiro e confortável cheiro de couro e livros velhos que permeava o ambiente há décadas. Willian se perguntava como um homem com tais hábitos resistiria às intempéries no deserto. O sol abrasivo e calor insuportável durante o dia, o frio intenso à noite, as tempestades de areia.

Percebendo que estava sendo analisado, Trumble deixou que um sorriso irônico surgisse e, com cuidado, alisou as pontas do bigode bem tratado.

Willian absteve-se de um comentário inútil e voltou a atenção para as próprias anotações. A chegada de Sir Archibald quebrou o silêncio constrangedor. E foi com uma pontada de preocupação que ele percebeu a tensão que dominava Pimble. Embora aparentasse calma e no domínio da situação, Willian leu em seus olhos um certo desamparo. Ela cumprimentou a todos em silêncio e buscou uma cadeira à mesa para acomodar-se ao lado de Sir Archibald. Para surpresa de todos, a voz de Trumble elevou-se esganiçada antes mesmo que ela se acomodasse.

— Ora, não vejo a necessidade de sua secretária permanecer, Sir Archibald, basta que ela deixe comigo as anotações.

A falta de cortesia do sujeito foi surpreendente e, antes que Sir Archibald respondesse, Pimble antecipou-se, manifestando-se com firmeza:

— Ora, sr. Trumble, devemos nos preocupar com sua eventual falta de memória? Porque é do conhecimento de todos que não sou a secretária de Sir Archibald, mas sim sua assistente. Malgrado sua dificuldade em lembrar-se, sou a srta. Davenport, sua colega no curso de antiquarismo deste museu, aprovada em primeiro lugar na turma e selecionada por Sir Archibald em prejuízo de todos os outros inscritos, inclusive o senhor.

— Ora, mas que atrevimento... — protestou Trumble.

— Atrevimento? Eu diria capacidade e conhecimento, porque essa é a razão de eu estar aqui. E, a menos que Sir Archibald decida o contrário, manterei minhas anotações comigo e acompanharei a reunião, conforme fui convidada a fazer.

Um silêncio perplexo seguiu-se, e as expressões de muitos deixava entrever que não era usual que uma mulher se opusesse com tal convicção e firmeza. Reagir com tanta ênfase, ela sabia, não era o comportamento esperado de uma dama, mas ela não era uma dama — era Pimble Davenport e faria valer suas opiniões. Não permitiria que aquele sujeitinho arrogante a menosprezasse de jeito nenhum. Ele poderia impedi-la de participar da expedição, mas ela não cederia facilmente. Com o queixo erguido e uma expressão obstinada, sentou-se à mesa e aguardou com toda calma que a reunião se iniciasse.

— Isso esclarecido, podemos começar — apressou-se a comentar Sir Archibald, o que tirou o ímpeto de Trumble em retrucar a afirmativa de Pimble, mas não o impediu de dirigir-lhe um olhar de puro ódio.

Do outro lado da mesa, Willian tinha o cenho fechado, um músculo saltava em seu maxilar, evidenciando sua tensão. Precisou de todo seu autocontrole para não saltar sobre o sujeito e reduzi-lo à sua real insignificância. Mas aquele não era o momento: uma atitude impulsiva não traria qualquer benefício a Pimble. Na verdade, ela respondera à altura, fora capaz de se posicionar firmemente, a despeito de sua ajuda, o que era infinitamente melhor. Tudo o que ela não precisava é que ele a tratasse como uma garota indefesa e frágil diante do grupo. O que não significava que não estaria atento, na retaguarda, pronto a saltar em sua defesa se fosse realmente necessário.

Sir Archibald iniciou o assunto, e Willian logo em seguida tomou a palavra, passando a discutir as novas coordenadas. A reunião, embora longa e cansativa, foi proveitosa e transcorreu de acordo com o programado. Bastante informada sobre o assunto, Pimble fez poucas observações; todas, porém, muito pertinentes, o que angariou a admiração de muitos.

E foi com o coração em paz que ela se recolheu naquela noite. Estava satisfeita por ter impedido que Trumble a intimidasse e destratasse. E por ter conseguido se impor, discorrendo sobre o assunto quando lhe fora dada oportunidade. Era gratificante.

Não trocara uma única palavra com Willian, mas pelo menos ele não a evitara. Ela, por sua vez, não fizera qualquer movimento para atrair sua atenção. Pela primeira vez desde que ele chegara, ela sentia que havia uma chance de trabalharem juntos, sem que o passado interferisse. Talvez, apenas talvez, ele pudesse aceitar sua colaboração ao invés de impedir sua participação.

A ansiedade e o esforço do dia a deixaram mentalmente exausta. Ainda era bastante cedo quando ela se recolheu, evitando inclusive a conversa que costumava manter com as amigas após o jantar. Belinda estava numa fase feliz, e era agradável partilhar momentos alegres com ela; mas, naquela noite, ela não seria uma boa companhia, pois precisava de descanso. Preparou uma xícara de chá de melissa e subiu disposta a dedicar pelo menos uma hora à leitura de *Pamela*. O romance epistolar de Samuel Richardson contava a história de uma criada, algo que ela já fora, e só por isso já se sentia interessada.

Sonolenta, aconchegou-se, disposta a dedicar-se às desventuras da personagem, mas, com a vela ainda acesa, cochilou. Amanhã seria um novo dia.

17

Belinda caminhava absorta nos próprios pensamentos, mal se desviando das demais pessoas e quase se chocando com as que vinham em direção contrária.

— Cuidado! — A palavra foi dita em voz baixa e acompanhada de um gesto de Mathilda, que, amavelmente, segurou seu braço, impedindo-a de descer ao meio-fio sem verificar o trânsito de veículos.

— Perdão, estou tão distraída. Não sei o que anda acontecendo comigo.

— Hum... notei mesmo. Distraída, perdida em pensamentos, sorrindo sozinha, andando nas nuvens, como diz minha mãe. O que será isso?

— Não sei.

— Ora, Belinda, mas é tão óbvio! Você está apaixonada! — exclamou Mathilda com um largo sorriso. — Quero saber mais sobre o felizardo. É aquele lorde, aquele com quem você dançou no baile, não é? Não me lembro do nome dele, só que vocês dançaram duas vezes e ele não lhe pisou nenhuma vez nos pés. E você sentia-se muito bem, alegre até, na manhã seguinte.

Estava uma tarde agradável. O sol morno trazia calor e deixava a cidade com um brilho dourado. Elas caminhavam pela Piccadilly Street em direção a Fortnum & Mason. Mathilda precisava de um par de luvas e fitas para o cabelo, e convidara Belinda para acompanhá-la.

— Tem sido impossível não notar sua mudança, o quanto está animada — insistiu Mathilda. — Nem mesmo tem se deixado aborrecer pelas loucuras de sua mãe. Aliás, notei que até ela anda mais tranquila, parece que ventos de calmaria baixaram sobre a casa. Ontem a nova criada quebrou uma xícara. Pois sua mãe não a repreendeu, nem olhou enviesado. Apenas a mandou recolher os cacos. Isso é algo inacreditável!

— Sim, mamãe anda estranhamente alegre, e confesso que isso me preocupa. Normalmente, esses períodos de calmaria estão atrelados a um período de jogatina. Mas ela não tem pedido dinheiro, portanto, ou está ganhando ou... vendeu as joias. O que eu duvido.

— Talvez, mas se ela não está incomodando nem pedindo dinheiro... Confesso que o ambiente fica muito mais agradável quando sua mãe está, digamos, satisfeita.

— Não posso negar — respondeu Belinda, rindo. — Como essa vitrine está bonita — admirou-se, comentando a disposição de um traje de montaria junto a equipamentos equestres. As vitrines da Fortnum & Mason eram famosas pela originalidade e elegância. Sempre um convite às compras. — Ainda bem que não tenho o hábito de montar, pois ficaria tentada a adquirir o conjunto e, tenho certeza, igualmente impossibilitada. O preço deve ser absurdo!

— Ora, por que gastaríamos tanto em uma roupa? Há outras coisas que merecem nosso dinheiro. Livros, por exemplo — disse Mathilda, sorrindo para a amiga. — Infelizmente, não podemos dispensar alguns itens de vestuário, portanto, vamos às compras. E, depois que tivermos escolhido um par de luvas e fitas suficientes, podemos nos sentar na confeitaria e tomar um chá com calma. Você está tentando esquivar-se, mas não conseguirá fugir de minha curiosidade: terá que saciá-la. Eu quero saber tudo, exatamente tudo, sobre esse cavalheiro que a tem deixado tão radiante.

— Está bem, primeiro as luvas e as fitas, depois o chá e a confissão — brincou Belinda —, mas não se anime, não há muito mais para contar além do que já disse.

Conversando, dirigiram-se ao setor de acessórios e pediram à jovem atendente que lhes mostrasse luvas para uso diurno. Mathilda estava experimentando um belo par de pelica, cinza-pérola, quando repentinamente calou-se e mudou de posição.

— O que foi? — perguntou Belinda, estranhando a atitude da amiga.

— Aquele homem, o alto, de cabelos escuros, o que acabou de entrar...

— Sim, o que tem ele? Você o conhece?

— É o dono do jornal. Aquele que foi indelicado comigo e recusou meus textos sem nem mesmo lê-los. Um escocês grosseirão, arrogante. Agora os publica e ainda pede mais. Você sabe, minha novela semanal vem fazendo sucesso e até aumentou as vendas, mas ele nem pode imaginar que sou mulher. Como Pimble sugeriu, eu assino Matthie, e ele acredita piamente que sou homem.

— E por que você se virou de costas? Não quer que ele a veja? Mas ele não tem como saber que é você.

— Não exatamente. Se me enxergar, talvez me reconheça, mas por outra razão. Eu estava esperando uma resposta para contar a você e a Pimble. Recentemente candidatei-me a um cargo de secretária no jornal — Mathilda sussurrou — e, quer saber, sinto que consegui o emprego. Vou trabalhar com ele, e dessa forma, poder avaliar de verdade sua reação ao que escrevo. Uma jogada de mestre, não acha?

— Você é muito esperta! Mas já pensou na reação dele se descobrir a verdade? Pode ficar muito bravo! E ele está parecendo ser um tanto quanto mal-encarado — disse Belinda, observando disfarçadamente o sujeito que atravessava o salão com passos longos e calculados. — Mas não é feio, ao contrário, tem um certo porte, com ombros largos...

— Belinda, pare de observá-lo. Não quero chamar sua atenção. Quanto mais eu conseguir passar despercebida, melhor.

— Está bem, mas reconheça, ele é bonitão.

— Ele é um grosseirão, isso sim! Imagine que desejava um funcionário homem e tentou me intimidar, achando que eu ficaria assustada em ter um chefe como ele. Que nada! Eu me saí muito melhor do que o outro candidato. Até que enfim ser a única filha mulher em meio a filhos homens foi de alguma utilidade. Estou acostumada a enfrentar a carranca e o mau humor de meus irmãos. Quem se assustou com o jeito brusco foi o rapaz: quase pulava da cadeira a cada pergunta feita com aquele vozeirão. Eu sei que ele vai reconhecer que sou melhor para a função e que serei chamada. Inclusive, estou comprando luvas novas para apresentar-me bem em meu primeiro dia.

— Mathilda, você é incrível! Será bem-sucedida, tenho certeza. Quando o grosseirão ali der por si, estará completamente dependente de seu trabalho. Talvez nem fique muito bravo quando descobrir que o sr. Matthie é, na verdade, a srta. Mathilda.

— É exatamente esse meu plano. — Riu Mathilda. — Agora, vamos tomar nosso chá. E você vai me contar direitinho como perdeu seu coração.

— Então é isso. Eu na verdade não perdi meu coração, apenas encantei-me — concluiu Belinda, depois de comentar em detalhes como fora seu reencontro com Lorde Tristan no baile de Lady Darley, a fatia de bolo açucarada ainda intocada. — Ele foi tão gentil, parecia compreender-me e em nenhum momento esboçou uma crítica ou teve uma expressão de enfado. Lorde Tristan pareceu mesmo apreciar minha companhia e fez-me sentir bem. Com exceção de você e Pimble, isso não costuma acontecer.

— Exatamente o que não costuma acontecer? — perguntou Mathilda, sem entender a que Belinda se referia.

— Esse sentir-me bem, confortável em minha própria pele, despreocupada em manter aparências. Lorde Tristan não pareceu chocar-se por eu ter opiniões um pouco diversas do que é esperado. Ele nem mesmo recriminou-me quando contei que, diante do descontrole de minha mãe em relação às finanças, eu decidira receber pensionistas em nossa casa. Eu nem sei como cheguei a falar sobre isso, a discorrer sobre a vida, com tanta liberdade. E ele não pareceu incomodado. Ao contrário, estimulou-me e ouviu com atenção.

— E isso não é maravilhoso?

— Seria, se ele tivesse ido à minha casa, se houvesse voltado a procurar-me. Mas, desde o baile, não o vi mais. Ele mandou-me flores, mas não havia um convite e tampouco fez-me uma visita. Talvez eu tenha mais uma vez dado asas à imaginação e me comportado como uma tola. Devo mesmo estar sonhando acordada, como você disse. Sonhando com algo que não existe.

— Mas você está dizendo que ele lhe mandou flores, isso significa algo, não?

— Sim, um lindo ramalhete no dia seguinte ao baile. Mas, com um bilhete educado, porém bastante impessoal e, depois disso... nada! Minha mãe estava certa: ele faz jus à fama que tem. Certamente foi gentil, mas seu comportamento não teve nenhum significado.

— Lorde Tristan tem fama de libertino? Por acaso já se comportou mal com alguma jovem? — indagou Mathilda, com uma pontada de preocupação.

— Não exatamente. Mas também não é considerado alguém confiável no mercado de casamentos. A cada temporada, ele parece dedicar sua atenção a uma ou outra debutante, mas jamais leva esse interesse a sério. Esse comportamento não lhe trouxe boa fama. Suponho que, como tantos outros, ele deva casar-se um dia, para conseguir um herdeiro, mas... Ora, nem sei por que estou comentando isso. Que grande pretensão a minha pensar que ele se interessaria. Por que o faria? Essa é minha terceira temporada, e já nos conhecemos há algum tempo... por que agora? Não, não foi por isso que me convidou a dançar e me dedicou atenção.

— Ele a convidou para dançar duas vezes, ouviu-a com atenção e lhe mandou flores. Acho que, ao contrário do que está dizendo, ele demonstrou interesse, sim.

— Isso é o que me desconcerta. Por que eu... e por que agora? Oh, não! Algo está me ocorrendo, Mathilda. Será que a fama de mamãe, sua compulsão para o jogo e o fato de estarmos precisando de dinheiro o induziu a pensar...

— A pensar o quê, Belinda? Não faça suspense, explique.

— Sou uma moça sem graça, sem dote, uma séria candidata a ficar solteirona. E talvez... talvez... por isso Lorde Tristan possa estar me considerando... alguém... *disponível*... Melhor dizendo, alguém disposta a uma discreta aventura. — A voz de Belinda tremeu um pouco, seus olhos arregalados demonstrando o horror que a possibilidade lhe provocava.

— Não tire conclusões precipitadas, minha amiga. Não acredito que ele possa ser tão venal a ponto de lhe propor uma relação ilícita. Você é uma dama! Sem dinheiro, com uma mãe... hum... fora dos padrões, mas ainda assim uma dama. Ele seria um crápula se abusasse de sua ingenuidade. Não, minha amiga, não exagere. Agora sim você está dando asas à imaginação e deixando-a voar alto demais.

— Eu não sei o que pensar, Mathilda. Gostaria de acreditar que ele gostou de minha companhia tanto quanto gostei da dele.

— E isso não é impossível. Dê um certo tempo ao senhor conde, aguarde para ver se ele vai procurá-la. E, se isso acontecer, seja sutil, porém esperta, e descubra quais são exatamente suas intenções. Homens às vezes são indecisos: alguns demoram a enxergar que a felicidade está à sua frente. Acredite, sei o que digo, afinal tenho irmãos, mas isso não quer dizer que você deva esperar eternamente ou agir de forma descuidada. Se ele não perceber a garota maravilhosa que você é, esqueça-o. Ele não será digno de seus pensamentos, muito menos de seu amor — afirmou Mathilda com convicção.

Belinda colocou um pedaço de bolo na boca, uma forma de não precisar responder. Isso porque, embora a sugestão fosse sensata, ela sabia que seria algo difícil de colocar em prática. Não fora apenas a dança, a atenção, tampouco as flores, fora a forma como ele a olhara que a cativara.

Com esforço, Belinda afastou Tristan do pensamento e voltou-se para a amiga, que agora descrevia animadamente o enredo de um novo conto. Nos romances, o amor parecia tão doce, tão fácil! Por um instante, ela desejou que Tristan fosse como os personagens das histórias. Infelizmente, ela sabia que esses homens encantadores costumavam existir apenas nas páginas dos livros. Servindo-se de mais uma xícara de chá, passou a ouvir com atenção.

18

Willian subiu a escada em frente ao prédio do White's Club de dois em dois degraus, um hábito de toda a vida. Fora daquele lugar que sentira mais saudade durante sua temporada no exterior. Com um pouco de nostalgia, relembrou as inúmeras vezes que Tristan, Thomaz e ele tinham se reunido ali para jantar e conversar antes de seguirem para bailes, festas ou noitadas de jogatina na companhia das garota de Madame Lilly. Eram jovens, até inconsequentes — a diversão era o interesse máximo. Agora, Thomaz estava casado e feliz, Tristan se tornara ainda mais rabugento do que sempre fora e ele, bem, ele encontrara um propósito na vida.

— Boa tarde, Alfred — cumprimentou o velho porteiro e, em seguida, entregou a capa e a cartola para o mordomo que veio a seu encontro.

Uma espiada no relógio da algibeira lhe mostrou que estava adiantado; provavelmente teria tempo para ler o Gazette antes que Tristan chegasse. Havia combinado um encontro ali, e seguiriam mais tarde para o sarau em casa de Lady Candice. Willian não estava muito animado com o programa, e pretendia ficar no evento apenas o tempo mínimo imposto pela boa educação. Por ele, nem aceitaria tantos convites, mas tinha certeza de que, se recusasse a todos, chamaria sobre si atenção indesejada. Ultimamente, os bailes e jantares lhe pareciam enfadonhos. Ele não sabia se por ter se acostumado ao silêncio do deserto ou se pela ausência de Pimble. Certamente, se ela as frequentasse, as festas seriam muito mais animadas. Com um sorriso involuntário, lembrou-se da elegância com que ela vinha se portando nas reuniões no Museu Britânico e dos merecidos elogios que Sir Archibald vinha lhe dispensando. Suas sugestões eram práticas e oportunas, e seu conhecimento histórico, cada vez mais evidente. Era perceptível que ela se dedicara àquele projeto e nada mais justo que viesse a integrá-lo.

Discretamente, começara a defender uma posição ousada junto a Sir Archibald: a de que, se ela assim o desejasse, seria um acréscimo importante ao trabalho de campo e deveria integrar a equipe que seguiria ao Egito. O velho professor, a princípio, ficara chocado! Uma mulher, sozinha em uma expedição, em meio a homens e nativos... Mas Willian continuava a insistir, dizendo que, se ela realmente desejasse ir, tais empecilhos poderiam ser contornados.

— Montefort, que oportuno encontrá-lo. Estava mesmo querendo procurá-lo.

A voz desagradável o despertou dos próprios pensamentos e ele virou-se. Às suas costas estava Jeffrey Trumble. Precisou de um esforço sobre-humano para evitar que sua expressão fisionômica denunciasse desagrado. O sujeito estava vestido com pompa: um paletó preto sobrepunha um colete de brocado prateado, o laço da gravata perfeitamente dado e os cabelos sem um único fio fora do lugar. Willian não conseguiu evitar imaginar como o homem ficaria depois de horas montando um camelo sob sol ardente. O pensamento lhe trouxe a sombra de um sorriso aos lábios, suficiente para Trumble sentir-se bem-vindo.

— Podemos tomar uma bebida? — sugeriu o sujeito. — Eu gostaria de tratar de um assunto com você.

— Trumble, não sabia que era membro desse clube. Nunca o vi por aqui — respondeu Willian, sem aceitar ou recusar o convite. Algo lhe parecia estranho naquele encontro casual.

— Bem, na verdade, não sou sócio — reconheceu Trumble, com um esgar de ressentimento. — Estou aqui a convite de um sócio, meu tio, Lorde Ishtar, é amigo de seu pai.

— Meu pai o convidou? — Willian não conseguiu evitar certa surpresa.

— Não... sim... bem, eu estive conversando com ele recentemente em casa de meu tio e ele comentou que você costuma vir com frequência e... bem, ele foi gentil em convidar-me.

Willian percebeu que Trumble gaguejava, tentando encontrar uma explicação. Ora... ora... é claro... havia o dedo de seu pai naquele *encontro casual*. Provavelmente, o sujeito lhe pedira ajuda, mas por que seu pai o ajudaria? E em relação a quê? O velho egoísta não ajudava ninguém, a não ser que o assunto lhe interessasse ou trouxesse benefícios. Ele não imaginava qual assunto poderia lhe dizer respeito e, ao mesmo tempo, despertar o interesse de seu pai. O que estava acontecendo? Por um instante, ele pensou em recusar; mas, como já dissera um velho sábio, os inimigos deviam ser mantidos ao alcance dos olhos, perto o suficiente para que se pudesse perceber suas manobras. Com um sorriso forçado, ele apontou um par de poltronas.

— Vamos nos sentar — convidou, chamando o criado com um sinal discreto. — O que você toma? *Brandy*? Ou prefere um licor?

— *Brandy* está ótimo — respondeu Trumble, aliviado, entendendo o sorriso e o convite como um sinal de aceitação plena.

— Então... — Willian aceitou o copo de cristal que o criado ofereceu em uma bandeja — ... você mencionou que gostaria de tratar de um assunto. Do que se trata?

— Da nossa expedição, é claro!

— Da expedição? — indagou Willian, sentindo uma pontada de aversão pelo sujeito usar o pronome possessivo. Aquela não era a expedição de Trumble e, se dependesse dele, jamais seria.

— Sim, há muitos detalhes e eu sinto que preciso discuti-los com você, ajustar tudo para que o resultado seja o melhor possível.

— Ora, Trumble, mas nós temos acertado todos os detalhes durante as reuniões, que, aliás, têm sido bem produtivas. Os preparativos estão dentro do cronograma, acredito que estaremos prontos para partir na data certa. Não consigo imaginar o que poderia ser feito de diferente.

— Bem, na verdade trata-se de Sir Archibald. Embora ele seja o responsável pela catalogação e validação final dos tesouros que forem encontrados durante a expedição, é do conhecimento de todos que, diante de sua idade e condições de saúde, ele não poderá nos acompanhar. Ambos sabemos que fui integrado ao grupo para suprir essa lacuna. Serei eu a ir a campo, e essa etapa ficará sob minha responsabilidade. Um dia, ocuparei em definitivo o lugar que hoje é dele. Por isso, na condição de substituto, devo ficar desde já a seu lado, atuando como seu assistente. Não entendo como possa ser diferente! É totalmente ofensivo ter outra pessoa ocupando um lugar que, por direito, é meu. — Nesse momento, como se um dique se rompesse, a raiva passou a permear suas palavras. — Como é possível que eu tenha sido desconsiderado em favor de uma... uma... mulher? E pior, uma criada? — O amargor e a inveja escorriam das palavras enquanto ele seguia proferindo impropérios.

Então é isso, concluiu Willian, *a questão aqui é Pimble!*

O sujeito nem conseguia disfarçar: seus olhos luziam de ódio. Sua arrogância não lhe permitia aceitar ter sido suplantado pela jovem. O conhecimento e a inteligência de Pimble lhe eram ofensivos, porque evidenciavam sua própria mediocridade. Ele queria destruí-la! Por um instante, Willian sentiu ímpetos de agarrá-lo pelo pescoço e jogá-lo porta afora aos pontapés, mas ele era o inimigo e conhecer seus planos era fundamental. Com esforço, controlou-se e assumiu um ar de indiferença.

— A garota? — perguntou com voz neutra. — Mas no que ela o atrapalha?

— Ela é uma fraude! E não posso aceitar isso, uma criada, alguém sem berço... alguém que certamente se beneficiou da boa-fé de uma nobre dama, a duquesa de Kent, para obter vantagens. E agora certamente faz o mesmo com Sir Archibald. Não me admiraria se tiver usado de *artifícios femininos* para seduzir o velhote e convencê-lo a contratá-la. Como poderia ser diferente? Não se pode esperar outro comportamento de alguém de classe inferior, totalmente amoral...

— Como você soube sobre a duquesa de Kent? — Willian interrompeu as ofensas antes que seu controle se extinguisse e ele abatesse Trumble a socos e pontapés. Sua vontade era arrastá-lo até os pés de Pimble e obrigá-lo a pedir desculpas. Mas o homem era bem-relacionado e, diante de um escândalo, a notoriedade negativa recairia sobre a jovem. Ele não conseguiria impedir que o veneno de Trumble se espalhasse. Ainda que venais e mentirosas, muitos acreditariam nas acusações do maldito, e Pimble sofreria com isso.

— Bem, como eu disse, tive uma longa conversa com seu pai — continuou Trumble. — Foi ele quem me contou que a suposta proteção da duquesa gerou muita surpresa e uma óbvia rejeição na sociedade anos atrás.

Alguns até comentaram a possibilidade de Lady Georgina ter sido vítima de chantagem. A suspeita não se confirmou, mas seu pai é um homem de honra e tradição e partilha de minha opinião. Essa mulher deve ser afastada, é inconcebível ter alguém assim integrando os quadros do Museu Britânico — definiu Trumble, com arrogância e desdém.

Willian resgatou uma lembrança e compreendeu as razões que tinham motivado seu pai a ajudar o patife. Anos antes, durante uma conversa em família, o nome de Pimble fora brevemente mencionado. Displicente, Willian, ao relatar seu interesse pelo antiquarismo, comentara o quanto a garota o impressionara por conhecer o assunto. E completara citando a duquesa de Kent e a ajuda que ela proporcionara à moça. O esnobismo do pai atingira um ponto máximo, e o horror que demonstrara ao saber que uma criada ousava ter aspirações de tal nível, e pior, que o filho a admirava, fora imenso. Entre eles, ocorrera uma desagradável discussão e, mesmo Willian tendo cedido ao final, o mal-estar perdurara.

Provavelmente, a situação ficara gravada na mente de seu pai, um homem rancoroso, e fora relembrada pelo contato com Trumble. E Willian sabia que a visão do pai a respeito da sociedade não mudara. Abominava a miscigenação de classes, o que considerava um verdadeiro sacrilégio. O velho não perderia a chance de esmagar qualquer um que ousasse desafiar tal dogma — exatamente o que Pimble vinha fazendo.

No entanto, se Trumble o procurava por imaginar que seu pai ainda tinha alguma ascendência sobre ele, se enganava. Willian conseguira se libertar das amarras pesadas que o genitor lhe impunha.

— Lamento, mas não vejo a situação dessa forma, Trumble — respondeu, para surpresa e desgosto do outro. — A garota tem sido muito útil e acredito que Sir Archibald a tenha escolhido por seus méritos acadêmicos. Nunca vi nada, nenhum gesto ou palavra que me faça deduzir o contrário — disse, esforçando-se para manter a calma e não esganar o indivíduo à sua frente.

— Você está sendo leniente. A garota é uma fraude, um perigo! Ela não deve continuar associada a nosso trabalho, é uma afronta! — protestou Trumble, inconformado.

— Lamento, mas a escolha do próprio assistente cabe tão somente a Sir Archibald e, a menos que algo a desabone, não há nada que eu possa fazer.

— Algo que a desabone, tenho certeza de que basta procurar — insistiu maldosamente Trumble.

— Lamento — desculpou-se Willian, olhando o relógio e levantando-se em seguida, decidido a encerrar o assunto. — Tenho um compromisso. Comprometi-me com um amigo, no sarau de Lady Candice. Pretende ir? Se for o caso, poderemos ir juntos — mencionou, sabendo que Trumble não frequentava aquele círculo e certamente não fora convidado. Queria apenas simular uma certa gentileza; o sujeito era uma cobra, e não convinha espicaçá-lo antes da hora. Diante da negativa, despediu-se. — Nos veremos em breve, no museu.

Ansioso por afastar-se, não percebeu o olhar de ódio que Trumble lhe deitou às costas. Ainda assim, seu bom senso lhe dizia que teria que tomar cuidado, pois o sujeito não se contentaria com sua resposta. Mas, se ele pensava que conseguiria atingir Pimble, Willian o esmagaria sem piedade antes que tentasse.

19

— Belinda, eu acho que você não deveria ter pedido para Lady Candice incluir-me no convite. Esse seu desejo de ver-me integrada à sociedade não tem sentido: eu não faço parte desse meio — argumentou Pimble, um pouco apreensiva.

— Não seja boba; claro que faz. Intelectualmente, você é superior à maioria das moças que encontraremos por lá. Duvido que alguma delas já tenha ouvido falar na deusa Bastet, de dinastias egípcias ou seja lá o que for que você estude. No máximo elas sabem tocar e cantar; a maioria muito mal.

— Ora, Belinda, essa falta de generosidade para com as moças não combina com você. Tenho certeza de que a maioria tem, sim, talento. — Riu Pimble, prendendo o fecho do colar de Belinda.

— Espere até ouvir algumas delas, mas você tem razão. Estou sendo maldosa, talvez seja o inconformismo por ter que me apresentar. E confesso: a razão de minha insistência foi egoísta. A verdade é que não suporto esses saraus sem sua companhia. Principalmente quando minha mãe me coloca nessa situação detestável! Como ela ousou sugerir a Lady Candice que eu poderia cantar? Minha vontade é... nem sei qual é...

— Que tolice. Você tem uma bela voz. E gosta de cantar, não negue. Já a ouvi mais de uma vez, em seu quarto, no jardim. Basta achar que está sozinha que solta a voz.

— Você disse tudo, quando estou *sozinha*. Mas em público... odeio tanta exposição. Você me conhece, sabe que não gosto mesmo. Deixe-me ajudá-la agora. — E prontamente passou a abotoar o vestido de Pimble. — Já está quase na hora de sairmos, e mamãe contratou uma carruagem de aluguel que deve estar prestes a chegar.

— Estaremos prontas. Não se preocupe, falta só...

— Meninas — chamou Lady Carlyle, entrando sem pedir licença —, a carruagem chegou. Não estão prontas?

— Estamos, mamãe, estamos sim, quase prontas — respondeu Belinda, graciosa em um vestido num tom de verde que lhe ficava muito bem.

Mas foi Pimble quem captou o olhar de Lady Carlyle. A dama não pôde deixar de notar como a jovem desabrochara. Mesmo sem joias ou adornos sofisticados, ela brilhava no vestido em um suave tom de azul. A garota mudara desde que chegara ali. Sempre fora altiva, mas agora ela exalava uma segurança nova.

— Terminei. Só restava prender as flores no corpete — disse Pimble, apontando o pequeno buquê de miosótis.

— Então vamos! E, Belinda, minha querida, faça um esforço, sim? Use sua voz para... para...

— Para o quê, mamãe? — perguntou a jovem, sem entender.

— Ora, para arranjar um marido, é obvio! — respondeu a dama, bufando, para constrangimento de Belinda. — Vamos — insistiu, direcionando a filha.

Com um revirar de olhos, Pimble as seguiu. Não convinha mesmo deixar uma carruagem de aluguel esperando.

Havia gente demais, na opinião de Willian. Acostumara-se à vastidão do deserto, e ambientes fechados e lotados o incomodavam. Muito embora as apresentações das jovens fossem sofríveis, os saraus de Lady Candice eram concorridos. A anfitriã era simpática e o champanhe, servido com fartura. Havia alguns minutos, uma moça massacrava um prelúdio de Bach ao violino. A pobrezinha, aparentemente em sua primeira temporada, estava claramente intimidada.

— Sinceramente, não tenho muita paciência e não sei como permito que você me arraste para esses eventos — disse Willian a Tristan. — Não vejo por que eu deva prestar atenção a essas moças e seus supostos talentos. Ou suportar essas reuniões enfadonhas. Tenho liberdade para ser autêntico.

— Eu não o arrasto, só peço a sua companhia, e você, como amigo, nem deve pensar em recusar. Seria indelicado — resmungou Tristan, enquanto varria o ambiente com os olhos. — Hum... O que você quer dizer com liberdade para ser autêntico?

— Que posso ser eu mesmo e fazer o que me aprouver. Não tenho obrigação de me casar com uma debutante e produzir herdeiros. É uma vantagem que compensa muito bem a inexistência de um título ou herança. Bem, pelo menos um pouco. — Nesse momento, uma nota excessivamente desafinada soou. — Ah, Tristan, preciso sair daqui, meus ouvidos vão me agradecer se eu me retirar agora.

— Seus ouvidos poderão lhe agradecer, mas eu certamente não o perdoarei. Você acha que me agrada beber champanhe quente, ouvir moças desafinadas e suportar as futriqueiras sociais, sempre a observar com quem falo e o que faço?

— E por que se sujeita, meu amigo?

— *"Noblesse oblige"*! Como dizem os franceses, "a nobreza obriga". São inconveniências de um título, não tenho como me furtar a elas.

— Argh — Willian grunhiu —, esse é você sendo pedante mais uma vez. Isso só vem ilustrar minha argumentação anterior: a liberdade de ser autêntico não tem preço!

— Não reclame, Willian. Integre-se, porque é melhor. Você passou muito tempo entre selvagens, e parece ter esquecido as boas maneiras. Mais champanhe?

— Quente? Não obrigado.

Foi então que algo chamou a atenção de Willian.

Um perfil delicado, a cabeça em um ângulo gracioso, o queixo levemente erguido. Os olhos brilhavam, e um sorriso gracioso lhe sulcava o rosto. Algumas pessoas se movimentaram e a esconderam. Ele ergueu o corpo, mas ela não estava mais ao alcance de seu olhar. Ainda assim, sentia sua presença. Pimble estava ali, discretamente posicionada junto a parede à sua esquerda. De repente a sala não lhe pareceu tão apinhada, nem a música tão intragável.

Os aplausos irromperam quando a violinista encerrou sua

apresentação. Pimble se movimentou. Atento, ele a viu segurar as mãos de Lady Belinda e dizer-lhe alguma coisa, sorrindo com doçura. Belinda concordou com a cabeça e foi colocar-se diante da plateia, enquanto uma garota loira, envolta em babados cor de pêssego, sentava-se ao piano para acompanhá-la. Quando as primeiras notas surgiram, a voz se elevou, cristalina e bela.

A plateia se calou completamente, capturada pela emoção. Belinda cantava como um anjo, e Willian não ficou imune ao sentimento que ela colocava na melodia e nas palavras. A canção falava de um amor duradouro e eterno; mas, embora bela, era a forma como a jovem a interpretava, com o coração e a alma, que a tornava especial.

E, como se mágica fosse, as pessoas se afastaram e ele entreviu Pimble novamente. E, de repente, as palavras não eram apenas parte de uma simples canção: pareciam ter sido escritas para eles.

Tristan observava o entorno, debatendo consigo mesmo sem querer admitir que Willian tinha razão. Aqueles eventos mais o aborreciam do que divertiam e, se não fosse seu dever, já teria renunciado a tudo isso. A companhia das garotas de Madame Lilly, até mesmo a de seus cavalos, eram mais interessantes do que aquela busca incessante por uma mãe para o necessário herdeiro. Mas, por mais que odiasse a exigência, não podia postergá-la eternamente. O tempo urgia e seria uma deslealdade com seu pai e sua história se não cumprisse o que lhe era exigido. Seria mais fácil se outrora não tivesse sucumbido ao canto de uma sereia.

Antes que as memórias lhe trouxessem o gosto amargo da decepção, um burburinho à frente chamou sua atenção. A violinista terminara a apresentação e se retirava, aplaudida por alguns. E, para sua surpresa, foi Belinda que surgiu, tomando lugar à frente da plateia.

Ele não estava preparado para o que se seguiu.

Quando as primeiras notas do piano se elevaram, a garota, normalmente tímida, desabrochou. Uma aura luminosa pareceu envolvê-la enquanto a voz se elevou límpida e harmoniosa. Todos se aquietaram, encantados, o silêncio quebrado apenas pela música suave.

Belinda cantava como um anjo, etérea, suave, transbordando sentimentos. Ele se quedou impactado. A canção o fazia flutuar para dentro de si mesmo, tocando-o de uma forma única. A beleza transcendia o aspecto físico, como se sua bela alma irradiasse a própria luz. Os aplausos irromperam, quase ensurdecedores, quando a apresentação de Belinda se encerrou. As senhoras tinham os olhos brilhantes de emoção. Muitos se aproximaram para cumprimentá-la, alguns cavalheiros claramente ansiosos em chamar sua atenção. Do outro lado da sala, Tristan acompanhava a movimentação.

Ela tinha as faces coradas, um sorriso tímido e aceitava os cumprimentos com naturalidade. Parecia não considerar seu feito como algo digno de admiração.

Estava prestes a seguir em sua direção quando notou um jovem fazendo o mesmo. Conhecia Jamie Anderson, um capitão a serviço da Coroa, bem-apessoado e galante. Ele esperava que ela se afastasse após aceitar os cumprimentos, o que lhe daria a oportunidade de se aproximar e falar-lhe a sós. Não estava preparado para a pontada de ciúmes que o atingiu quando, ao contrário do que imaginara, Belinda aceitou o braço que o jovem lhe oferecia. Incomodado, nem mesmo aguardou para saber para onde o casal se dirigia. Pediu ao criado sua capa e cartola e saiu sem sequer se preocupar em avisar ao amigo. Willian estava certo, aquelas festas eram entediantes, já suportara demais por uma noite.

20

— Belinda, você cantou maravilhosamente! — Pimble aproximou-se, exultante. — Acho que, desta vez, você vai atender aos desejos de sua mãe. Impossível pensar que você terminará a noite sem ter, pelo menos, meia dúzia de admiradores derretendo-se à sua volta — cochichou.

— Pimble! Não exagere, não há razão para tanto, foi só uma canção.

— Ora, a beleza não está exatamente na canção, mas na forma como a interpretou. Foi sublime! E os admiradores surgirão, acredite em mim. Veja o jovem de paletó castanho, ele está quase petrificado, não tira os olhos de você. Aposto que está se perguntando como deve abordá-la e... decidiu-se! — afirmou Pimble, vendo-o se aproximar.

— Lady Belinda. — Com uma mesura, o rapaz inclinou-se diante dela. — Talvez não se recorde, mas já fomos apresentados. Sou o capitão Jamie Anderson, primo de Priscila Westwood.

— Capitão Anderson, claro que sim, na festa de aniversário de sua prima. Como tem passado? Esta é minha amiga, a srta. Davenport — respondeu Belinda, indicando Pimble, que se limitou a inclinar a cabeça.

— Muito prazer, srta. Davenport — cumprimentou o rapaz, retornando sua atenção imediatamente para Belinda. — É verdade, foi na festa de aniversário, há pouco mais de um ano, creio. Não sei se sabe, mas Priscila se casou e, em breve, dará ao marido seu primeiro herdeiro.

— Fico muito feliz e talvez isso explique a razão de ela não estar tão presente nesta temporada — respondeu Belinda, com gentileza.

— Eu... hum... vim cumprimentá-la porque... se me permite, devo dizer que seu canto foi arrebatador e... hum... aceita um refresco? Posso acompanhá-la ao buffet e...

Pimble percebeu que o rapaz, cuja tez apresentava um tom próximo ao de tomates maduros, estava tendo dificuldade para se expressar, provavelmente receoso de ser rejeitado. Rapidamente, ela interveio. Seria salutar a Belinda circular acompanhada. Pelo menos, diminuiria um pouco a pressão da mãe sobre ela.

— Um refresco será perfeito para aliviar sua garganta depois do esforço que fez, Belinda. Eu ia sugerir exatamente isso e ficarei muito agradecida se puder acompanhá-la, capitão Anderson. Eu mesma faria isso se não precisasse ir... precisasse ir... — Pimble procurava desesperadamente uma desculpa para deixar o casal a sós — ... se não estivesse deveras apertada para ir à sala das senhoras — concluiu, dizendo o que lhe veio à cabeça.

O olhar horrorizado de Belinda a advertiu que aquele era um dos tais excessos de franqueza. Pedindo licença, tratou de afastar-se. Ora, ir à sala das senhoras era uma necessidade perfeitamente natural, justificou-se.

Willian sentiu o coração pesar no peito. A música mexera com suas emoções, e uma esperança sem sentido o fez se perguntar se estaria acontecendo o mesmo com Pimble. Seus olhos a buscaram freneticamente, mas em nenhum momento ela virou-se em sua direção.

Foi com esforço que controlou o impulso de ir ao seu encontro durante a apresentação. Há semanas ele vinha tentando entender o sentimento que passara a consumi-lo. Seu mundo, tão ordenado, repentinamente virara de ponta-cabeça. O futuro, minuciosamente programado, não lhe parecia mais tão perfeito. Superara tantas dificuldades para alcançar êxito, para se desvincular da interferência nefasta do pai em sua vida. E agora tudo começava a lhe parecer vazio, insuficiente. E ele não se iludia: era Pimble a razão desse redemoinho emocional.

Servindo-se de uma taça de champanhe, ele a observou aproximar-se de Belinda. Sua expressão demonstrava uma satisfação sincera pelo feito da amiga, absolutamente livre de inveja ou despeito. Assim era Pimble: verdadeira... transparente...

Ele ficou a observá-la, tentando compreender o que era aquilo que o afligia, que o controlava e fazia pensar nela dia e noite. Um impulso irrefreável o invadiu. Precisava conversar com ela, entender o que se passava, precisava... Ele não sabia exatamente do que precisava, mas se não o fizesse, certamente acabaria enlouquecendo. Com um gole, entornou o conteúdo da taça e saiu em seu encalço.

Pimble não necessitava realmente ir à sala das senhoras, mas enveredou por um dos corredores. Seria mais adequado pelo menos simular seguir naquela direção. Como sempre, falara por impulso; mas, na hora, não lhe ocorrera nenhuma outra desculpa. Ora, o importante era que Belinda fora tomar refresco, acompanhada de um rapaz simpático. Com isso, Lady Carlyle talvez aliviasse um pouco a pressão sobre ela.

Seus passos a afastaram da sala principal e, quando deu por si, viu-se em um corredor largo, quase uma galeria, com paredes recobertas por seda vermelha e pontuadas por telas a óleo — a maioria, supunha, retratos de ancestrais dos anfitriões. Mas havia também paisagens campestres e uma ou outra marinha. Apreciá-las lhe pareceu bem mais interessante do que voltar à sala e à audição. Depois da apresentação de Belinda, seus ouvidos se revoltariam com notas desafinadas e agudos fora do tom.

Um criado veio na direção contrária e ela receou que ele questionasse por que se encontrava naquela ala da casa. Ele não a incomodou, no entanto, e a curiosidade a impeliu à frente. Estava sendo invasiva, mas isso não era bisbilhotar, justificou-se mentalmente, apenas admirar. Sempre lhe parecera uma crueldade que tão poucas pessoas tivessem acesso à arte encerrada dentre as paredes dos mais abastados.

Em meio a tantas obras, uma em especial chamou sua atenção. O quadro, em tons de azul-marinho, creme e cinza, mostrava um farol assolado por ondas gigantescas sob um céu escurecido e feroz. Apenas a ponta de uma vela, sinal de uma embarcação naufragada, denunciava a tragédia ocorrida em meio à fúria da tempestade.

— É forte, não é? Willian Turner é um jovem pintor inglês, muito talentoso, que retrata o mar de forma magistral. Alguns dizem que, na verdade, é atormentado por ele.

Pimble não precisou virar-se para saber quem se posicionara às suas costas, tampouco conseguiu evitar que os pelos finos de sua nuca se eriçassem. Seu corpo reagia a tanta proximidade. Constrangida, deu um passo ao lado, descontente consigo mesma.

— Uma tragédia sempre é forte, e é isso que o quadro retrata, não é? — respondeu, formulando outra pergunta.

— Sim, é isso que o quadro retrata, um naufrágio, uma tragédia, sem dúvida. Mas eu arriscaria ir além, acho que ele retrata o alvoroço da própria alma do autor.

— Se assim for, ele é um jovem agoniado.

— Assim como eu — sussurrou ele.

— O que quer dizer com isso? — indagou Pimble, confusa com a afirmação.

— Que, desde que retornei à Inglaterra, uma tempestade inesperada vem crescendo em meu interior. Um mar revolto de dúvidas e sensações que me lança de um lado a outro, cada vez em uma direção diferente. Nunca questionei minhas escolhas e meus valores familiares, até agora. Eu não consigo definir o que me assola, só sei que é forte, mais forte do que tudo. Uma avalanche de emoções que me desnorteia.

— Por que me diz isso, Willian de Montefort?

— Porque a razão de meu tormento é você, Pimble Davenport.

Assustada com a veemência da afirmação, ela virou-se. Willian a encarava, os olhos refulgindo um conflito interior. Ela fez menção de recuar, mas ele tocou-lhe o braço num gesto delicado, mas impeditivo.

— Não tenha medo; eu jamais lhe faria mal, Pimble.

— Não?! — A ironia pincelou seu tom de voz.

Ele parecia nunca ter percebido o quanto a magoara. E ela nem mesmo podia atribuir-lhe toda a culpa por essa dor. Afinal, fora ingênua em criar ilusões infundadas. Mas aprendera a lição e não permitiria que algo semelhante acontecesse novamente. Aprumando a cabeça, olhou-o nos olhos e respondeu, a voz fria e controlada.

— Tem razão, você jamais me fará mal, mas será porque não permitirei.

Ele cerrou o maxilar, o insulto calando fundo em sua alma. Havia um universo de coisas a serem ditas, mas as palavras lhe faltaram. Por segundos, permaneceram frente a frente, olhos nos olhos. O tempo parecia girar, a tensão atingiu um ponto insuportável… e foi Willian quem cedeu, afastando-se um passo para que ela passasse.

Cabeça erguida, ela simplesmente deu-lhe as costas e saiu.

Ele não tentou detê-la. Pela primeira vez, se dera conta do quanto a ferira. Anos antes, afastara-se da garota mais incrível que conhecera. Partira sem olhar para trás, e tudo o que conseguira fora um gosto amargo de solidão e saudades.

Fora um garoto tolo.

O homem que se tornara não cometeria o mesmo erro.

O coração, aos tropeços, desmentia a calma que seu semblante evidenciava. Com certa pressa, Pimble voltou ao salão, à procura de Belinda. Perplexa, tentava entender o que acontecera. Willian de Montefort ousara dizer que ela era a causa de seu tormento, mas, por mil demônios, *o que isso significava exatamente?*

21

— Bom dia, sra. Hastings, como foi seu final de semana? Espero que tenha descansado e aproveitado a tarde de sol que tivemos no sábado — cumprimentou Pimble, dependurando o casaco no gancho à esquerda da porta. — Sra. Hastings, está tudo bem? — perguntou, quando notou que ela manteve a cabeça baixa e não respondeu a seu cumprimento. — Oh! O que aconteceu? — Os olhos avermelhados da mulher não deixavam margem para dúvida: ela estivera chorando.

— Srta. Davenport, não se preocupe, eu... — Antes que conseguisse formular a resposta, um soluço interrompeu-a e as lágrimas voltaram a escorrer pelo rosto. — Desculpe-me — pediu, levando um lenço de cambraia aos olhos. — É minha irmã, Joana. Ela tem febre, o médico disse que pode ser tifo.

— Oh, não! Que notícia terrível! Eu sinto muito — lamentou Pimble. — Tifo é uma doença horrível, mas existe chance de recuperação. Não se desespere, ela vai se curar.

— Tenho tentado convencer-me disso, mas é muito difícil. Eles a levaram para o Barts ontem. Foi horrível vê-la prostrada, e ela está lá, sozinha. Somos apenas nós, não temos mais ninguém — balbuciou a sra. Hastings, torcendo nervosamente o lenço. — Desculpe-me, eu não deveria trazer questões pessoais para cá.

— Que absurdo, não se desculpe. E você deveria ir até lá, talvez ficar com ela. Posso falar com Sir Archibald e assumir suas funções por algum tempo.

— Pimble, eu não poderia aceitar, você já tem tantos afazeres, seria demais. Não sei como o professor reagiria a isso e não posso perder esse emprego.

— Não se preocupe, eu falo com ele. Nós duas sabemos que ele parece ser muito sisudo e difícil, mas no fundo é bondoso. Tenho certeza de que vai concordar.

— Será mesmo possível? Talvez por um dia ou dois, até que ela esteja mais forte.

— Explicarei a situação e cobrirei sua ausência. Eu darei um jeito. O importante é a recuperação de sua irmã. Tudo dará certo. Vamos, diga-me o que devo fazer em seu lugar.

— Há algumas cartas a serem respondidas, e esses documentos... — apontou alguns papéis — ... têm que ser arquivados e, claro, você vai precisar alimentar Bastet — continuou, quando a gata de pelo alaranjado surgiu, enroscando-se nas pernas de Pimble e emitindo um miado satisfeito. — Não se esqueça de sempre deixar a porta ou a janela aberta, pelo menos uma fresta, o suficiente para ela se esgueirar. Nossa menina gosta de dar suas voltinhas e, quando encontra tudo fechado ao voltar, se põe a miar alto e a incomodar as outras salas. E faz pior, a sra. Smith tem pavor de ratazanas, mas Bastet as caça e as larga no corredor, obrigando a pobre faxineira a retirá-las.

— Bastet, isso não se faz — brincou Pimble, pegando-a no colo e coçando suas orelhas. A gatinha ronronou, satisfeita. — Vou lembrar-me disso. A porta estará aberta quando você voltar de suas caçadas. Só não me traga uma ratazana de presente.

— E o chá — continuou a sra. Hastings, afobada. — Sir Archibald gosta forte e bem doce. Creio que na lata há biscoitos amanteigados suficientes, mas eu posso...

— Sra. Hastings, fique tranquila, eu cuidarei de tudo — falou Pimble, acalmando-a. — Agora vá, sua irmã a espera. Fique até ter certeza de que ela está bem, recuperando-se. Eu mandarei avisá-la se Sir Archibald precisar da senhora especificamente. Aliás, deixe seu endereço anotado.

— Obrigada, Pimble. Você está sendo boa demais. E eu lhe devo desculpas.

— Desculpas? — perguntou Pimble, sem entender.

— Quando Sir Archibald a contratou, eu achei que você seria uma garota arrogante, pronta a tirar meu lugar. No entanto, você é uma moça adorável, tem um coração boníssimo. Se um dia precisar, espero poder retribuir.

— Não por isso, sra. Hastings. Agora vá — insistiu Pimble, estendendo-lhe o casaco. — Vá em paz, eu cuidarei de tudo. E mande-nos notícias, por favor.

— Minha amiga, você deve estar exausta! — exclamou Belinda, servindo uma xícara de Earl Grey fumegante e estendendo-a para Pimble, antes de fazer o mesmo com Mathilda. — Conte-nos tudo. Tiveram notícias da irmã da sra. Hastings? Ela está mesmo com tifo?

O dia fora longo, e agora as amigas se reuniam para o chá, cada uma relatando um pouco do que acontecera. A noite já descera, a lareira estava acesa e a sala, aconchegante. Quem observasse a cena, imaginaria três irmãs conversando.

— Um garoto nos trouxe notícias no final da tarde — respondeu Pimble, servindo-se de um sanduíche de geleia. — Parece que o estado da doente é grave. Felizmente, Sir Archibald não só compreendeu bem a situação, como apoiou minha decisão e liberou a sra. Hastings pelo tempo que ela achar necessário.

— Isso é ótimo! — Mathilda reagiu, enquanto colocava uma fatia de bolo de frutas no prato. — Por outro lado, receio que tal medida vá sobrecarregar você, principalmente agora que os preparativos para a expedição estão em sua fase mais acelerada.

— É verdade, mas eu não poderia fazer diferente. Pobre mulher; se perder a irmã, ficará muito sozinha.

— A irmã é sua única parenta? — indagou Belinda, sensibilizada ao imaginar a situação.

— Sim, são apenas as duas. Parece que a sra. Hastings foi casada um dia, deve ter ficado viúva... na verdade, não sei dizer, ela é bastante discreta quanto à sua vida pessoal. Essa situação toda, tão triste, me fez pensar em algo — Pimble parou a xícara a meio caminho dos lábios, os olhos encarando o nada, sem piscar.

— Fale logo, Pimble, por favor! Quando você faz essa expressão é porque essa sua cabecinha está pensando em alguma coisa especial, não é verdade, Belinda? — questionou Mathilda.

— Bem, eu estava pensando na Confraria da Íris — disse por fim.

— Como assim?

— Ora, nós nos propusemos a ajudar mulheres, não é mesmo? Talvez seja a hora e a oportunidade de colocar as boas intenções em prática.

— Pimble, o que poderíamos fazer? Tifo é uma doença terrível, nem nos deixariam ficar no hospital por conta do risco de contaminação.

— Não me refiro à irmã; nesse caso não há mesmo nada que possamos fazer, mas talvez pudéssemos oferecer algum tipo de apoio à sra. Hastings. Talvez fazer uma visita, levar um bolo. Eu sei que ela vai passar as tardes no hospital, mas o resto do dia, não deve ser fácil ficar só numa situação dessas. Às vezes o que as pessoas precisam é apenas de alguém que as ouça e lhes segure a mão.

— Você está certa! Não nos custa ser solidárias, e já que você está muito atarefada, trabalhando por duas, eu posso ir visitá-la em seu nome — afirmou Belinda.

— E eu vou junto! Está decidido. — Assentiu Mathilda. — Vamos pedir à cozinheira que asse um bolo e o levaremos amanhã. Tomaremos um chá com ela, depois que ela retornar da tarde no hospital.

— Eu agradeço muito! — respondeu Pimble, contente por poder contar com as amigas.

— E falando em apoio — continuou Mathilda —, vou aproveitar e comentar algo que há algum tempo quero dizer. Tenho muito a agradecer a vocês. Sinceramente, eu não sei se teria permanecido em Londres se não fosse o carinho e a amizade com que vocês me brindam.

— Amigas verdadeiras são um verdadeiro tesouro. Eu sei disso desde que fui privilegiada primeiro pela amizade de Lady Georgina Walker e agora com a de vocês — afirmou Pimble.

— Pois vocês nem mesmo imaginam o quanto a vinda de cada uma para essa casa tem alegrado meus dias. Até minha paciência com mamãe melhorou. — Riu Belinda. — Nossa amizade nos faz muito bem.

— E já que mencionou sua mãe, eu a tenho achado mais tranquila nesses dias. Ela não tem implicado tanto com tudo, vocês notaram? — comentou Mathilda.

— Bem, talvez haja uma razão. O capitão Anderson enviou-me flores, e disse no cartão que gostaria de vir visitar-me. Mamãe simpatizou muito com ele, e está cheia de planos — mencionou Belinda.

— E pelo seu tom de voz, acho que você não — concluiu Pimble.

— Ele é simpático, gentil e de ótima família, segundo mamãe. Porém...

— Porém, não é o que você quer. Nesse caso, minha amiga, não se deixe influenciar. Não estou dizendo que não deve aceitar a corte que ele lhe faz, mas sim que não deve se deixar levar apenas pela opinião de sua mãe. Afinal, a vida é sua e cabe a você escolher ao lado de quem quer vivê-la.

— É um bom conselho, minha amiga, no entanto não sou como vocês, não tenho uma carreira ou um interesse que não seja casamento. Fui criada para isso! Vocês sabem, eu sonho em ter filhos e uma casa minha. Fico pensando, se não me casar, conseguirei ser feliz?

— E eu lhe devolvo a pergunta: casar-se a fará feliz? — perguntou Pimble. — Mas a decisão é sua, e eu vou apoiá-la seja lá o que escolher. E não posso negar que o capitão me pareceu um bom rapaz.

— E eu não discordo de você, Belinda — afirmou Mathilda. — É verdade que venho buscando reconhecimento como escritora, mas também gostaria de encontrar alguém para compartilhar a vida. Por que teríamos que desistir do amor em busca de realização? Isso não acontece com os homens. Eles não mudam suas vidas, tampouco abandonam seus interesses e ainda podem escolher casar-se ou não.

— Se fôssemos mais corajosas, não desistiríamos nem dos sonhos nem do amor. No entanto, enquanto aos homens tudo é perdoado, considerando-se parte de sua educação um certo conhecimento prático das coisas ditas "proibidas", a nós, mulheres, a menor sombra de degradação tem o poder de nos arruinar. É absolutamente injusto! Tanto que, por vezes, eu me sinto seriamente inclinada a arriscar — argumentou Pimble.

— Arriscar? O que quer dizer exatamente com isso?

— Ora, você sabe... Nós mulheres não temos qualquer conhecimento prático do que é estar apaixonada, nos encantamos com qualquer gesto de gentileza e não sabemos nem mesmo... como é... ora, o que acontece depois dos... beijos! Tudo nos é proibido, até falar sobre o assunto. Eu confesso que seria muito mais interessante *experimentar* um pouco de paixão, de uma maneira discreta e educativa, sem chegar ao... *grand finale*!

— Pimble! Esse não é o comportamento de uma dama!

— Bem, eu não sou exatamente uma dama. E você há de concordar comigo que sermos obrigadas a decidir conviver com um marido para o resto da vida sem saber... sem saber... o que nos espera depois do casamento... É aterrorizante! — confessou, lembrando-se de quão difícil fora o primeiro casamento de sua amiga e protetora, Lady Georgina.

— Minha querida, não posso dizer que não lhe cabe razão, mas como eu poderia arriscar quando sei que a única coisa que tenho de valor é minha reputação e minha virtude? — atalhou Belinda.

— E não seria correto dizer que nossa consciência deveria ser mais importante que nossa reputação? Por que devemos dar crédito ao que pensam de nós, e é nisso que se resume a dita "reputação", quando deveríamos nos importar com o que sabemos sobre nós mesmas? Nossa consciência deveria ditar nosso comportamento, e não o olhar e a possível maledicência da sociedade. Nossa vida não deveria ser guiada pelo que os outros pensam — protestou Pimble, dando voz à indignação.

— Você tem razão, Pimble, nossa consciência deveria ditar nosso comportamento. Ocorre que a nós, mulheres, é imputada toda a responsabilidade pela preservação da virtude e, em nome da decência, nos tiram a possibilidade de escolher com base em nossa consciência. Talvez eu devesse escrever sobre isso — comentou Mathilda, pensativa. — Em algum momento e de alguma forma precisamos começar a nos rebelar.

— Infelizmente, como Pimble mencionou, é absolutamente injusto. Porém, não vejo como conseguiríamos romper esses limites — conformou-se Belinda.

— Não posso discordar, Belinda. Mesmo que, através de minha pena, eu tenha a possibilidade de alcançar mulheres que pensam como nós, dificilmente isso significará alguma mudança — refletiu Mathilda.

— Já será um início, minha cara. Em algum momento, uma mulher precisará começar a mudar esse conceito. E a ela se somarão outras e outras, até que um dia o mundo, ou melhor, os homens consigam nos ver de forma diferente. Tenho esperanças — murmurou Pimble.

— Mudando completamente de assunto e passando a algo mais agradável, gostaria de saber o que acham de irmos assistir aos fogos de artifício nos Jardins de Vauxhall — convidou Mathilda, tentando tornar o ambiente novamente mais leve. — Eu soube que haverá uma apresentação especial daqui a dois dias. É um espetáculo tão lindo! A sra. Ridley levou-me uma vez e eu sempre tive vontade de voltar.

— Eu adoraria — apressou-se a concordar Pimble —, pois nunca fui. Posso sair do museu e ir ao encontro de vocês.

— Acho perfeito! Chegaremos logo à abertura dos portões; isso nos dará chance de conseguir um bom local.

— O capitão Anderson estava querendo vir para o chá nesse dia. Minha mãe lhe disse que costumamos *receber às quartas-feiras*. Imagine só, mal temos o suficiente para o nosso chá, que dirá para receber. Infelizmente, ela parece estar cada vez mais alheia à realidade. Será providencial irmos aos Jardins de Vauxhall. Posso escrever mencionando o evento especial e pedir que nos encontre lá, se vocês não se importarem, é claro.

— Claro que não, fique à vontade — disse Mathilda.

— Eu vou me sentir mais confortável com vocês a meu lado. Ele é gentil, mas às vezes fica muito atrapalhado, enrola-se em suas próprias palavras e a conversa, bem, fica tudo um pouco aborrecido. Vocês poderão ajudar.

— Conte conosco! E dessa vez não vou envergonhá-la, prometo não anunciar para ele que estou apertada para ir à sala das senhoras — falou Pimble, lembrando a situação no sarau, com uma falsa expressão de arrependimento no rosto.

— Não acredito que você fez isso — comentou Mathilda, rindo antes mesmo de ouvir a resposta. — Conte-me tudo, não conseguirei dormir de curiosidade.

— Bom, eu precisava de uma desculpa para deixar Belinda e o capitão Anderson a sós e...

Pimble relembrou mais um de seus "excessos de franqueza", o que acabou arrancando boas risadas de Mathilda e de Belinda e fez com que a noite terminasse em um clima alegre.

22

— Você anda deveras taciturno, meu amigo. Quer contar-me o que está acontecendo? Será que esse estado de espírito tem relação com o fato de uma certa jovem ser cortejada por um certo capitão?

— Que tolice, imagine se eu me aborreceria por isso — protestou Tristan, com veemência demais, o que indicou a Willian que sua suposição estava correta. — Estou aborrecido porque... porque... ora, porque ontem à noite perdi uma quantia considerável no jogo de uíste para o Armstrong. O sujeito estava com uma sorte infernal, venceu todas as partidas. Eu deveria ter parado na primeira, mas resolvi insistir e me dei mal.

— Quem diria, você sempre foi tão precavido; nunca o vi insistir quando a sorte não está a seu favor.

— Todos nós temos um dia ruim, e ontem foi o meu. Ei, garoto, escove-o bem e reforce sua ração de alfafa e aveia — determinou o conde, desmontando e estendendo as rédeas ao cavalariço. O belo potro alazão que ele cavalgara naquela manhã era a última aquisição para seu estábulo.

— Faça o mesmo com este — completou Willian, referindo-se ao seu animal e entregando um xelim ao garoto, que sorriu agradecido.

— Bem, foi uma bela cavalgada, uma manhã realmente agradável. E vejo que você não perdeu o jeito. Confesso que me preocupei quando saltou aquela sebe — continuou Tristan.

— A bem da verdade, no Egito não cavalguei tanto quanto gostaria; o meio de locomoção por lá é o camelo. Ainda assim, tive acesso a excelentes animais. Os cavalos árabes são menores, mais leves e nervosos, porém majestosos.

— Bem, você foi destemido naquele salto. Tanto arrojo tem alguma relação com o jantar em companhia de seu pai, ontem?

Willian não conseguiu evitar uma expressão de desagrado ao ouvir a menção ao pai. E o amigo não estava errado. Como sempre, as ironias maldosas de Gilles de Montefort haviam estragado a noite; nem mesmo as tentativas de sua mãe para amenizar a situação surtiram efeito. O pai, desde que Willian era criança, nunca lhe dera qualquer atenção, a não ser para compará-lo a seu irmão mais velho, sempre em seu desfavor. A única vez que conseguira sua aprovação fora justamente ao ser escolhido como representante do Museu Britânico junto ao vice-rei no Egito. E começava a perceber que o preço fora alto demais.

— Meu pai continua o mesmo — respondeu, com indiferença. — Nada que eu faça parece ser bom o suficiente. Desta vez, porém, percebi que as opiniões do velho não me incomodaram como antes. Consegui enxergar sua mesquinhez e, pela primeira vez, ocorreu-me que talvez seu azedume disfarce uma certa inveja.

— Inveja, como assim? Explique-se, meu amigo.

— Inveja da liberdade que tenho de ser quem quero ser, de poder escolher meu futuro. Talvez seu desamor esconda sua infelicidade. Mas eu não gostaria de falar nisso, pois já me aborreci o suficiente. Relembrar só me deixará de mau humor. Além disso, estou atrasado. Tenho um compromisso no museu.

— Acho que precisamos de um pouco de diversão, nada que envolva jogatina ou jantares em família — ironizou Tristan. — Vi um anúncio no folhetim de hoje sobre um espetáculo especial de fogos de artifício nos Jardins de Vauxhall. Que tal assistirmos e depois esticarmos a noite na companhia de algumas das moças de Madame Lilly?

— Hum... pode ser, eu o encontro no clube no final da tarde. Aí, veremos. — E, com um toque na cartola, Willian despediu-se e seguiu para seu compromisso. A organização da expedição estava chegando a um momento crucial, e ele sabia que teria que ser firme para conseguir efetivar o que havia planejado.

A tarde findava quando os portões foram abertos. A temperatura amena convidava a um passeio pelas alamedas ainda vazias. Willian sabia que em breve a tranquilidade seria quebrada pela multidão que circularia por entre os arcos, pelo pavilhão chinês, disposta a ouvir música, dançar ou simplesmente assistir aos espetáculos de fogos de artifício. Os Jardins de Vauxhall eram uma espécie de parque de diversões, bastante frequentados tanto pela aristocracia quanto pela burguesia endinheirada, especialmente em noites cálidas e claras como aquela.

— Isso não mudou muito — resmungou Willian. — Tenho certeza de que em poucos minutos acabaremos envolvidos em um turbilhão. Confesso que esse movimento todo já não me seduz. Nunca imaginei que sentiria falta das noites calmas do deserto.

— Não seja aborrecido! Você está prestes a tornar-se um ermitão. Reclama de ir a todo e qualquer evento social. Será um espetáculo interessante. Vamos procurar um bom lugar para assisti-lo. Talvez naquele canto, um pouco distante dos archotes.

— Desde que não seja em meio ao tumulto, ficarei bem. Aliás, nunca soube que você fosse apreciador de shows pirotécnicos. Não entendo por que decidiu vir a este — comentou Willian, a quem o desejo do amigo pareceu um tanto quanto excêntrico.

— Tédio, necessidade de novas diversões, confesso que ando um pouco cansado de bailes, saraus e jogos de cartas — respondeu Tristan; mas, nesse momento, sua atenção foi absorvida por um grupo, alguns metros à frente. As jovens conversavam animadas e não haviam notado sua presença. — Willian, aquelas moças, logo mais à frente... A jovem de amarelo é Lady Belinda?

— Não serei de grande valia, meu amigo, pois não me recordo bem de sua fisionomia. — E foi nesse momento que ele as viu. As três caminhavam, conversando alegremente.

— Sim, é ela mesma. Devemos cumprimentá-las — decidiu Tristan, seguindo na direção das moças. — Lady Belinda — cumprimentou com uma mesura —, que prazer inesperado encontrá-la.

— Lorde Tristan! — exclamou Belinda, sentindo o mesmo. — Não imaginei que frequentasse os Jardins de Vauxhall. É uma surpresa agradável. Creio que não conhece a srta. Davenport e a srta. O'Brien — apresentou-as.

Tristan fez um breve meneio de cabeça e já voltava sua atenção a Belinda, quando um leve tossir de Willian o lembrou das boas maneiras.

— Meu amigo, Lorde Willian de Montefort.

— Já nos conhecemos, não é, milorde? — respondeu Pimble.

— Há algum tempo, srta. Davenport, há algum tempo. — Assentiu Willian, os olhos fixos nos dela

— Vieram para o espetáculo de fogos? Acho que ainda vai demorar alguns minutos. Se quiserem, poderemos acompanhá-las em uma volta pelos jardins. O que acha, Lady Belinda? — sugeriu Tristan.

— Vocês gostariam de caminhar um pouco? — indagou Belinda, dirigindo-se a Pimble e Mathilda.

— Minhas queridas, vejo que estão em boa companhia, por isso sinto-me à vontade para ser franca: há pouco, uma dor de cabeça terrível acometeu-me, e gostaria de ir para casa — respondeu Mathilda, com uma expressão de sofrimento.

Na verdade, sentia-se muito bem. Ocorria que parte importante do ofício de um escritor consiste em observar com atenção as reações humanas para reproduzi-las, e ela não fugia à regra. Não fora difícil notar a ansiedade que dominara tanto Pimble quanto Belinda com a aproximação dos cavalheiros. Ao reconhecer os nomes, seu instinto feminino lhe confidenciou que o melhor a fazer seria deixá-las a sós com eles.

— Nesse caso, iremos todas para casa. Vamos acompanhá-la. Não a deixaremos ir sozinha — apressou-se Pimble, solidária.

— Não a deixaremos — concordou Belinda.

— De maneira alguma. Eu já assisti a esse espetáculo; vocês, não. Eu me sentiria mortificada se o perdessem por minha causa. Fiquem, eu estou bem. Um coche de aluguel me levará para casa em minutos. Não há qualquer razão para que me acompanhem. — E, com um gesto de adeus, afastou-se rapidamente antes que as amigas insistissem em segui-la.

— Nesse caso, uma caminhada seria agradável — concordou Belinda, um pouco aturdida com a atitude de Mathilda, aceitando o braço que Lorde Tristan lhe oferecia. — Vocês vêm? — perguntou a Pimble.

— Acho que vou esperá-la mais adiante, estou um pouco cansada para caminhar. Prefiro procurar um local menos lotado para apreciar o espetáculo. Esta multidão que está chegando incomoda-me; chego a sentir-me sufocada.

— Há um recanto mais ao sul, e posso levá-la até lá, Pimble. Será possível assistir ao espetáculo com mais tranquilidade. A multidão também não me agrada, não depois de ter me acostumado à solidão do deserto. Se estiver bem, quando se cansarem de caminhar, podem nos encontrar ali, Tristan — sugeriu Willian, voltando-se para o amigo sem dar chance a Pimble para protestar, conduzindo-a em seguida.

— Sua amiga foi muito gentil em nos permitir alguns momentos a sós — disse Tristan, caminhando a passos lentos por uma das alamedas.

— Sim, ela é de uma gentileza ímpar. Além de minha amiga, é minha pensionista — comentou Belinda. — Na verdade, as duas são pensionistas e amigas. Mathilda é irlandesa, com aspirações a ser escritora. Veio a Londres desafiando a família, inspirada em Jane Austen, a quem considera um exemplo. Já Pimble, como todas as pessoas da classe operária, teve um início de vida difícil — prosseguiu — e conquistou um lugar na comunidade acadêmica graças a seus esforços e dedicação aos estudos. Talvez você se recorde dela: estava acompanhando Lady Georgina como criada pessoal em Ascot — comentou, encarando-o —, quando ocorreu aquele incidente horroroso.

— Lembro-me dos acontecimentos em Ascot, mas não dela exatamente. Lamento, mas se estava a serviço de Lady Georgina, eu não devo ter tido contato suficiente. Além disso, esses fatos aconteceram há muito tempo. Mas concordo que ela é uma jovem agradável. Sua postura e altivez não são a de uma serviçal.

— Devo concordar quanto à aparência de Pimble, pois ela é uma jovem agradável. Bonita, eu complementaria, mas discordo quanto a não parecer uma serviçal por mostrar-se altiva. Um serviçal não poderia sentir orgulho? Qualquer pessoa deve poder sentir-se orgulhosa de si mesma, independente da função que exerça, especialmente se a desempenhar bem.

— Você tem razão, mas temos que reconhecer que nem sempre isso acontece. Suas palavras fizeram-me notar um detalhe: Lorde Montefort conhece a srta. Davenport. Recentemente esteve com ela em uma reunião no gabinete de Sir Archibald Floyd. Ficou bastante impressionado com seu conhecimento, tanto que chegou a comentar comigo.

— Sim, eu sei disso. E realmente minha amiga é uma jovem admirável, pena que sejam poucos os que lhe dão efetivo valor — lamentou Belinda, pensando que seria terrível se Willian voltasse a magoá-la.

— Você parece procurar sempre ver o que há de melhor nas pessoas, Lady Belinda. Essa é uma qualidade rara.

— E não é isso que devemos fazer, procurar enxergar o que cada um tem de melhor? Se tivermos olhos apenas para o pior, como seria triste nosso mundo. Afinal, estamos longe de ser perfeitos. Veja minha mãe, uma pessoa que passa a vida borboleteando de forma inconsequente, preocupada com aparência, dando valor ao que menos importa. Ainda assim, criou-me bem, cercou-me de afeto e, ouso dizer que parte de seu comportamento aparentemente frívolo está ligado à preocupação em garantir meu futuro. Prefiro vê-la por esse ângulo. E quanto a Pimble, talvez a aristocracia reprove minha proximidade com alguém de uma classe social inferior, mas ela é um exemplo de honestidade e persistência, sem falar que é a melhor amiga que alguém poderia ter. Um exemplo a ser seguido! Como eu poderia enxergar nela apenas nossas diferenças, quando são nossas semelhanças que nos aproximam e fazem bem?

Tristan sentiu as palavras de Belinda calarem fundo em sua alma. Porém, antes que conseguisse externar seu contentamento com a visão que Belinda lhe proporcionara de si mesma, foram surpreendidos.

— Lady Belinda! Peço desculpas pelo atraso, eu a procurava!

— Capitão Anderson... sim, claro, eu o aguardava. — Belinda percebeu, chocada, que havia se esquecido totalmente dele. — Lamento se me afastei do local previamente combinado. Ocorre que minha amiga Mathilda teve uma forte dor de cabeça e decidiu ir embora. Lorde Tristan dispôs-se gentilmente a fazer-me companhia, começamos a caminhar e... Creio que já se conhecem, não? — perguntou candidamente, notando que os dois homens se olhavam como antagonistas.

— Sim, já nos conhecemos. Lorde Tristan. — Anderson baixou a cabeça levemente e aprumou o corpo, juntando os calcanhares numa posição militar a título de cumprimento.

— Capitão Anderson — retrucou Tristan com um simples abaixar de cabeça.

— Lamento saber que a srta. Mathilda não se sentiu bem. E aproveito para agradecê-lo por ter feito companhia a Lady Belinda enquanto ela esperava por mim — disse o capitão com um certo ar de posse que incomodou a ela e mais ainda a Tristan. — Vai ficar para o espetáculo, milorde?

— Na verdade, não — respondeu o conde, para tristeza da jovem. — Já o assisti em outras ocasiões, vim apenas para acompanhar Montefort e, já que ele se encontra em boa companhia, não há razão para que eu permaneça. Se puder, por favor, diga a ele que decidi seguir direto ao próximo compromisso, Lady Belinda.

E com um toque na aba da cartola, despediu-se e saiu a largas passadas. O capitão o irritara, e saber que Belinda esperava pelo sujeito deixara-o irascível. Enganara-se mais uma vez, lamentou. Lady Belinda lhe parecera adorável, mas, no fundo, o que desejava, como todas as jovens, era conseguir um marido, fosse quem fosse. Estava na hora de entender e conformar-se que definitivamente não fora destinado ao amor. Procuraria apoio nos braços das garotas de Madame Lilly.

23

Por longos minutos, o silêncio reinou. Caminhavam a passos lentos, absorvendo o perfume da noite, distanciando-se do burburinho que imperava mais próximo aos músicos. Nenhum dos dois se arriscava ao primeiro comentário, como se iniciar um assunto significasse rendição.

Em um gesto impulsivo, Willian retirou uma gardênia do arbusto florido e a estendeu a Pimble. Surpresa pelo gesto, ela aceitou a flor e levou-a ao rosto para sentir seu perfume.

— Fico feliz em encontrá-la, pois nossa última despedida não aconteceu de forma muito tranquila. Eu lhe devo uma explicação — justificou Willian, conduzindo-a a um recanto protegido de olhares indiscretos por um muro de pedra recoberto de trepadeiras floridas.

— Uma explicação? E por que deveria, Willian? Talvez tenha me deixado um pouco apreensiva por me impor a responsabilidade de seu tormento. Mas explicação... não, você não me deve nada nesse sentido.

— Talvez a palavra dever não seja a correta. A palavra a ser usada, eu creio, é *precisar*. Sou eu que preciso falar a respeito do que vem acontecendo comigo. Quando eu parti, meu comportamento e escolhas, hoje eu sei, refletiam mais o que era esperado de mim do que meus próprios anseios. A temporada no Egito e as longas e solitárias noites no deserto me fizeram refletir. E quando a reencontrei, foi como se algumas peças do tabuleiro que é a vida se encaixassem. Repentinamente, o que sempre pareceu certo se mostrou vazio, pequeno, e eu percebi que estava perdendo o que realmente importava, o que tornava a vida digna de ser vivida.

— Eu ainda não consigo entender, Willian. O que significa isso?

— O meu mundo... — disse ele. — É isso que significa. O meu mundo em suas mãos.

— Isso não faz nenhum sentido. Eu não posso imaginar o que espera de mim — falou Pimble, suavemente. — Talvez você esteja dando importância a algo irrelevante. Acredite, Willian, eu nunca tive qualquer expectativa de que nossa breve relação teria algum significado. Muito menos que algum sentimento mais forte pudesse florescer entre nós. Temos interesses comuns, somos simpáticos um ao outro, mas isso não deveria ser algo capaz de desestabilizá-lo. O seu mundo em minhas mãos? Isso é algo que não faz sentido algum.

— É engraçado — disse Willian, afastando-se um pouco. — Já argumentei com sábios, vice-reis, nobres... Mas aqui, diante de você, as palavras me faltam. Por favor, não diga nada, ainda não. Dê-me alguns minutos, apenas isso — pediu, quando ela fez menção de protestar. — Eu quero que você saiba como me sinto. Mas, quando tento falar, o que digo soa vago, insuficiente para dimensionar o turbilhão em que me encontro.

Nesse momento, como em um movimento orquestrado, fogos de artifício explodiram no céu. Um espetáculo de luz e beleza.

Pimble ficou a observar, completamente deslumbrada. Um sorriso lhe curvou os lábios e um suspiro maravilhado lhe escapou do peito. Era indescritível: os fogos dominavam o céu em uma ostentação de brilho e esplendor.

Para Willian, no entanto, a maior maravilha, era ela. A mulher que ele observava, extasiado, os olhos extravasando os sentimentos. E, num repente, ele soube como lhe explicar a emoção que aprisionava seu coração.

— É assim... — sussurrou olhando para o céu. — Exatamente assim que me sinto em relação a você, srta. Pimble. Em um caleidoscópio de emoções, um explodir de luzes. Não sei que nome dar a isso, só sei que essa maravilha que é você me rouba a paz, me tira o sono, me descontrola. Desde que a reencontrei, não sou mais eu. Você se entranhou em minha pele, em minha alma, e foi a melhor coisa que me aconteceu. E ainda que eu resista, que negue, meu coração me diz que meu mundo só valerá a pena se você estiver nele.

Ele estava muito próximo, e o calor de sua respiração lhe aquecia a face. Pimble não conseguia, não queria recuar. Levemente, ele levou a ponta do indicador a seu rosto, tocando-a com delicadeza, contornando a maciez de seus lábios. Seu olhar a prendia. Seu rosto baixou lentamente em direção ao dela, suas respirações se misturaram, e o bater acelerado dos corações criou música para suas almas.

Os lábios dele eram quentes, sua língua se insinuava lentamente por entre os dela, invadindo e percorrendo a maciez de sua boca. Pimble sentiu fogo vivo percorrê-la — tão forte que a fez ofegar. Incapaz de controlar o impulso, ela enlaçou seu pescoço, os dedos correndo pelos cabelos dourados em um gesto de inocente sedução. Com um gemido, ele a trouxe para si com força, colando seus corpos, envolvendo-a completamente com seus braços, as línguas duelando em uma batalha ardente.

Ela foi dominada pelo mesmo frenesi, o cheiro másculo invadindo suas narinas e despertando seus sentidos. Uma sensação de querer mais sem saber o quê.

No céu as luzes espocavam.

Em seus braços, Pimble vibrava.

Jamais se sentira tão viva!

E então o silêncio chegou e as luzes se apagaram.

Respirando fundo para controlar as próprias emoções, ela se afastou o suficiente para que seus olhos fitassem os dele.

— Pimble, diga que também é minha! Diga que me quer — pediu ele, com a voz rouca de paixão, mantendo-a presa em um abraço firme, temendo que o encanto se rompesse. Um só beijo e suas dúvidas haviam se dissipado. Nada mais teria valor se ela não estivesse a seu lado. — Diga que me quer, minha adorada... — continuou, depositando pequenos beijos em seus cabelos, os braços a mantendo colada a si, a voz rouca de desejo — ... que é minha, e o será para sempre. Tudo o que eu quero é protegê-la.

— Sim, Willian, eu o quero — respondeu ela em um fio de voz, os lábios inchados pela força daquele beijo. — Como poderia negar quando meu corpo já respondeu por mim? Fisicamente, eu o quero. Sou tão vulnerável a essas sensações quanto você. Eu também sinto meu corpo estremecer com seu toque.

— Minha querida. — Com os olhos brilhando, Willian tentou beijá-la novamente. Para sua surpresa, ela espalmou a mão em seu peito e colocou distância entre eles, afastando-se um pouco.

— Eu o quero, porém não se engane — continuou. — Não crie ilusões vãs, não tenha esperanças infundadas. Não sou sua. Eu sou a senhora de mim mesma. Minha vida e meu coração me pertencem, e não pretendo entregá-los a ninguém.

Ele sentiu a mão gelada da rejeição esmagar seu coração. Vê-la à sua frente tão doce e ao mesmo tempo tão forte e segura de si, o fez perceber o quanto ela mudara. E temeu tê-la perdido antes mesmo de a ter. Pimble se desvencilhou e recuou para longe de seus braços, como se estivesse recuando para longe de sua vida. Os fogos continuavam a espocar no céu. A seus olhos, porém, o brilho se desvanecera e, em seu espírito, reinava a mais escura noite.

— Pimble... — ele falou seu nome em um murmúrio. Não estava pronto para desistir, ainda não. — O que seria da árvore se a semente não insistisse em romper a casca, vazar a terra e brotar em busca do sol? Você é meu sol e não vou renunciar a vê-la brilhar para mim. Já fiz isso uma vez; não farei de novo. Será como quiser, como desejar, apenas, não me afaste! Dê-me uma chance.

Por alguns minutos ela o olhou, a agonia de Willian era perceptível em sua expressão. Ela não lhe queria mal, apenas não se via dividindo a vida com alguém que não a enxergasse como ela própria se via.

— O espetáculo foi lindo! Os fogos... a luz... Eu entendi o que quis dizer e fico lisonjeada com sua atenção. Mas note, Willian, você me coloca como seu sol e afirma seu desejo de que eu brilhe para você! Talvez o problema seja esse, eu quero brilhar para mim mesma. Não consigo me ver partilhando a vida a não ser com alguém que me veja como igual. Eu não preciso de proteção, preciso de respeito.

E, com essas palavras, deu-lhe as costas, temendo que ele conseguisse ouvir o descompasso de seu coração e ler em seu rosto o tumulto em sua alma.

Pimble jogou-se na cama sem tirar o vestido.

Precisava processar tudo o que acontecera.

Ela o recusara.

No entanto, seria infantilidade negar que seu corpo reagira ao beijo com muito mais ardor do que desejaria. Mais do que isso: seu coração batera furioso, ansiando por mais. A boca de Willian tocando a sua, as mãos em seu corpo... Pimble ofegou. Bastava relembrar seu toque para que um mar de sensações voltasse a atravessá-la.

Há muito ela desistira de casamento, família e filhos, mas estaria pronta a desistir do amor em si? A desistir da paixão... das sensações... do... prazer?

A noite se estendeu, mas o sono não veio.

A declaração de Willian não lhe fora indiferente. Não podia negar: a paixão que enxergara nos olhos dele lhe tocara o coração e a fizera sentir o desejo de ser mulher e se sentir amada.

Um momento de amor, vivido em sua essência, por puro prazer, sem ilusões, sem compromissos... Um momento que poderia lhe trazer a ruína.

Mas a vida valeria a pena sem ele?

Um trecho de uma das cartas de Keats, seu poeta favorito, à sua amada lhe veio à mente:

"... antes fôssemos como as borboletas e vivêssemos três dias de verão — três dias que eu preencheria assim com você, que cinquenta anos normais jamais poderiam conter."

Três dias de verão...

E lembranças a preencher uma vida...

24

O céu lá fora já adquirira uma tonalidade violeta, prenunciando a chegada da noite. O ar fresco, salpicado pelos perfumes noturnos, invadia a sala em ondas suaves, porém não o suficiente para amenizar o nível de tensão que reinava ali dentro. Há algum tempo, Sir Archibald, Willian e Jeffrey Trumble discutiam providências práticas sobre a expedição. Na verdade, os dois primeiros tentavam explicar, com alguma sutileza, que as expectativas de Trumble em relação ao trabalho a ser realizado divergiam da realidade. Na prática, uma escavação era realizada em ambiente hostil e exigia da equipe um grau significativo de renúncia a conforto e bem-estar. Sem falar no fator tempo, já que os resultados poderiam demorar meses, até anos, para serem alcançados.

Infelizmente, Trumble parecia pensar que a escavação era mera formalidade. Via-se na corte do vice-rei, cercado de luxo e praticamente colhendo tesouros egípcios "em árvores", quando, na verdade, estaria em meio ao deserto, dormindo em tendas, convivendo com nativos, esforçando-se por encontrar fragmentos da história.

— Trumble, eu entendo sua colocação. Apenas reservo-me o direito de discordar — justificou Willian. — Você não leva em consideração o fato de eu ter estado lá por dois anos. Tudo o que lhe digo foi não só analisado, como vivenciado por mim. Acredite, nada se assemelha ao que está imaginando e, talvez por essa razão, você não seja a pessoa indicada para a função.

— Isso é um ultraje... Se você não fosse um Montefort, eu seria capaz de pensar que tenta me desestimular a fim de alcançar sozinho a glória e a fama. Espera que eu fique aqui, afastado de tudo, enquanto você desfruta a honra e o reconhecimento pelas descobertas e se apodera de todas as riquezas.

Por um instante, Willian calou-se, o músculo em seu maxilar estremecendo diante da afronta. Mais uma vez, tentado a reagir ao insulto, conteve-se. Tudo a seu tempo. Não podia esquecer que Trumble era ligado a patrocinadores importantes e que uma briga explícita poderia prejudicar a expedição. As palavras ditas e ouvidas foram suficientes para confirmar suas suspeitas sobre a inadequação de Trumble, e o olhar de Sir Archibald evidenciava que o professor também o percebera. Não havia no sujeito qualquer interesse pela história ou pela ciência. Trumble visava apenas glória pessoal e obtenção de riquezas, até mesmo em detrimento dos interesses do museu. Willian ainda pensava na resposta ácida com que tentaria encerrar a conversa, quando uma batida discreta à porta os interrompeu.

— Com licença, senhores — disse Pimble. — Devo pedir para alguém vir acender as velas? Já está ficando escuro.

Discretamente, ela permanecera na antessala. Tinha certeza de que Sir Archibald lhe passaria tudo se o assunto fosse de seu interesse; mesmo assim, estava ansiosa por entender o que Willian parecia estar planejando.

— Srta. Davenport, não se preocupe, já estamos encerrando. Aliás, creio que deve ir para casa, pois já passou de seu horário habitual. Pode deixar que eu mesmo fecho tudo antes de ir — respondeu Sir Archibald.

— Está bem, senhor. A propósito, ainda vou alimentar Bastet, o que significa que depois de comer ela vai querer dar seu passeio noturno. Sugiro que deixe a janela entreaberta, Sir Archibald, para que ela possa retornar. Boa noite, senhores — despediu-se Pimble, fechando a porta sem olhar para Willian.

— Um gato... — protestou Trumble, encolhendo-se quando a gata gorda e de pelo alaranjado entrou na sala e acomodou-se em cima de uma almofada. — Isso é permitido? Esse animal deve encher o ambiente de pelos e sujeira — reclamou, tirando um lenço rendado do bolso e levando-o ao nariz.

— Bastet é minha companheira — interveio Sir Archibald, aborrecido. — Não atrapalha em nada; pelo contrário, é uma caçadora de ratos e nos ajuda a manter a sala livre dessa praga. Basta alimentá-la e deixar as portas ou janelas abertas para que ela possa dar seus passeios.

— Ainda bem que a criada, ou melhor, *a srta. Davenport* — disse Trumble, com uma entonação de zombaria — cuida disso.

— Você está passando dos limites — grunhiu Willian, controlando-se ao máximo para não esmurrar o nariz de Trumble.

— Senhores, por favor — intercedeu Sir Archibald —, não é a melhor hora para esse tipo de confronto. Sejamos práticos. Eu entendo a posição de cada um e, tenham certeza, levarei em conta. Montefort está certo: o cuidado com a identificação de peças e anotações é tão importante quanto a descoberta do artefato em si. A data da partida se aproxima e existem providências a serem tomadas. Pensarei a respeito de tudo o que foi conversado, com cuidado. Isso posto, creio que não há mais nada a conversar. Agradeço por ter vindo, Trumble — disse Sir Archibald, encerrando a reunião. — Montefort, há uma questão diversa que precisamos discutir, se puder ficar mais alguns minutos. A expressão de desagrado que tomou o rosto de Trumble ao ser sumariamente dispensado foi substituída quase que imediatamente por um sorriso falso que o acompanhou até a saída.

— Não confio nele — Willian afirmou em voz baixa.

— Não se preocupe. Na verdade, já tomei minha decisão, apenas aguardo o momento oportuno para divulgá-la. Seja qual for a reação de Trumble, devemos estar preparados; não quero espaço para mal-entendidos. Não podemos esquecer que ele é ligado a alguns dos maiores doadores do museu.

— E o que pretende fazer?

— Você tem razão em tudo o que disse. Hoje ficou bem evidente que ele não é o homem certo para acompanhá-lo, ainda que seja o protegido de pessoas importantes. A prioridade deve ser o sucesso da expedição, embora não possamos dispensar o patrocínio. Vou nomeá-lo meu assistente, futuro substituto; esse é um cargo que ele sempre desejou. A meu lado, poderei controlá-lo e observar. E, quando a expedição se encerrar e vocês retornarem, dependendo do sucesso que obtiverem, tudo poderá mudar.

— Seu assistente? Mas e quanto à srta. Davenport? — indagou Willian, temendo ter de alguma forma prejudicado o futuro de Pimble. Jamais se perdoaria se isso acontecesse. — Ela é uma excelente pesquisadora; muito superior a Trumble.

— Não tenho a menor dúvida quanto a isso. Na verdade, pelo que conheço de Pimble Davenport, associado ao que você mesmo me relatou, acho que ela é a pessoa indicada para participar da expedição. Ela tem o conhecimento, o interesse e, mesmo sendo mulher, condições de enfrentar as dificuldades práticas. Talvez o fato de ter sido uma criada e, com isso, não ter crescido com privilégios e facilidades seja exatamente o diferencial a seu favor. Ela saberá suportar os obstáculos, acredito.

Willian não pôde impedir a satisfação que o invadiu. Obviamente sua expressão entregou a Sir Archibald o que lhe ia no coração.

— Hum... vejo que minhas impressões estão corretas. — Riu baixinho o velho professor. — E foi essa a razão de eu lhe ter pedido para ficar. Há uma questão que preciso elucidar antes de anunciar minha decisão. A srta. Davenport lhe desperta sentimentos um pouco mais profundos, não é? E o que pretende fazer? Ela já sabe de suas inclinações a seu respeito?

— Eu... sim, ela sabe. Quanto às minhas intenções, eu jamais a desrespeitaria, professor. Infelizmente, ela não parece inclinada a aceitar meus afetos.

— Hum... talvez... — resmungou Sir Archibald, sem querer revelar que não lhe passara despercebida a forma como Pimble olhava para Willian quando pensava não estar sendo observada. — Bem, que fique claro que minha estima pela srta. Davenport é significativa, embora não tenhamos laços derivados do sangue ou do nome. Nada será feito sem que ela se sinta confortável. Por outro lado, se ela aceitar, eu confio a você a responsabilidade de protegê-la, ainda que ela não corresponda a seus afetos. Confio em sua palavra, Montefort.

— E a tem, Sir Archibald. Se Pimble Davenport concordar em empreender a viagem, ficará sob minha responsabilidade, independentemente da relação que viermos a ter.

— Então está decidido. No momento certo, eu mesmo falarei com ela, faço questão — concluiu Sir Archibald, encerrando a reunião. — Boa noite, Montefort.

Quanto tempo ela teria levado para alimentar a gata? Se corresse, conseguiria alcançá-la? Willian deixou o museu rapidamente, na expectativa de que Pimble não estivesse longe.

Ele respeitaria a decisão de Sir Archibald, por maior que fosse sua vontade de partilhar com ela a novidade. Não era por isso que saíra em seu encalço. A verdade era que, desde a noite em que se declarara, ele não a vira mais. Não que tivesse evitado um encontro; ao contrário, ele fora à sua procura no museu, mas ela, sim, parecia esquivar-se.

O sol declinara, os candeeiros já estavam sendo acesos. Além disso, as pessoas se encaminhavam ao teatro, à ópera. Havia movimento nas ruas. Com dificuldade, na entreluz do entardecer, Willian conseguiu avistá-la muito à frente. Apertando o passo, desviava de quem se interpunha em seu caminho. Estava a ponto de alcançá-la quando a viu entrar em um pequeno bistrô. Curioso, acercou-se da janela bem a tempo de vê-la sentar-se à mesa com um rapaz, a quem já vira em algumas reuniões sociais.

Então... havia alguém!

Uma onda de fúria e ciúmes varreu seu coração.

Sem pensar, dirigiu-se à porta; entretanto, a boa educação o fez ceder a passagem a três senhoras que deixavam o salão, e esses minutos foram suficientes para que caísse em si. O que diria a Pimble? Ela era uma mulher linda, inteligente, segura de si, e ele fora um tolo pretensioso por não considerar a possibilidade de que outro homem pudesse estar lhe fazendo a corte. Não havia nada que pudesse fazer a não ser lutar por ela. Como uma criança observando um brinquedo desejado na vitrine de uma loja, ele se permitiu observá-la.

Um atendente lhe serviu uma xícara de chá e ela sorriu, agradecendo. Parecia tranquila, quase feliz. E, nesse momento, diante da certeza de que a perdera, Willian teve a real dimensão do sentimento que nutria por ela.

Amor!

O sentimento que o deixava confuso...

Seu caleidoscópio de emoções...

A sensação de que sua vida seria vazia sem ela...

A saudade que lhe corroera a alma quando estivera distante...

Era amor! Incomensurável e eterno amor!

25

— Capitão Anderson, não entendo por que insistiu em ver-me, não há muito o que eu possa dizer — lamentou Pimble, diante do jovem tão inseguro.

Naquela tarde, o capitão lhe enviara um bilhete pedindo-lhe que aceitasse tomar uma xícara de chá. Estava claramente interessado em Lady Belinda e suas dúvidas quanto ao relacionamento tinham um certo fundamento. A jovem não recusava suas atenções, mas tampouco lhe permitia confessar os sentimentos. Ela simplesmente se esquivava a cada vez que o pobre rapaz principiava a falar sobre o futuro.

A ansiedade era tão evidente que a sensibilizou. Além disso, o capitão era uma pessoa sensata, que não lhe causaria qualquer constrangimento; por isso, decidira ir a seu encontro no local indicado. E ali estavam, conversando sobre seu inequívoco desejo de se declarar associado ao receio de não ser bem-visto.

— Mas a senhorita é a melhor amiga de Lady Belinda; foi ela mesma quem me disse. Eu tenho um carinho especial por ela, como já confessei, mas percebo que ela tem dúvidas em relação a meu afeto. Embora ela aceite minha presença, eu a sinto distante.

— Já lhe passou pela cabeça que talvez as dúvidas de Belinda sejam em relação aos próprios sentimentos e não relacionadas aos seus, senhor?

— Mas, Lady Carlyle... ela sugeriu, quase abertamente, que havia interesse.

— Capitão, está interessado em Lady Carlyle ou em sua filha? — indagou Pimble, com sua costumeira espontaneidade. — Se a resposta for a que imagino, sugiro que converse diretamente com Lady Belinda. Não comigo, não com Lady Carlyle. Com Belinda, a quem devota seu afeto, porque apenas ela será capaz de lhe dizer o que realmente sente e deseja.

Não fique receoso; seja o que for que ela lhe disser, o senhor se tranquilizará, porque terá finalmente uma definição. Acredite, de tudo o que pode magoar um coração apaixonado, a incerteza é o fator mais dilacerante.

— Tem razão, srta. Davenport. Eu venho me esquivando de abordar o assunto pelo medo de ser rechaçado, mas de que me serve continuar sofrendo sem saber o que posso esperar do futuro? Tenho esperança de que Lady Belinda aceite minhas atenções; mas, se ela não o fizer, pelo menos saberei que devo esquecê-la. Por maior que seja a dor, a verdade me tranquilizará. Obrigado, a senhorita está sendo gentil e bastante sábia.

— Quem me dera; não há sabedoria em meu conselho, apenas bom senso. Desejo-lhe sorte, capitão — disse Pimble, levantando-se, ansiosa por ir para casa.

Fora sincera, lhe dera a melhor opinião.

O interessante era que a conversa a fizera refletir sobre a própria situação. O que realmente sentia e quais eram suas expectativas em relação a Willian? Talvez fosse o momento de parar de se esquivar e descobrir.

— Eu não sei o que fazer — reclamou Belinda. — Pimble, por que não me ajuda a decidir? Estou dividida entre a emoção e a razão.

Pimble apoiou melhor as costas contra as almofadas e os travesseiros e apertou o xale contra o corpo. Um vento frio entrava pela janela, e ela sentia os pés gelados. Como sempre, haviam jantado todas juntas, inclusive Lady Carlyle. A cozinheira, agora contando com um pouco mais de recursos, preparara um belo assado com *Yorkshire pudding,* e a refeição se estendera além do habitual. Talvez em razão da boa comida, a conversa transcorrera amena, e Belinda concordara em tocar um pouco de piano após a refeição. Fora uma noite tranquila e agradável até o momento em que se recolheram, alguns minutos além do habitual.

Depois de tirar o vestido e trançar os cabelos, Pimble esgueirara-se discretamente ao quarto de Belinda. Precisava conversar com a amiga sobre o encontro com o capitão Anderson. Durante todo o jantar, contivera o impulso de falar. Por maior que fosse sua ansiedade, não tocaria no assunto na frente de Lady Carlyle, nem mesmo de Mathilda. Aquele era um assunto delicado a ser tratado em particular. E era isso que faziam agora, embrulhadas em xales, acomodadas na cama de Belinda.

— Porque isso não é algo que eu deva fazer, Belinda — respondeu. — É a sua vida, e você deve se perguntar se gostaria de passá-la ao lado do capitão. Essa é uma resposta que apenas seu coração pode dar. Não se prenda ao que lhe diz sua mãe, Mathilda ou mesmo eu, porque não seremos nós a viver o resultado dessa escolha. Seja qual for sua decisão, ela recairá apenas sobre você.

— Eu gosto do capitão, Pimble. Se não lhe tivesse qualquer simpatia, nem mesmo estaria cogitando aceitar-lhe a corte. Ele é gentil, tem uma boa posição e, assim como eu, quer uma família, filhos, uma vida sossegada.

— Mas... — insistiu Pimble, levando Belinda a concluir o pensamento.

— Mas, confesso, meu coração bate por outro. Alguém que não me dá qualquer esperança.

— Eu sei, minha amiga. Lorde Tristan, não é?

— Por que ele age de uma maneira tão incompreensível? Quando nos encontramos, trata-me bem, dedica-me atenção e depois... desaparece! Não me procura, não me visita. Oh, se pelo menos eu soubesse como ele se sente. Se eu tivesse um vislumbre de afeto verdadeiro. Mas como posso congelar minha vida em uma esperança que pode se revelar totalmente infundada?

— Eu gostaria de ajudar, mas a única coisa que posso dizer é: siga seu coração. A vida é longa demais para ser vivida sem emoção, sem alguma felicidade e alegria. Pense em seu futuro, no que deseja, ouça a voz da razão, mas não se esqueça do coração.

— Minha amiga, você diz isso porque encontra objetivo e alegria em seus estudos, mas eu... Talvez a maior emoção que eu possa esperar seja justamente um pedido de casamento. Muito embora, na ausência de algum sentimento de minha parte, por vezes a solteirice não me pareça tão ruim. Mas, como disse, o capitão não me é repulsivo; ainda que eu não esteja apaixonada, temos objetivos em comum.

— Não se precipite, pois não há nada que a obrigue a se posicionar de imediato, nem mesmo a ansiedade do capitão Anderson. Se ele a ama, deve ter paciência e esperar sua decisão.

— Você sempre me acalma, minha querida.

— Se a faz sentir melhor, saiba que eu também tenho algumas decisões a tomar. E, assim como você, venho sentindo-me um pouco confusa, embora por razões diferentes — mencionou Pimble, com uma expressão preocupada.

— O que houve?

— Nada em especial. No meu caso, eu apenas me pergunto se a solteirice deve ser sinônimo de solidão. Isso me parece triste por demais. E fico a questionar-me se eu não seria mais honesta comigo mesma se simplesmente admitisse alguns sentimentos e os vivesse em plenitude, sem, contudo, comprometer-me. Receio não ter coragem para tanto.

— Está se referindo a Willian, minha amiga? Ele a tem aborrecido?

— E a quem mais eu me referiria? Aborrecendo não, mas não posso negar que o retorno dele tem interferido em minha tranquilidade. Ele por vezes me surpreende, mas eu ainda não consigo confiar em suas palavras.

— E tem razão, até que ele lhe prove o contrário, você deve manter a cautela. Quem já se comportou mal uma vez pode fazê-lo de novo. Será que os homens também se deixam ficar assim... — filosofou Belinda. — Questionando-se sobre sentimentos? Por vezes, me acho muitíssimo tola por ocupar minhas noites com tais indagações. Estamos aqui, pensando, analisando, sofrendo. E eles certamente estão tranquilos, provavelmente divertindo-se sem nem mesmo se lembrarem de nossa existência.

— É bem possível! Estão ambos muito bem enquanto nós abdicamos de nosso descanso, perdidas em conjecturas sobre eles. Que tolice a nossa. O melhor que temos a fazer é ir dormir. Vou voltar a meu quarto e espero ardentemente que esses senhores não venham tumultuar nossos sonhos. Boa noite, Belinda.

— Boa noite, Pimble.

— Você está bêbado! — grunhiu Tristan.

— Não seja tolo. Você bebeu ainda mais. Aceita mais um? — perguntou Willian, entornando mais uma dose de conhaque no próprio copo.

O estabelecimento de Madame Lilly era muitíssimo bem frequentado pela aristocracia e por burgueses endinheirados. O enorme salão, decorado em veludo vermelho e castiçais dourados, servia bebida de qualidade e oferecia shows com lindas jovens em trajes não muito discretos. Em um recinto em separado, mesas de jogo estavam sempre ocupadas e, por vezes, verdadeiras fortunas trocavam de mãos em noites de azar, para uns, e de muita sorte, para outros.

Ambos eram frequentadores assíduos, desde o tempo em que circulavam pela noite londrina na companhia de Thomaz, agora um homem respeitável e casado. Nessa noite, porém, nada além da garrafa de conhaque parecia animá-los. Willian seguira para lá depois da desilusão que sofrera ao ver Pimble tomando chá com outro homem. E, para sua surpresa, encontrara Tristan em um canto, tendo por companhia apenas a garrafa, mesmo diante da presença de belas garotas. Já estavam bebendo, envoltos em um silêncio incômodo, há quase uma hora.

— Enfim, vai me contar a razão da bebedeira? — perguntou Tristan.

— Só se você fizer o mesmo. Está disposto a confessar o que o incomoda?.

— Não me incomoda, somente me assusta. Deixa-me sem saber o que fazer, a mim, um homem que sempre controlou tudo. Não suporto essa sensação de descontrole.

— Estou apaixonado! — interrompeu Willian. — Estou terrível e completamente apaixonado! — gritou, esvaziando o peito, a coragem de reconhecer e confessar em voz alta surpreendendo até a si mesmo.

— Hum… isso deveria ser bom. Qual o problema? Ela é casada?

— Ela não me quer!

— Hum… isso é ruim, ruim mesmo. Já eu não estou apaixonado, claro que não estou. Esse é um sentimento para tolos, não se ofenda, meu amigo. Mas jurei nunca mais me deixar enredar por essa coisa melosa, nunca mais — contestou Tristan, antes de tomar mais um grande gole de *brandy*. — Estava quase confessando a Lady Belinda que a acho interessante, disposto a passar por cima de tudo o que me incomoda, até a conviver com Lady Carlyle e fazer-lhe a corte. E quando me decidi, tive uma surpresa. Um garoto, um tal de capitão Anderson... Como ela pode se interessar por aquele... aquele... Quase fiz papel de bobo mais uma vez, e na minha idade! — resmungando, Tristan entornou o que restava no copo.

— Exatamente, como Pimble pode se interessar por outro? O que ela estava fazendo com aquele sujeito tomando chá? E se ela desistir de ir ao Egito, de fazer parte da expedição, se ela decidir abandonar tudo para se casar com outro? Ora, ela é dona de si mesma, mas ninguém, absolutamente ninguém, vai entender e respeitar seu modo de ser como eu.

— Traga mais uma garrafa — ordenou Tristan a um criado. — Não vejo nada melhor a fazer do que beber, até esquecer. Elas devem estar dormindo tranquilamente. Nem em sonhos pensam em nós. Vamos beber!

— Senhores, não acham que beberam demais por uma noite? O que aconteceu que os fez entregar-se assim ao álcool? — perguntou Madame Lilly. A mulher usava um vestido vermelho, tal qual as paredes da sala, e uma pluma preta nos cabelos. Seu rosto mostrava os primeiros sinais do tempo, mas ela ainda se mantinha em forma, e sempre tinha um sorriso gentil e um brilho amistoso em seus olhinhos escuros. Mas que não se enganassem os incautos, ela controlava seu estabelecimento com mão de ferro; impedir que bêbados criassem confusão era uma de suas preocupações.

— Então, senhores, o que aconteceu? — insistiu.

— Estamos apaixonados! — admitiu Wiliam, engrolando a voz. — E fomos rejeitados!

— Eu não, apaixonado de jeito nenhum. E rejeitado só você — respondeu Tristan. — Eu nem cheguei a falar com ela.

— Milordes, permitam-me um conselho: a bebida não os fará alcançar o que desejam. Se as damas em questão ainda não os aceitaram, lutem por elas! Não desistam! Não há nada que encante mais uma mulher do que um homem verdadeiramente apaixonado a seus pés.

E, com uma piscadela cúmplice, Madame Lilly deixou-os envoltos nos próprios pensamentos e inseguranças.

26

— Precisamos de novos vestidos também, Belinda. Como vamos nos apresentar no baile de Lady Milford? Vestidas com trapos?

Lady Carlyle insistia em refazer o guarda-roupa, enquanto caminhavam por Covent Garden. Era uma manhã fria, mas o sol, depois de dias de chuva intermitente, havia surgido por entre nuvens. Mãe e filha, entediadas por estarem há muito sem sair de casa, haviam decidido dar uma volta e olhar as vitrines com as novidades da moda. Pimble, que precisava mesmo de um par de meias, já que as suas haviam se rasgado no dia anterior, decidira acompanhá-las antes de seguir para o museu.

— Mamãe, já expliquei, nada de gastos com roupas. Podemos muito bem olhar o que está mais atual e reformar algumas peças. E, quanto ao baile de Lady Milford, nem que pudéssemos fazer novos vestidos haveria tempo hábil. A senhora tem lindas roupas, por que insiste que precisa de mais? Graças a Pimble e Mathilda, conseguimos equilibrar nossas finanças; mas, acredite, não sobra um *penny* para ser gasto com supérfluos.

— E desde quando vestidos são supérfluos?

— Desde que não estejamos nuas — Pimble respondeu com ironia.

— Você é sempre muito impertinente, garota. Mas o que pode entender sobre a necessidade de roupas?

— Lady Carlyle, engana-se se pensa que costumo sair sem elas — retrucou, esforçando-se para não rir alto.

— Mamãe, por favor, não insista, tampouco implique com Pimble. Vamos ver um pedaço de renda, talvez uma fita. Com pouco podemos dar a um vestido antigo a aparência de novo. Estaremos bem. Depois que comprarmos as meias de Pimble, podemos passar pelo ateliê de Madame Dupont; ela nos dará alguma sugestão.

— Nunca imaginei chegar a essa situação… — protestou Lady Carlyle, atravessando a rua sem cuidado, movida pela indignação que sentia por estar sendo privada de algo que julgava indispensável.

E foi nesse momento que o imprevisto aconteceu. Uma carruagem veio na direção dela. Belinda, percebendo que a mãe sofreria o impacto, segurou-a pelo braço, mas não conseguiu evitar que o veículo a jogasse ao solo.

— Oh! — exclamou Lady Carlyle, quase desfalecendo.

Belinda sentiu o desespero invadi-la. Debruçou-se sobre a mãe, mal conseguindo enxergar o que se passava ao redor, os olhos nublados pelas lágrimas.

— Belinda, calma — pediu Pimble, abaixando-se e examinando Lady Carlyle, que gemia. — Não vejo nenhum ferimento, acho que ela não foi atingida diretamente. Temos que levá-la para casa, mas acalme-se, ela vai ficar bem.

— Senhoras, vou ajudá-las. Deixe-me ver, devo dizer que, de onde estava, tive a impressão de que a senhora se desequilibrou e caiu. A carruagem mal a atingiu.

Pimble, com alívio, reconheceu a voz calma do homem às suas costas.

— Sir Archibald! Que bom que está aqui.

— Vamos, senhoras, vou ajudá-la a levantar-se — disse ele, oferecendo a mão a Lady Carlyle, que continuava a gemer, mais pelo susto do que realmente por dor. — Srta. Davenport, tenho uma carruagem logo mais à frente — indicou ele, sinalizando para o próprio cocheiro. — Se me permitem, eu as acompanharei até em casa.

— Ficaremos muito gratas se puder — retrucou Pimble, enquanto Belinda assentia e amparava a mãe.

— Ela vai ficar bem. Eu não lhe disse? — concluiu Sir Archibald. — Foi um acidente infeliz que, afortunadamente, não deixou maiores consequências.

Lady Carlyle fora levada para dentro e acomodada no sofá, rodeada de almofadas e com os pés para cima. O único ferimento, um arranhão no braço onde ela fora tocada de raspão pelo veículo, deixaria um hematoma, mas sequer havia sangrado. Algumas horas de sono a mais, resultado da dose de láudano que Belinda a fizera ingerir, e dores no corpo decorrentes da queda seriam as maiores consequências do incidente.

— Não sei como agradecer-lhe, senhor... — falou Belinda, a quem a preocupação com a mãe fizera esquecer as regras da boa educação.

— Não há por que fazê-lo. Foi um acaso que eu estivesse justamente indo ao meu alfaiate e tenha presenciado a cena. Reconheci a srta. Davenport e não poderia escusar-me em ajudar.

— Que falha a minha — apressou-se a interferir Pimble, ao perceber que sequer os apresentara. — Lady Carlyle, Belinda, esse que gentilmente nos ajudou é Sir Archibald Floyd. Senhor, essas são Lady Carlyle e sua filha Belinda, em cuja casa eu me hospedo.

— Sir Archibald! — exclamou em uma voz um tanto melodramática Lady Carlyle. — Como poderei agradecer sua generosidade? Se não fosse pelo senhor, talvez eu ainda estivesse prostrada na rua.

— Mamãe! Por favor, Sir Archibald foi mesmo muito gentil, mas Pimble e eu não a deixaríamos ficar sem atendimento — corrigiu-a depressa Belinda.

— De qualquer maneira, o mínimo que posso fazer é oferecer-lhe uma xícara de chá — continuou Lady Carlyle, ignorando o protesto. — Espero que goste de chá de melissa. Creio que será o adequado para acalmar meus nervos nesse momento. Definitivamente, estou abaladíssima.

— Hum... pode deixar que eu providencio — interferiu Pimble. — Chá de melissa será perfeito para acalmá-la, mas tenho certeza de que Sir Archibald ficará mais satisfeito com uma xícara de Darjeeling.

— Vou ajudá-la com a bandeja — apressou-se a dizer Belinda, um pouco envergonhada com o comportamento sedutor da mãe. — O que mamãe pensa estar fazendo? — perguntou enquanto seguiam para a copa.

— Foi estranho, ela parecia estar, não sei, sorrindo demais para Sir

Archibald. Ele é tão sério, não creio que vá dar atenção a ela — retrucou Pimble.

Para surpresa de ambas, ao retornarem minutos depois, o normalmente sisudo professor estava em uma alegre conversa com Lady Carlyle, que, languidamente recostada, começava a sentir os efeitos do láudano.

— Eu considero Beethoven o melhor compositor da Escola Vienense. Embora alemão — dizia ele com entusiasmo —, é um músico extraordinário. Suas sinfonias são exuberantes!

— Sou obrigada a concordar. — Lady Carlyle agitava o leque levemente diante do rosto, os olhos já pesados pelo efeito do remédio. — Que interessante, temos o mesmo gosto para a música. — Sorriu, um pouco coquete. — Oh, nosso chá! Vou me sentir mais calma com um pouco de melissa associada ao láudano, mas a verdade é que estou sentindo-me agradecida.

— Agradecida? — A surpresa saltou no tom de voz de Belinda.

— Sim! Afinal, graças a esse incidente estamos tendo essa conversa deveras agradável, não concorda, Sir Archibald?

— É mesmo muito agradável conversar com uma senhora que aprecia Beethoven. Não são muitas as que gostam de um compositor tão revolucionário. E eu confesso que gosto muito não só de ouvi-lo, como de conversar a respeito. Digamos que é meu assunto preferido, depois dos egípcios, naturalmente.

— Naturalmente — sorriu Lady Carlyle —, assim como eu com... cavalos.

— Talvez a senhora deva descansar um pouco agora — sugeriu Belinda, antes que a mãe enveredasse a conversar sobre páreos e apostas, o freio social completamente desfeito pelos efeitos do láudano. — O repouso é o que a ajudará a se restabelecer. A senhora poderia ter caído sob as rodas, ter batido a cabeça ou quebrado algum osso; mas, por sorte, foi um abalroamento leve. Agora deve descansar. Vou ajudá-la a ir para seu quarto.

— Poderia, mas não caí. E, graças a esse gentil senhor, estou bem acomodada em minha casa, em agradabilíssima companhia — disse, com um relancear de olhos e um bater de cílios.

— Muito embora o assunto seja deveras interessante e a companhia, adorável, eu devo ir. Tenho compromissos no museu — apressou-se a falar Sir Archibald, afagando as pontas do bigode, as bochechas um pouco vermelhas.

— Irei com o senhor — informou Pimble.

— Sim... ou melhor... hum... pensando bem, talvez seja melhor não. A sra. Hastings retornou e você merece uma folga depois de tê-la substituído. E depois desse incidente, enfim, de qualquer maneira... o fato é que vou dispensá-la por hoje. Será melhor — informou o professor em voz baixa, como se falando consigo mesmo, ao pensar na reunião que teria naquela tarde com Jeffrey Trumble.

— Tem certeza, Sir Archibald? Eu não estou cansada, e Lady Carlyle terá a companhia de Belinda. Posso perfeitamente acompanhá-lo.

— Tenho sim. Tire o dia de folga. Mas, na segunda-feira, chegue bem cedo, pois teremos um assunto importante a tratar.

— Assunto importante, Sir Archibald? — repetiu Pimble, ansiosa.

— Nada a se preocupar, mocinha. Na verdade, acho que será uma novidade bem-vinda que deverei compartilhar no momento certo. Por ora, apenas aproveite a sexta-feira para descansar e fazer companhia a Lady Carlyle.

— Não sei como agradecer, milorde... — disse Belinda, levantando-se para acompanhar o professor até a porta.

— Sir Archibald, nós o veremos amanhã no baile? — interrompeu Lady Carlyle, já enrolando um pouco as palavras por causa do láudano.

— Como eu comentei, recebi o convite, mas não tenho o hábito de comparecer a esses eventos, milady — respondeu o professor, curvando-se e simulando um beijo na mão que a dama lhe estendera.

— Baile? — perguntou Pimble, confusa, já que o discretíssimo professor não lhe parecia alguém que frequentasse eventos sociais do tipo.

— Sim, o baile que será oferecido amanhã por Lady Milford, uma amiga querida de muitos anos — explicou ele —, que, insistentemente, envia-me convites ano após ano. Embora eu tenha uma certa curiosidade diante dos comentários que suas festas provocam, não costumo aceitar.

— Ora, Sir Archibald, talvez possa abrir uma exceção esse ano. Gostaria muito de continuar nossa conversa sobre música... e Beethoven — insistiu Lady Carlyle, batendo os cílios. — Um pouco de diversão é sempre bem-vinda!

— A senhora irá, mesmo depois desse acidente? — indagou ele, um tanto surpreso pela disposição da dama.

— Ah, sim, tenho certeza de que estarei bem melhor — garantiu Lady Carlyle. — Eu não perderia um evento como esse por nada.

— Nesse caso, talvez eu possa pensar em ir — informou ele, para surpresa absoluta das duas jovens. E antes que qualquer resposta fosse dada, como se percebendo que sua atitude demonstrava um interesse excessivo em Lady Carlyle, apressou-se a completar, olhando para Pimble: — Imagino que as encontrarei também, senhoritas.

— Oh, eu não, Sir Archibald. Não recebi convite, como o senhor sabe. Esse não é meu ambiente — explicou Pimble.

— Ora, minha cara srta. Pimble, pois então eu a convido a acompanhar-me, assim iremos todos. Tenho certeza de que Lady Milford ficará muito satisfeita em recebê-la. Há anos ela tenta convencer-me a ir a seus bailes, e eu sempre encontro uma forma de esquivar-me. Mas, dessa vez... — Lançou um olhar a Lady Carlyle. — Creio que vou apreciar a oportunidade de estender a nossa conversa sobre música. E faço questão que me acompanhe, srta. Davenport. Como disse Lady Carlyle, um pouco de diversão é sempre bem-vinda e suspeito que, em breve, não terá muitas oportunidades como essa — completou de forma enigmática.

— Se é assim... — respondeu Pimble, embasbacada com a situação e sem compreender muito bem o comentário, mas ciente do olhar que a mãe de Belinda lhe dirigia, claramente induzindo-a a aceitar — ... como eu poderia recusar?

— Então, se me permitem, virei buscá-las. Será um prazer acompanhá-las. — E, com um gesto de cabeça, Sir Archibald despediu-se de todas e saiu, seguido pelo olhar atônito de Pimble.

— Mamãe, o que tudo isso significa? A senhora estava sendo intencionalmente cativante. — O comentário de Belinda demonstrava seu espanto.

— Hum... um pouco de charme. Ora, Belinda, estou velha, mas não estou morta! — concluiu, arrancando uma risada divertida de Pimble e um olhar arregalado de Belinda.

27

A fila de carruagens se estendia por mais de um quarteirão. Cocheiros e cavalariços tentavam ser rápidos em auxiliar seus senhores no desembarque; ainda assim, a espera alcançava mais de um quarto de hora.

O ocaso trazia ao céu tons de rosa e laranja. Uma brisa fresca soprava, o que facilitava um pouco a espera daqueles que aguardavam dentro dos veículos. A tarde não findara completamente; a festa começava cedo, geralmente com apresentações artísticas de atores e músicos, e se estendia pela madrugada, com os músicos tocando até o raiar do dia.

O palacete branco em Egerton Crescent era um dos endereços mais caros de Londres, e Lady Milford, condessa de Essex, uma das anfitriãs mais comentadas da cidade. Ligada por laços de sangue com a família real, a condessa fora uma beldade em seu tempo. Agora, já muito entrada em anos, era conhecida por sua excentricidade. Suas festas eram notórias pela extravagância, em especial o baile que oferecia anualmente. O evento era bastante aguardado, não exatamente por ser seleto, mas por reunir pessoas as mais diversas e oferecer atrações inusitadas.

Lady Carlyle havia protestado bastante por não poder dispor de um vestido novo, mas todo o seu mau humor se extinguiu quando Sir Archibald, que se apresentou para levá-las em sua carruagem, lhe fez um elogio discreto, mas muito apreciado.

Quando enfim chegou a vez de desembarcarem, Pimble aceitou a mão do criado de libré e quedou-se a observar, maravilhada, a mansão toda iluminada.

Desde a entrada, já se notava que o ambiente fora preparado para que os convidados desfrutassem de uma noite inigualável, e, conforme adentravam o espaço, Pimble ficava cada vez mais abismada.

Espalhados pelos diversos ambientes, havia mágicos, encantadores de serpentes, trapezistas, mímicos. Era algo estranho e, ao mesmo tempo, inigualável.

— Sir Archibald, que prazer recebê-lo. Por fim, decidiu aceitar meu convite. — A anfitriã sorriu para eles.

— Vim especialmente para acompanhar Lady Carlyle e Lady Belinda, e tomei a liberdade de estender o convite à srta. Davenport, uma pesquisadora e minha assistente no Museu Britânico.

— Sejam bem-vindas, *miladies*. Srta. Davenport — disse, dirigindo-se diretamente a Pimble. — Uma mulher dedicada à pesquisa e ao estudo em uma área predominantemente masculina é algo a ser respeitado. Divirta-se!

O comentário deixou Pimble à vontade, e ela relaxou. A sensação de inadequação dissolveu-se e, curiosa como sempre, decidiu explorar todos os ambientes. Belinda não precisou de muito incentivo para acompanhá-la. Por alguns instantes, circularam, até se depararem com uma mulher morena, usando roupas coloridas e coberta de correntes douradas, que, sentada a uma mesa, dispunha-se a prever o futuro olhando para as palmas das mãos de quem quisesse ouvi-la.

— Que curioso, como ela pode saber o futuro? Seria possível? — resmungou Belinda. — Não acredito.

— Ora, por que não? Existem tantos mistérios entre o céu e a terra! Eu não acredito, tampouco duvido.

— Aproxime-se, gentil dama, deixe-me ver o que o futuro lhe reserva — pediu a mulher, os penetrantes olhos escuros fixos em Pimble. — Não tenha medo. Madame Rosita só vê coisas boas.

— Então diga-me o que enxerga na palma de minha mão — pediu a jovem, estendendo a mão, incapaz de administrar sua curiosidade natural.

— Vejamos... sua linha da vida é longa... muito longa... e... há alguém, um homem... e alegria...... — Por um instante, a mulher observou e, por fim, concluiu com um sorriso. — Sua vida não será monótona, senhorita.

— Bom, não creio que isso seja exatamente *prever o futuro*, mas não deixou de ser interessante. Alegria é sempre bem-vinda, e a previsão de uma vida longa também. Obrigada, senhora — agradeceu Pimble, com gentileza e um sorriso amigo.

Como se movida por um impulso, talvez pela delicadeza que a moça lhe dispensara, a cigana estendeu a mão e tocou seu braço para mantê-la ali mais alguns segundos. E, em um tom de voz um pouco diferente, talvez mais sério, arriscou um conselho:

— Senhorita... siga seu coração, confie...

— O que quer dizer? — indagou Pimble, levemente surpreendida pela mudança de atitude. Até ali, a cigana parecia desempenhar um papel, mas agora sua postura parecia mais séria, como se o que estava a dizer fosse real.

— Não tenha medo, confie. A senhorita entenderá. — Imediatamente, Madame Rosita a soltou e aceitou a mão de outro convidado para repetir a encenação da leitura do futuro na palma das mãos.

Um pouco impressionada, Pimble afastou-se. A sensação que tivera era que a mulher realmente percebera o dilema em que se encontrava. Confiança! Isso remetia totalmente a Willian. Ele vinha apresentando um comportamento estranho, declarando-se para ela, mas até que ponto esses sentimentos eram verdadeiros? Como ter certeza de que ele não estava apenas se divertindo, passando o tempo até que a expedição partisse e ele a deixasse, como um brinquedo usado, cuja novidade se extinguira? Ele conhecia suas aspirações, mas até então as ignorara. Pior seria se ele a estivesse manipulando para que não atrapalhasse seus planos.

— Você está bem? — questionou Belinda, a quem o mutismo repentino de Pimble surpreendeu.

— Sim, estou ótima. Vamos voltar ao salão de baile. Será que sua mãe está dançando com Sir Archibald? — perguntou ela, tentando afastar a atenção de si. Aquele não era o momento para se perder em tais reminiscências. — Confesso que estou muito surpresa com a atitude dele, pois nunca o imaginei um galanteador! Mas é assim que ele tem se comportado com Lady Carlyle.

— E saiba que mamãe está deslumbrada com a atenção recebida. E isso é estranho; mas, de certa forma, muito bom. Como eu gostaria que esse interesse inesperado pudesse fazê-la enxergar a vida com melhores olhos. Talvez até deixar um pouco de lado sua obsessão por corridas e apostas. Acho que encontrar um propósito a fará mudar de comportamento.

— Acho que hoje podemos aceitar champanhe — afirmou Pimble, retirando duas taças da bandeja oferecida pelo criado, uma para Belinda e outra para si. — E você tem razão: um pouco de atenção masculina talvez torne Lady Carlyle um pouco menos irritadiça. Venha, vamos ver o que mais uma festa tão peculiar nos oferece — animou-se, puxando Belinda.

— Será que Lorde Tristan vem?

— Você gostaria que ele estivesse aqui? — Pimble respondeu à indagação de Belinda com outra.

— Talvez... e se estiver... bem, eu preciso tomar uma decisão. O capitão Anderson é um bom homem.

Pimble não respondeu, apenas olhou carinhosamente para a amiga, desejando que sua escolha, fosse qual fosse, a fizesse feliz.

— Então, teremos que descobrir. Vamos dar uma volta. São sua mãe e Sir Archibald ali à frente?

— Acho que sim, o salão está muito cheio — resmungou Belinda, esticando o pescoço. — Vamos até lá. Melhor não deixar mamãe sozinha por muito tempo. Receio que ela possa assustar Sir Archibald com um excesso de charme. — Riu, no que foi acompanhada por Pimble.

Willian observou o ambiente.

Depois da discussão com o pai, cogitara não vir, mas acabara por mudar de ideia. Uma festa fora dos padrões habituais era exatamente o que precisava para se acalmar e se distrair. Por mais absurdo que pudesse parecer, fora chamado por Gilles de Montefort para uma desagradável conversa particular. O pai, informado por Jeffrey Trumble sobre as mudanças que Sir Archibald levaria a cabo, lhe cobrara um posicionamento alinhado com as próprias convicções. Exigira que ele expulsasse *a criada*, sob pena de incorrer em sua ira e ser deserdado em definitivo. A inclusão de uma mulher, e da classe trabalhadora ainda por cima, em um círculo de estudiosos e nobres, era uma afronta que Gilles de Montefort não admitiria.

Fora com alívio, e um certo prazer, que finalmente Willian o enfrentara. Uma discussão mais longa do que seria desejável, na qual o rancor que o velho dedicava a tudo que não fosse "puramente inglês e nobre" se sobressaiu de forma inquestionável. Mas isso não o deteria — não mais.

Havia alguns anos, temendo sua reação e retaliação, afastara-se de Pimble. A covardia lhe custara caro, pois provavelmente perdera a única mulher a quem fora capaz de amar. Dessa vez, fora incisivo. Nenhuma ameaça o faria prejudicá-la; ao contrário, ele moveria montanhas para protegê-la, e o faria de forma incondicional. Nem nome, nem tradição, nem o equivocado senso de honra de seu pai seriam capazes de demovê-lo de sua intenção. Nem mesmo, reconheceu, a rejeição de Pimble a seu amor. Seu dever, sua honra, seu nome estariam sempre à disposição dela; ele a defenderia e a amaria independentemente de qualquer retribuição. E não imaginava razão maior ou mais honrosa para viver.

Embora o afastamento em definitivo do pai não fosse motivo para vangloriar-se, estava tranquilo por ter tido a coragem de tomar a decisão. O amor paterno, que em vão sempre esperava receber, fora substituído por outras fontes e outras formas. Fora agraciado pela amizade sincera de Tristan, pelo respeito de Sir Archibald e, como ela mesma confessara, pela paixão que Pimble parecia sentir. Não ousava esperar que ela o amasse, mas a certeza de que um sentimento forte, talvez desejo, talvez fascínio, os estava unindo já era razão para sentir-se afortunado.

O tempo... ah, o tempo...

Pimble garantira que o que se perdera não voltaria jamais.

E estava certa.

Porém, não podia saber o que lhes reservava o tempo que ainda tinham à frente.

Mais tranquilo, Willian aceitou uma taça de champanhe e voltou-se para cumprimentar alguns conhecidos. E foi com certa surpresa que avistou Sir Archibald a alguns metros de distância. O professor conversava animadamente com uma senhora a quem Willian já fora apresentado, mas de quem não conseguia lembrar-se com clareza.

— Sir Archibald, que boa surpresa o encontrar! — exclamou, com um leve meneio de cabeça.

— Ora, Montefort, por vezes eu arrasto esses velhos ossos para um baile. Já conhece Lady Carlyle?

— Milady. — E dessa vez Willian curvou a cabeça de forma um pouco mais acentuada. — Creio que já nos conhecemos há algum tempo, em Ascot, se não me falha a memória.

— Lorde Montefort... sim, já fomos apresentados, creio que por Lady Georgina Walker. Ou terá sido por Lady Darley? Bem, não importa. Oh, já conhece minha filha, Lady Belinda — emendou, vendo a jovem se aproximar —, e sua amiga...

— Já nos conhecemos — afirmou Pimble, antecipando-se a Lady Carlyle e fazendo um aceno diante da mesura que Willian lhe fez.

— Senhoritas — cumprimentou-as —, que agradável surpresa as encontrar. Srta. Davenport.

— Ora, senhor, uma jovem não pode viver às voltas apenas com múmias. É necessário um pouco de diversão, por vezes, e, embora as múmias sejam companhias interessantes, elas não sabem dançar — disse Pimble em um gracejo.

— Sendo assim, aproveito para dizer que gostaria que me reservasse uma dança. Creio que assim que a apresentação dos fantoches se encerrar, os músicos iniciarão o baile. Pode reservar a primeira para mim? A menos que já tenha se comprometido — mencionou Willian, o ciúme o corroendo apenas por tal possibilidade.

Pimble o olhou, pensou em recusar, mas seria deselegante, na verdade uma ofensa pública, e ela não o sujeitaria a tal afronta. Não havia qualquer necessidade disso. Fora suficientemente clara em suas colocações e, dessa vez, ele sabia que ela não seria iludida novamente. Além disso, era a primeira vez que recebia tal convite: seria um desafio... e uma tentação. Procuraria lembrar-se das aulas de dança que Belinda lhe dera; mas, se tivesse que ser desengonçada, que o fosse como par de Willian. Ele conhecia sua falta de traquejo social e provavelmente suportaria que lhe pisasse os pés sem reclamar muito.

— Claro, milorde, dançaremos a primeira música. Apenas não entendi bem sua dúvida quanto a eu ter me comprometido. O que quis dizer? — Pimble encarou-o com certa surpresa.

— Recentemente, por puro acaso, eu a vi tomando chá na companhia de um jovem. Pensei que talvez...

Antes que ele completasse o pensamento, uma exclamação tomou o salão. Um engolidor de fogo começara uma apresentação no jardim e o espetáculo chamava a atenção. Movidas por curiosidade, as pessoas correram às janelas e à varanda para assistir ao que consideravam quase impossível. Um homem, usando uma roupa estranha e engolindo chamas ardentes!

Pimble ia fazer o mesmo, quando sentiu Willian tocando-lhe levemente o braço, como a impedi-la.

— Você estava tomando chá com um homem — repetiu, como se a simples possibilidade fosse inadmissível. — Ele... vocês...

— Tomando chá... Oh, sim, eu me lembro — respondeu ela, sem entender o brilho predatório que percebeu nos olhos dele. — Você só pode ter-me visto tomando chá com o capitão Anderson.

— Capitão Anderson? E o que o inconveniente desejava? — O tom de voz de Wiliam era educado, mas não parecia amigável.

— Não entendo a razão desse questionamento — comentou ela, levemente surpresa. — Por que isso o incomoda? A não ser que... Willian, você está... está com... ciúmes?

A hipótese era tão absurda e inesperada que Pimble sorriu. E o sorriso tornou o cenho de Willian ainda mais carregado, e o brilho de seus olhos, mais ameaçador.

— Não... sim... Maldição, Pimble! Não é ciúmes! Mas como você pode sorrir para ele daquela forma? E agora que o mencionei, você sorriu de novo. Diga, você está enamorada? Desse sujeito... Ele está lhe fazendo a corte? — O tom de voz subindo por conta da indignação.

— Venha — disse ela, tomando a direção do corredor —, vamos conversar em algum lugar mais discreto. Não será bom chamar a atenção de todos como se estivéssemos em uma discussão. Imagine os comentários se nos ouvirem. Será melhor falarmos aqui — sugeriu, entrando em uma saleta cuja porta estava aberta —, mas devemos retornar ao salão em alguns minutos, antes que notem nossa ausência. Não podemos desaparecer, principalmente porque já me ouviram prometendo-lhe a primeira dança.

— Você não me deve explicação alguma. Estou sendo invasivo demais — falou Wiliam, tentando manter uma calma totalmente desmentida pelo fogo furioso que dançava em seus olhos.

— Não mesmo. Não lhe devo explicações, mas quero dá-las, um mal-entendido nunca termina bem. O jovem era o capitão Anderson, um cavalheiro muito gentil que me fez um convite. — Nesse momento, Willian não conseguiu evitar um grunhido. Ou seria mais correto dizer um rosnado? — Um convite apenas amigável de alguém que só tem olhos para Belinda, e que me pediu ajuda para conquistá-la. Não passou disso, Lorde Montefort, não passou de um encontro para benefício de uma amiga.

Willian nem percebeu, mas seu corpo relaxou diante da afirmação, e uma sensação de alívio o invadiu. Ela tinha razão: uma avalanche de ciúmes o invadia cada vez que imaginava a possibilidade de Pimble estar apaixonada por outro. Se acontecesse, não havia nada que ele pudesse fazer, a não ser desejar que ela fosse feliz. Mas, como ele poderia suportar?

A possibilidade era tão possível quanto real, e o desespero o invadiu. Antes que desse por si, ele a envolveu nos braços, trazendo-a para perto do coração.

— Minha Pimble, eu não saberia viver sem a esperança de tê-la para sempre assim, junto a mim — sussurrou em seu ouvido, desabafando a verdade para ela e para si mesmo.

— Willian, eu...

Ele não a deixou falar, não havia tempo para palavras, apenas para um beijo. Um beijo que a fizesse perceber a força de seu sentimento. Segurando-lhe o queixo, tocou-lhe os lábios com delicadeza. Mas sua alma pedia mais e ele a puxou para si e tomou-lhe a boca com fome e desejo. Um beijo longo, sensual e, ao mesmo tempo, doce. Entregou a ela todos os seus segredos.

Pimble sentiu o calor de Willian invadindo seu corpo, e seus lábios desvendando seus mistérios. Ela retribuiu. Como recuar diante da abundância de sentimentos e sensações que a tomavam a cada vez que ele a tocava? Ela deixou que seus dedos se emaranhassem nos cabelos dele, acariciando sua nuca, permitindo a invasão.

Seus corações batiam juntos no ritmo ditado pela paixão. Ele a apertou contra si, contrariando todas as normas de decoro impostas pela moralidade. Senti-la por inteiro era um impositivo forte demais, impossível de ignorar. E ela se deixou ficar, seu corpo e sua alma exigindo tudo o que Willian pudesse lhe dar. O controle de seus desejos era tão difícil!

O som dos músicos iniciando o baile os despertou.

— Eu a quero tanto — murmurou Willian, afastando-se em um esforço supremo.

— Precisamos voltar — respondeu Pimble, por maior que fosse a vontade de ficar —, eu lhe prometi a primeira dança e ela vai começar.

Ele assentiu e a acompanhou. O salão estava cheio novamente. O espetáculo no jardim terminara e os convidados haviam retornado, comentando a extravagância que lhes fora proporcionada pela anfitriã.

Oferecendo-lhe a mão, Willian a conduziu para o centro da pista de dança. Envolvendo sua cintura, ele a fez rodopiar em um movimento gracioso. Mesmo com a pele recoberta pela luva, Pimble sentia o calor que o toque dele provocava. Entre volteios e giros, a cada vez que se viam face a face, ela sentia seu coração girar na mesma velocidade. O salão começou a desaparecer, pouco a pouco. Ela só enxergava Willian. Os olhos dele sorriam para os seus.

Naquele momento, ela poderia jurar que o céu se assemelhava a um salão de baile. Dançavam embalados pela música, pisando em nuvens, como se ali estivessem a sós.

O tempo corria...

Nada importava, apenas a música, e eles... nos braços um do outro...

28

Atitudes impensadas, impostas por conceitos equivocados de honra ou dever, orgulho desmedido, inveja, rancor. Comportamentos incontroláveis podem mudar o rumo de uma vida, ou de várias.

Jeffrey Trumble já bebera mais do que o suficiente para uma noite. Há algum tempo vinha se esgueirando pela festa, destilando veneno e arrogância, tão alterado que nem mesmo percebia que as pessoas começavam a evitá-lo.

A bebedeira tinha uma razão de ser. Depois de ter sido comunicado por Sir Archibald de que não iria com a expedição ao Egito, soube que Pimble Davenport seria a integrante oficial. Acreditando na superioridade de sua posição, acionara seus contatos, que, para seu infortúnio, o informaram de que questões técnicas não permitiam insistir em seu nome. Alucinado, recorrera a Gilles de Montefort na expectativa de que ele obrigasse o filho a mudar tal decisão. Havia poucas horas, soubera o que considerou a suprema humilhação: Willian enfrentara o pai e, pior do que isso, defendera veementemente a posição da criada.

E agora, ali estava ele, em meio à sociedade, envolto em uma nuvem vermelha de puro ódio. Ah, eles pagariam caro pela afronta. Todos eles, até o velhote! Como ousara retirá-lo da expedição e, com isso, impedi-lo de alcançar a glória e a fama que lhe eram devidas?

Entornando mais uma taça, ele cambaleou entre os presentes, sem perceber que alguns se afastavam. Então, como se fosse possível e aceitável, ele os viu, dançando, rindo, em meio a seus pares. O infame a trouxera para o centro de seu mundo! E a maldita sorria. Em seu devaneio de bêbado, Trumble considerou a presença de Pimble Davenport uma ofensa pessoal. Que tipo de artifício ela teria usado para infiltrar-se entre nobres membros da aristocracia?

Teria que desmascará-la. Era sua obrigação, seu dever. Precisava mostrar a todos a impostora que ela era, como os estava enganando. E Montefort também pagaria caro por tê-la defendido. Como ousara preferir uma criada, uma mulher sem berço, sem nome, a ele?

— Ora... ora... quem está por aqui, Lorde Willian de Montefort, um traidor de sua classe social — gritou, acercando-se deles.

As palavras engroladas e a fala desencontrada davam conta de que quem as pronunciava estava bêbado; ainda assim, a virulência com que foram ditas era impressionante.

Mesmo em meio à música, Willian ouviu. Virando-se, manteve Pimble às suas costas, em um gesto automático de proteção. Chocadas, as pessoas se afastaram, abrindo um espaço que lhes permitiu ficar frente a frente. Willian encarou o sujeito, o cenho fechado, o maxilar apertado e os punhos cerrados com força ao lado do corpo, evidenciando seu nível de tensão. Trumble mal conseguia se manter em pé; um sorriso sarcástico lhe cortava a face.

— Você está bêbado, Trumble. — A voz baixa era inversamente proporcional à fúria que o dominava. Por vezes demais, Willian tolerara os insultos daquele verme. — Vá embora... está se expondo ao ridículo...

— Ridículo? Eu? Não... você é ridículo! Recusa-se a ouvir a voz da razão. Um absurdo, senhores. Eu, Jeffrey Trumble, fui preterido por uma mulher! — Os olhos de Trumble despenderam faíscas de puro ódio; as palavras corriam por sua língua sem controle, gotículas de saliva atingindo aqueles ao seu redor. — Como ousou, Montefort? Como ousou escolher uma vagabunda, uma reles criada, um ser inferior e abjeto. Ela certamente vai seguir seus instintos e roubar a tudo e a todos, porque é isso que essa gentalha faz — berrou, apontando para Pimble, que, horrorizada, permaneceu imóvel, quase em choque. — Se a quer tanto assim em sua cama, basta arrastá-la...

Antes que Trumble desse por si, Willian estava sobre ele, agarrando-o pelo colarinho da camisa de seda, que se rasgou pela força empregada. Diante da ofensa a Pimble, seu controle se rompeu; nada mais importava senão defendê-la.

— Peça desculpas, seu verme. Ajoelhe-se e peça desculpas! — exigiu Willian, forçando Trumble pelo colarinho. — Ou você vai sentir o peso de meu punho.

Engasgado, o ar lhe faltando e em meio à névoa de vapores etílicos, Trumble suspeitou ter ido longe demais. Movido pelo medo dos covardes, sussurrou um pedido de desculpas, o rosto arroxeado pela força com que Willian o mantinha aos pés dela.

— E não pense que será o suficiente. Eu o desafio — rosnou Willian, usando sua luva para bater com força contra a face de Trumble. — Você está bêbado, e meu senso de honra, algo que você não tem e jamais terá, me obriga a lhe dar um tempo para se recompor e se defender. Apenas por isso eu não o mato aqui e agora. Ao nascer do sol de segunda-feira, encontre-me em Pickering Place. Vamos duelar até que um morra ou sangre. Você é pródigo em ofender mulheres indefesas; vejamos até onde sua coragem se estende, verme nojento. Escolha as armas...

— Willian, por favor, não! — O pedido de Pimble se fez ouvir, inequivocadamente súplice, mas completamente inútil.

— ... meu padrinho irá procurá-lo — vociferou Willian, sem olhar para ela ou se deixar impressionar pelo olhar rancoroso que Trumble lhe lançou. — E agora saia daqui, antes que eu o arraste pelos cabelos empoados. E que fique claro, senhores, independente do que acontecer, esse verme jamais participará da expedição que eu irei comandar.

Os músicos haviam parado de tocar, os convidados permaneciam em um círculo, calados: alguns curiosos, outros horrorizados, como que aguardando o desenrolar dos acontecimentos. O desafio fora lançado. Um clima de ansiedade pairava no ar, como se, a partir dali, ninguém soubesse o que fazer.

— Música! — A voz da anfitriã se fez ouvir acima do burburinho. — Música e champanhe! Não há por que interromper a festa: o desordeiro já se retirou — informou, referindo-se a Jeffrey, que saíra amparado por um cavalheiro. — Vamos, que comece a quadrilha — pediu Lady Milford e, entre cochichos e olhares dissimulados, os convidados, pouco a pouco, retomaram o clima festivo.

— Willian, o que isso significa? Eu não entendo... — Pimble continuou onde estava, olhando-o, em choque. Ela compreendera que o motivo da discussão tinha a ver consigo, mas não entendia a razão. Trumble a odiava. Não precisava ser muito esperta para perceber a aversão que o sujeito lhe dedicava, mas isso não justificaria uma cena tão indescritível.

— Por favor, Sir Archibald, o senhor pode acompanhá-la? — pediu Willian. — Creio que não haverá mais ambiente para festejar depois dessa demonstração absurda de falta de civilidade. Vamos evitar que esse espetáculo se transforme em uma situação constrangedora. Infelizmente, algumas pessoas se comprazem com o mal-estar alheio — reclamou, percebendo que parte das mulheres presentes cochichavam e apontavam, ainda que discretamente, para Pimble.

— Vamos todas — afirmou Belinda, sem dar chance a sua mãe para retrucar. — Depois desse espetáculo deplorável, não tenho mais nenhuma vontade de festejar. Se o senhor puder nos levar, Sir Archibald, mais uma vez ficaremos muito gratas.

— Sim, claro que sim, você tem razão — balbuciou Pimble. — Vamos para casa, mas preciso entender, o que eu fiz para que isso acontecesse?

— Pimble, o que aconteceu foi uma explosão de inconformismo e ódio. Você não tem qualquer culpa, tampouco deu motivo para que ocorresse. Eu já esperava por uma reação de Trumble, principalmente depois que meu pai me chamou para contestar minha escolha, mas não imaginei que seria dessa forma — disse Willian. — Minha querida, não se preocupe, tudo vai ficar bem. Esse sujeito já causou muito mal; merece receber uma lição. Temos muito a conversar, mas esse não é o local, tampouco o melhor momento. Agora, vá para casa; Sir Archibald poderá lhe explicar no caminho. Eu devo encontrar Tristan. Ele será meu padrinho e temos providências a tomar. Tudo vai acabar bem, não se preocupe — tentou tranquilizá-la. — Só lamento ter estragado sua festa. Nem tive tempo de lhe dizer o quanto está linda!

— Você não estragou...

Pimble não pôde retrucar, nem perguntar ou agradecer; rapidamente, Willian despediu-se e saiu. Estava absolutamente certo quanto à atitude que tomara, mas agora era hora de pensar friamente e organizar algumas questões. Um duelo era sempre uma incógnita. O resultado poderia ser qualquer um; não havia relação entre o desafio e a vitória. Ele sabia disso e não sentia medo. No entanto, providências teriam que ser tomadas, considerando-se a possibilidade de ser ele o perdedor. Gostaria de estar com tudo resolvido quando fosse à procura de Pimble. E ele iria. Antes da manhã de segunda-feira, ele iria ao encontro dela. Sim, porque morrer não o amedrontava, mas morrer antes de confessar seu amor... isso sim o aterrorizava.

A carruagem cortava as ruas com celeridade. O clima era de total incredulidade diante do que acontecera, nem mesmo Lady Carlyle ousara lamentar a saída antecipada da festa. Belinda segurava a mão de Pimble, que, pasma, ainda não conseguia compreender o acontecido. Ela fora ofendida, mas o que fizera para que Trumble tivesse tal atitude para com ela? Não conseguia pensar em absolutamente nada, por mais que tentasse. E quanto a Willian? Ele a defendera de uma forma muito mais veemente do que ela jamais imaginara possível, e em seu nome desafiara Trumble para um duelo. Um duelo? Era tão absurdo!

— Sir Archibald, por favor, explique-me o que significa isso? O que Trumble quis dizer, o que eu fiz?

— Nada, srta. Davenport. Ou melhor, nada a não ser um trabalho excelente. Eu pretendia falar com a senhorita, como comentei, na segunda-feira. Esse incidente horroroso, no entanto, justifica uma explicação imediata. O fato é que, há algum tempo, Lorde Montefort vem apontando todas as deficiências de Trumble, em contraponto à eficácia e ao conhecimento da senhorita sobre o assunto de que trata a expedição. Sua superioridade intelectual é inegável, devo dizer. Mas, mesmo que não fosse, a inadequação de Trumble é ainda maior. De qualquer forma, ele não seria o homem certo a me substituir na pesquisa de campo a ser feita no Egito. E foi isso que eu lhe disse ontem. Infelizmente, fui descuidado e confirmei suas suspeitas de que a senhorita seria convidada a integrar a equipe, em substituição a ele.

— Eu?! — Se já estava em choque, a informação fez com que Pimble chegasse a arquejar por puro nervosismo. — Está dizendo que integrarei a expedição?

— Willian assegurou-me que a senhorita não só gostaria, como é plenamente capaz de desempenhar as atividades necessárias, mesmo em condições de hospedagem não muito favoráveis. Uma expedição de pesquisa muitas vezes enfrenta adversidades, como sabe. Claro que eu o fiz se comprometer a garantir sua segurança, mas se a hipótese a assusta...

— Não, quer dizer, sim... Ou melhor... Oh, Sir Archibald, participar como pesquisadora em campo é tudo o que eu mais desejo. Então foi a isso que Trumble se referiu quando mencionou ter sido preterido? Agora eu entendo. E Willian... Willian...

— Ele a vem enaltecendo e defendendo desde que chegou. Diante da diretoria, diante de mim e até, segundo soube, diante do próprio pai. É, sem dúvida, seu maior admirador... e... Bem, em relação aos sentimentos de Lorde Montefort, é melhor que ele mesmo os defina.

— Pimble, então Willian vem cuidando de você — constatou Belinda, feliz com a ideia. — Ele não mentiu sobre... ele realmente gosta de você!

E foi nesse momento que a delícia e o horror do momento a invadiram. Willian a defendera! E não só defendera sua honra, como sua capacidade e direito de exercer a função para a qual se preparara. E o fizera diante do mestre, dos diretores do museu, do próprio pai e de toda a sociedade, de modo público e firme. Respeito! Ele lhe demonstrava exatamente aquilo que ela mais almejava, como mulher e pesquisadora. Respeito! E por isso ele poderia matar... ou morrer! O desespero a tomou e ela não conseguiu impedir o choro convulsivo e desesperado que irrompeu.

29

Fora uma noite insone, muito embora o horror da situação a tivesse deixado mentalmente exausta. Sem conseguir se controlar, repassara inúmeras vezes o instante em que Trumble a ofendera e Willian o desafiara sem que ela conseguisse impedir.

Apenas quando o sol já despontava, ela conseguira aquietar-se, esgotada, e caíra em um sono tumultuado, cheio de sonhos nos quais ela tentava e tentava alcançar Willian, que corria mais à frente, sem conseguir.

A manhã já findava quando Belinda veio a seu quarto trazendo uma bandeja com chá, biscoitos e queijo. Pimble não se alimentava desde a véspera, e isso não lhe faria bem.

— Conseguiu dormir? Você está pálida, eu lhe trouxe chá. Coma alguma coisa — pediu Belinda, apoiando a bandeja sobre a mesa de cabeceira e indo abrir as cortinas.

— Obrigada, Belinda. Foi mesmo uma noite difícil. Estou apavorada, nem mesmo a alegria de saber ter conquistado o que sempre almejei afasta o medo. Willian desafiou Trumble por minha causa. E ele pode ser ferido, até mesmo...

Ela não conseguiu pronunciar a palavra. Willian poderia morrer em defesa da honra, de sua honra.

E por que sua honra seria importante? Em que momento a opinião de um crápula como Jeffrey Trumble passara a significar mais do que a vida de Willian? Por que o ponto de vista alheio deveria significar mais do que o conceito que tinha de si mesma? Que Jeffrey pensasse o que quisesse, que a sociedade a rejeitasse, isso não faria qualquer diferença em sua vida. A falta de Willian, ao contrário, sim! Ela não se via aceitando o trabalho para o qual fora escolhida, e pelo qual tanto esperara e se preparara, sem Willian a seu lado.

Tudo começara com ele, anos antes.

Seus sonhos...

Seus desejos...

Ele fora o primeiro a ouvi-la... e a acreditar...

Como poderia ir sem ele?

O dia passara com a lentidão imposta pelo desespero.

Pimble ficara esperando, inquieta. Por diversas vezes, pensara em ir à procura de Willian, mas em que local? Não seria difícil saber onde morava Gilles de Montefort, um nobre conhecido, mas ela tinha conhecimento de que Willian, ao voltar do Egito, não retornara à casa do pai. Ela não fazia ideia de onde ele morava e, mesmo que fizesse, de que lhe adiantaria? Ele certamente não estaria em casa. Ou estaria? Onde mais poderia estar? Aflita, não conseguia raciocinar com a lógica que o momento exigia.

Desesperada, enviara um bilhete a Lorde Tristan, mais fácil de ser localizado, mas ele não lhe respondera; talvez sequer o tivesse recebido. Nem mesmo Sir Archibald a ajudara. Ao contrário, o professor a aconselhara a aguardar. E era isso que ela vinha fazendo desde que acordara. Aguardar, em uma espera sem fim.

A noite voltou a cair.

Angustiada, Pimble tornou a se recolher ao quarto, mesmo sendo bastante cedo. Não conseguira comer, e até a conversa com as amigas ficara difícil. A ansiedade por Willian e pelo que aconteceria na manhã seguinte a deixara em um estado lastimável. A possibilidade de ele morrer — como era difícil até pensar nisso — mudava suas perspectivas e a fazia se debater em dúvidas e receios.

Os pensamentos eram recorrentes; sua vitória ficava triste e se apequenava diante da possibilidade de seguir sem ele.

O que era esse sentimento, afinal?

Automaticamente, soltou os grampos e trançou os cabelos, enquanto caminhava aflita pelo quarto. Avaliou fechar a janela, mas o ar fresco a ajudaria a organizar os pensamentos. Abrigando-se atrás do biombo, nem mesmo começara a desabotoar o vestido quando um ruído a despertou; algo parecia bater no chão.

Willian rodeava a casa, esgueirando-se e avaliando o entorno como se fosse um malfeitor. Precisava falar com ela; mas em hipótese alguma poderia procurá-la pelos meios normais — não naquela noite, às vésperas de se bater em duelo. Era fato que na manhã seguinte estaria preparado; no entanto, era impossível prever o resultado. Desafiara Trumble em defesa de Pimble e, se soubessem que viera à procura dela, tudo o que o maldito espalhasse seria considerado provável. Não podia correr o risco de, morrendo, deixá-la à mercê do veneno daquele ser inominável. O acontecimento da noite anterior e as acusações do maldito poderiam macular sua reputação, e não era possível saber como tal escândalo repercutiria. Visitá-la abertamente poderia potencializar os boatos; Pimble estava a ponto de conseguir o que sempre desejara, ele não iria arriscar prejudicá-la. Teria que ser precavido, e sabia muito bem que criados não eram discretos, sem falar em Lady Carlyle. Nunca se sabia o que esperar daquela dama.

Ainda assim, contra todo o bom senso, precisava vê-la. Primeiro, porque havia se comprometido a procurá-la, e, em segundo lugar, porque aquela talvez fosse sua última chance. Por isso estava ali, observando. Se, por sorte, ela surgisse em alguma das janelas, ele encontraria uma maneira de chamar sua atenção. Se não, teria que pensar em outra solução, muito embora não conseguisse imaginar qual. Um quarto de hora se passou, e a ansiedade de Willian apenas aumentava.

O brilho de uma vela enfim se fez perceber em um dos quartos. Se estivesse com sorte, poderia ser ela. Instantes depois, o vulto se aproximou da janela, e ele pôde ver melhor. Era ela! Surgiu rapidamente, apenas de perfil. Ainda assim, seu coração lhe confirmou que era ela. A janela ficava em um segundo andar, um aposento na lateral sul da casa, e se abria para um jardinzinho separado da rua por uma grade alta. Para conseguir seu intento, teria que saltá-la e entrar no espaço privado. O bom senso tentou dissuadi-lo; se alguém o visse e fosse confundido com um ladrão, a situação se agravaria. Mas o coração... Ah, o coração... quem conseguia colocar alguma razão nesse insensato?

O coração o empurrava, e os deuses, coniventes com ele, pareciam vir em seu auxílio. A noite estava escura, e a névoa começara a baixar, envolvendo tudo e dificultando a visão de quem passava pela rua. Certificando-se de estar sozinho, Willian escalou o gradil e pulou para o jardim interno. Alguns seixos do tamanho certo e boa pontaria, era disso que necessitava agora. E sorte, muita sorte. Se a janela e a cortina estivessem abertas, talvez fosse até melhor. Porque o barulho deveria chamar a atenção dela, não de toda a casa.

Com cuidado, mirou e atirou o pedregulho. Bateu na parede, pouco acima da parte superior da janela, e caiu no jardim, o som amortecido pelos arbustos. Com cuidado, recalculou e o segundo arremesso atingiu o objetivo. A pedrinha ultrapassou o parapeito e caiu no assoalho de madeira, com um ruído seco.

Depois de três ou quatro tentativas, Willian estava prestes a desistir. Pimble, ao contrário do que esperava, não surgira. Por um momento, ele pensou ter obtido sucesso quando viu um movimento, mas enganara-se. Ela devia estar dormindo, o barulho não era suficiente para despertá-la. Que tolo, ela não viria. Fora uma esperança vã, uma atitude quase infantil. Tudo o que desejava era confessar seu amor antes que fosse tarde demais.

Tarde demais... O tempo nunca lhe parecera tão escasso. Se Jeffrey tivesse êxito, não haveria outra oportunidade. Seu desejo era invadir a casa e tomá-la nos braços, gritando seu amor, mas não poderia agir com insensatez. Prejudicá-la ou constrangê-la era a última coisa que queria. Seu amor deveria trazer-lhe paz, proteção ou, pelo menos, ficar como uma lembrança agradável.

Tinha que falar com ela. Não poderia desistir, e se fosse a derradeira chance? A possibilidade foi suficiente para que ele decidisse tentar outra vez. A última, prometeu a si mesmo, rolando um seixo de maior tamanho nas mãos. Preparou-se para arremessar...

— Willian! Você veio, mas por que assim?

Um sorriso lhe tomou o rosto quando a viu a seu lado. Ao contrário do que esperava, Pimble não surgira na janela, porque preferira vir a seu encontro. Um xale em torno dos ombros, os cabelos mal trançados caindo pelas costas e os olhos arregalados de susto, ela estava adorável.

— Eu precisava vê-la, precisava falar com você. E precisava fazer isso sem expô-la. Não sabemos quanta maledicência Trumble está espalhando e será melhor, muito melhor, se não alimentarmos qualquer uma de suas mentiras. Vir à sua procura, na noite anterior ao duelo, seria um risco. Mas eu precisava vê-la. Foi uma tentativa louca, mas deu certo, você está aqui.

— Willian... — Pimble estava confusa. — O duelo, amanhã... Você tem que prometer-me que não irá. Simplesmente não pode deixar que aquele ser perverso o leve a colocar a vida em risco. Onde está a satisfação em lançar-se nessa competição, vida por vida, apenas porque ele o afrontou? A sociedade, a aristocracia e suas regras não valem tal sacrifício! E mesmo que sua honra o leve a isso, por que dar a um canalha a chance de matá-lo? Ou mesmo feri-lo? Talvez o incapacitar para sempre? Por favor, não vá, aceite suas desculpas, deixe-o seguir seu caminho. Ele não vale a sua vida, nem mesmo a sua dor.

— Minha querida, não foi para falar dele que eu vim. O que está feito, está feito, não há como voltar. E confesso que não me agrada ver que você tem tão pouca confiança em minhas habilidades — reclamou em tom de brincadeira. — Não se preocupe, eu fiz o que já deveria ter feito. A ofensa a você foi apenas a gota d'água de um sentimento que já transbordava em mim.

— Mas você pode se ferir, pode até... — Pimble não conseguiu pronunciar as palavras.

— Nada vai me acontecer, eu ficarei bem. Nós ficaremos bem. Amanhã, eu vou ferir Trumble primeiro e, diante disso, ele vai ter que se recolher à própria insignificância. E depois, depois há muito o que conversar, que partilhar, minha querida. Teremos tempo para isso. Hoje, eu vim apenas para lhe dizer a única coisa que não pode mais esperar.

Ainda que a noite estivesse escura, ela percebeu o brilho que reluziu nos olhos dele. Queria concordar, dizer-lhe que sim, que teriam tempo, mas a incerteza gelada do amanhã apertou seu coração.

A exiguidade do tempo... a força do querer...

O duelo entre a paixão e a razão.

— Não aqui, escondidos nas sombras, como se fôssemos culpados por algo que sequer fizemos. Amanhã, amanhã você me dirá — pediu ela, colocando os dedos levemente sobre os lábios dele para calá-lo.

— Eu não posso esperar, não mais. Por favor, se não aqui, então venha comigo. Esta noite, pelo tempo que quiser, apenas, venha comigo — pediu Willian.

Ela tocou-lhe a face, seus dedos acariciando a pele com o calor da paixão. As palavras da cigana lhe voltaram à mente: *Siga seu coração, confie... não tenha medo...*

— Para onde, Willian?

— Ao paraíso, minha amada.

30

A carruagem parou em uma rua discreta, diante de uma casa pequena de tijolos escuros. Dois degraus levavam ao pórtico e a uma porta de madeira branca ornamentada por uma aldrava de bronze polida.

Sem uma palavra, Willian abriu a portinhola e estendeu a mão para Pimble. Ela respirou fundo; era inteligente o bastante para saber que acompanhá-lo seria um caminho sem volta. A decisão era sua. Não precisaria segui-lo: bastaria pedir ao cocheiro que retornasse. Provavelmente, era isso que uma dama faria. Mas, afinal, ela não era mesmo uma dama, relembrou. Era a senhorita "*apenas*" Pimble, e o paraíso lhe parecia um lugar muito tentador.

O amanhã se desvaneceu em um futuro distante; aquela noite era tudo o que importava.

O vestíbulo estava pouco iluminado e Willian a encaminhou a uma porta à direita. Curiosa, Pimble correu os olhos pelo espaço. A lareira estava acesa, como se à espera deles. Por detrás da tela de proteção em bronze polido, as chamas dançavam, lançando uma luz dourada ao redor. A sala não era grande e fora decorada em tons sóbrios e discretos — um ambiente claramente masculino. O destaque era o belíssimo tapete, tecido em fios de seda, recobrindo grande parte do piso de carvalho polido. Aqui e ali, um objeto remetia à cultura oriental.

— *Sayid* precisa de alguma coisa?

A voz grave assustou Pimble, que se virou. Um homem usando um traje estranho, uma bata branca e longa, estava parado à porta. Os olhos escuros eram respeitosos, porém vigilantes, e ele os posou por um ou dois segundos em Pimble. A barba e os cabelos pretos, em conjunto com as sobrancelhas muito espessas, lhe davam um ar quase feroz. Ele comportava-se como um criado, o que entrava em choque com sua postura orgulhosa.

— Rashid, está tudo bem, meu amigo. Não precisamos de nada. Vá descansar. Já é tarde — disse Willian com gentileza.

— Quem é? — perguntou Pimble assim que o criado os deixou, depois de anuir com um simples gesto de cabeça.

— Um homem bom — foi a resposta de Willian.

— É egípcio? Como você o conheceu? — indagou Pimble, sem conseguir controlar a curiosidade.

Willian seguiu até um aparador, serviu um cálice de licor e ofereceu a Pimble. A pergunta o deixara pensativo e ele parecia analisar como a responderia. Depois de servir-se de *brandy*, indicou-lhe uma poltrona e sentou-se à frente de Pimble, experimentando a bebida em um pequeno gole.

Willian nunca contara a ninguém como conhecera Rashid e como se formara o vínculo que os unia. Uma única vez o mencionara brevemente a Tristan, assegurando ser alguém de sua confiança. Era chegado o momento de fazê-lo, e Pimble era a pessoa certa para ouvir. Afinal, se algo lhe acontecesse... Mas não tinha por que assustá-la ou entrar em muitos detalhes; se algo lhe acontecesse, tudo já estava providenciado. Rashid não fora esquecido em suas disposições.

— Rashid é árabe. Eu o conheci durante uma incursão ao oásis de Siuá. Muhammad Ali, o vice-rei do Egito, mencionou o local várias vezes em nossas conversas e, em certa ocasião, decidi juntar-me a uma caravana e seguir até lá. Um lugar fantástico, Pimble, completamente diferente de tudo o que existe na Inglaterra — contou Willian, com um olhar sonhador. — O céu à noite... imagine um manto de veludo azul, pontilhado por diamantes brilhantes. Como eu gostaria de poder mostrar a você tal beleza. — Por um momento, ele ficou em silêncio, os olhos fixos nas chamas da lareira. — Rashid foi designado como meu criado e guarda-costas por ordem de Muhammad Ali. Aquela região não é exatamente pacífica e o vice-rei não queria ter em sua conta um aristocrata inglês morto por bandoleiros berberes. Isso prejudicaria muito suas intenções de estimular as boas relações com a Coroa. Assim, Rashid se tornou responsável por minha segurança. Na segunda noite em que estávamos no oásis, o acampamento foi atacado. Eu dormia naquele momento e, se não fosse por ele, talvez não estivesse aqui para contar a história. Foi tudo muito rápido; eu reagi, mas foi Rashid que impediu o pior. Ele protegeu-me com seu próprio corpo e lutou bravamente. Todo o ataque não durou muito; logo depois, os bandidos foram dominados e os que sobreviveram acabaram por fugir. Foi nesse momento que notei o *thobe* de Rashid tingido por uma enorme mancha de sangue vivo. Antes que eu perguntasse se ele fora ferido, seus joelhos não mais o sustentaram e ele caiu diante de mim.

— Oh! — Pimble não conseguiu evitar a exclamação. Sua mente fantasiosa havia se transportado para o que ela imaginava ser um oásis em pleno deserto, e ela visualizava o perigo pelo qual Willian e seu criado haviam passado. — O que tinha acontecido? — perguntou, ansiosa.

— Fora ferido pelo punhal do bandoleiro. A lâmina curva e afiada lhe havia rasgado o ventre, mas ele continuou a lutar em minha defesa, sem esmorecer até expulsar o invasor. Sua coragem foi admirável. Por sorte, seu ferimento não fora profundo; embora ele tenha perdido muito sangue, seus órgãos internos não foram seccionados. Ele se curou. Ele salvou minha vida e isso cria um laço forte demais, inquebrantável.

— E ele quis vir para a Inglaterra com você? Abandonou tudo, até a família?

— Rashid não tem família, tem apenas a mim. Sua esposa morreu no parto do primeiro filho, e ele perdeu ambos de uma vez. Grande parte de sua coragem vem disso, ele mesmo me assegurou não temer a morte; ao contrário, ele a deseja. Seria a forma de reencontrar seus entes amados no paraíso.

— Que triste — lamentou Pimble, tocada pela história.

— Sim, uma perda assim é sempre terrível... mas... que dádiva ter amado como Rashid amou. Tanto que a vida se tornou apenas um interlúdio à espera do reencontro com a amada no paraíso. Eu não poderia desejar nada melhor, meu amor.

Pimble observou Willian com atenção.

Aquele não era o homem que a encantara anos antes; era alguém melhor, muito melhor. Toda a superficialidade parecia ter desaparecido, o verniz da *superioridade aristocrata* fora raspado. O que Pimble via à sua frente era um homem de princípios, alguém que aprendera a valorizar o que realmente importava.

— E então, ele a assustou? — A pergunta de Wiliam a surpreendeu. — Ele continua aferrado à noção de que é seu dever proteger-me. Circula à minha volta como um anjo da guarda.

— Não, ele não me assustou — respondeu Pimble, baixinho — e fico feliz por ele estar aqui. Eu gostaria que ele pudesse protegê-lo amanhã.

— Esqueça o amanhã; nós temos o hoje.

— Eu tenho medo, por você, por nós...

— Não tenha, o amor é uma dádiva; não a desperdice, apenas viva.

Pimble sentia o coração martelando seu peito, o corpo trêmulo em antecipação. Havia uma decisão a ser tomada; ela não queria deixá-lo naquela noite. Viver em uma noite todas as alegrias do amor e ter a vida inteira para relembrá-las. Ela poderia ir, mas tudo que desejava era ficar. O amanhã era algo muito distante.

— Temos o hoje... — murmurou. — Uma noite, e que seja suficiente para preencher uma vida. Sei que é uma loucura, mas não vou deixá-lo... não agora... não hoje...

— Então fique! Fique hoje, fique para sempre. Eu sou seu, você me tem de corpo e alma e, se não me quiser, vou sucumbir por amor — sussurrou Willian, enquanto a tomava nos braços e a levava no colo.

Há um momento em que céu e terra se fundem...

Em que gelo e fogo se consomem...

A boca de Willian tomou a dela, as mãos percorrendo seu corpo sem pressa, alisando, sentindo, descobrindo. As emoções aflorando, o prazer despertando pouco a pouco.

Com delicadeza, ele começou a despi-la.

O vestido, o espartilho, a chemise.

A cada peça, os olhos percorriam seu corpo com admiração. Então, ele a beijava e sussurrava que ela era a mulher mais linda do mundo. Aceitando seus carinhos e seus olhares, Pimble despertava; seu corpo reagia e a lançava em um turbilhão.

— Willian, eu sinto que vou desfalecer — gemeu quando ele a abraçou, os lábios correndo por seu rosto, seu pescoço, seu colo, enquanto cobria seu seio desnudo com a palma da mão, massageando o mamilo com o polegar.

— Oh, sim... você vai, eu lhe prometo, desfalecer de prazer — disse ele, tomando-o entre os lábios e sugando com paixão. — Eu a quero toda nua, ao alcance de meus olhos, de minhas mãos e de minha boca... nenhum centímetro seu será um segredo para mim. Eu vou amá-la inteira.

— Meu querido — murmurou Pimble, enquanto ele retirava a última peça que cobria seu corpo, deixando-a exposta e vulnerável, o corpo lânguido e pálido, os cabelos sedosos espalhados sobre o travesseiro. — Isso não é justo, eu também quero vê-lo.

— Então aqui estou, ao dispor de seus olhos, minha querida — respondeu ele, despindo-se sem qualquer pudor, os olhos fixos nela.

Ele era magnífico! Os músculos firmes, a barriga lisa, o peito coberto por pelos dourados que desciam em uma trilha... Pimble mordeu os lábios diante do que via, um gesto inocentemente sensual.

— Não se preocupe, você foi feita para mim... e eu para você... — sussurrou Willian. — Vou lhe mostrar que a dor é finita e o prazer, maravilhosamente doce. Vou levá-la comigo ao paraíso. Toque-me também, minha querida, sinta meu desejo... sinta meu amor...

E com essas palavras, voltou a beijá-la, a língua forçando sua entrada, sentindo a maciez de sua boca, aspirando seu cheiro, enquanto as mãos deslizavam pelas coxas macias em direção ao centro de sua feminilidade. Pimble gemeu e se contorceu quando ele a tocou com intimidade, o polegar massageando seu local mais íntimo, e mais ainda ao senti-lo introduzir os dedos nela, forçando-os cada vez mais fundo, cada vez mais rápido. Sem conseguir se conter, ela cravou as unhas em suas costas, envolta em espasmos de prazer.

— Willian, isso é o paraíso?

— Apenas a porta dele, minha querida. Ainda há um jardim maravilhoso a ser desvendado e temos a noite inteira para isso.

A lua estava alta no céu, brilhante e soberana, quando Willian, por fim, a possuiu completamente. Com um gesto firme e profundo, ele a tomou, invadindo-a e preenchendo-a com seu amor.

Há um momento em que carne e espírito se tornam um só.

Pimble gritou seu nome, a dor amenizada, o corpo pronto para ele.

E ele sussurrou que a amava, mais do que tudo, mais do que a si mesmo.

Não havia como fugir ou negar.

Ele era dela e ela era sua.

Eram um só.

Puro amor.

31

O minúsculo ponto rosado no horizonte lhe dizia que a aurora estava pronta para romper a noite e expulsar a escuridão. O rouxinol começara a cantar, anunciando o alvorecer. Um novo dia... talvez, uma nova vida. Estava na hora.

Com cuidado para não a acordar, ele levantou-se. Pimble era ainda mais linda entregue ao sono, os cabelos espalhados, o corpo saciado, os lábios inchados por seus beijos apaixonados.

Ele voltaria para ela.

— *Sayid*, vou acompanhá-lo?

O árabe surgiu, como sempre, discretamente, assim que ele chegou à sala. Estava vestido e pronto a segui-lo, defendê-lo se necessário, porém Willian tinha outra tarefa para ele.

Na véspera, tomara suas providências. Tristan seria seu padrinho, "o segundo", como era chamado um acompanhante em duelo, e juntos organizaram todo o processo. Testemunhas e um médico estariam a postos, as armas seriam pistolas. Em um primeiro momento, Willian estranhou, o usual era o uso de floretes, mas não lhe cabia questionar, a escolha das armas era um direito do desafiado. Talvez fosse mesmo melhor, tudo terminaria mais depressa. Na véspera, também falara com seus procuradores e organizara seus negócios, inclusive estabelecendo uma cláusula em seu testamento para garantir a situação de Rashid. Escrevera ainda uma carta à Pimble. Nela, ele a exortava a não desistir, a seguir ao Egito, a participar da expedição e a continuar seus estudos e pesquisas. Tudo valeria a pena, assegurou, se ela alcançasse seus sonhos.

— Não, meu amigo, o que tenho a fazer, farei sozinho — respondeu. — Dessa vez não posso contar com sua ajuda. Mas há algo que preciso pedir.

Você tem sido um amigo, meu fiel protetor. Se algo me acontecer, cuide dela por mim. Não entenda como uma obrigação, é apenas um pedido. Você não me deve nada, eu lhe peço como um favor. Cuide dela! E entregue-lhe isso, se for o caso — pediu, passando-lhe a carta lacrada. — É minha despedida.

— Confie em mim, eu o farei. *As-Salámu alaikum, Yahmik Allah* — despediu-se Rashid, com respeito. — Que Allah o acompanhe e o traga de volta a salvo.

— Que assim seja, meu amigo.

E com isso Willian saiu. A sorte estava lançada.

Pimble acordou nua entre os lençóis amassados. As lembranças da noite de amor voltaram de imediato e ela virou-se à procura de Willian, tateando inutilmente o espaço a seu lado. Enrolando-se nos lençóis, saiu da cama. Talvez ele estivesse no quarto de vestir contíguo? Decepcionada, percebeu que estava sozinha nos aposentos.

A réstia de luz que se infiltrava por entre a fresta das cortinas lhe avisou que já era dia. E ela entendeu. Ele não havia esperado por ela — fora ao encontro de Trumble e talvez da morte. Desesperada, procurou suas roupas, precisava correr, precisava impedir tamanho absurdo.

— Willian... Willian...

Ela nem mesmo dissera que o amava!

Tropeçando e ainda abotoando o vestido, correu escada abaixo. Tinha que chegar ao maldito lugar, tinha que impedi-lo. Ia se colocar entre eles se fosse necessário, mas não permitiria que aquela barbaridade acontecesse.

— *Sayidati*. — Rashid inclinou-se em um cumprimento ao vê-la descer as escadas correndo. — Posso ajudá-la? Gostaria de chá?

Pimble teve um sobressalto ao deparar-se com o criado, que surgira como em um passe de mágica, mas de imediato lembrou-se do que Willian lhe contara e do elo de confiança que existia entre eles.

— Rashid, é esse seu nome, não é? — E, diante do aceno afirmativo, continuou: — Eu preciso ir ao encontro de Willian... Lorde Montefort... por favor, você pode me levar até ele? É urgente.

— Não, *Sayidati*, a senhora não deve ir. Ele voltará, temos que confiar em Allah e em sua proteção.

— Não, Rashid, você não entende. Trumble, o homem com quem ele vai duelar é um crápula, desonesto. Ele vai trapacear, eu sei disso. Vai trapacear e Willian não terá chance. Oh! Rashid, eu nem mesmo confessei que o amava! E eu amo, amo muito! — E com isso Pimble caiu em prantos.

— Ele voltará! *Sayid* é um homem bom, honrado. Ele terá a proteção de Allah.

— Ele disse o mesmo a seu respeito, que você é um homem bom. E que salvou a vida dele.

Para espanto de Pimble, Rashid abriu um leve sorriso, quase um esgar, mas o suficiente para trazer a seu rosto sempre fechado, até assustador, uma expressão de afeto.

— Típico de *Sayid* dizer que eu o salvei, quando foi exatamente o contrário. Eu estava cumprindo meu dever ao lutar pela vida dele e dos outros. Lutar era meu trabalho e obrigação. Já ele, agiu por altruísmo e compaixão.

— O que aconteceu? Ele não mencionou isso, apenas contou como você o salvou — comentou Pimble, vestindo sua capa.

— Eu lutei, como guerreiro que sou, e fui ferido. Não havia médico ou curandeiro, apenas guerreiros. Eu sabia que ia morrer, meu ventre estava aberto, mas não me assustei. Entreguei-me à vontade de Allah. Mas *Sayid não... ele mandou que me levassem para sua tenda, para seu catre e cuidou da ferida. Por dias e noites ele limpou e aplicou unguentos, banhou-me a testa para baixar a febre e deu-me alimento na boca. Sou eu que devo a vida a ele.*

— Willian... Ah, Willian... quão pouco eu sei a seu respeito. E como tem sido maravilhoso descobrir — murmurou. — Infelizmente, ser bom não basta, não quando se enfrenta o mal traiçoeiro. Precisamos ajudá-lo, Rashid. Eu não posso e não quero ficar aqui sem fazer nada — afirmou, dessa vez em voz firme. — Não vou deixá-lo sozinho em um momento desse. Jamais me perdoarei se o fizer. Eu não sei quanto a você, mas vou para... como é mesmo o nome? Pickering Place! É isso, um coche de aluguel saberá me levar até lá. Vou tentar impedir essa loucura e, se não conseguir, pelo menos estarei ao lado dele.

Rashid não precisou de muito para decidir-se, apenas assentiu e seguiu-a. A mulher estava certa, não podiam deixá-lo só, fosse o que fosse que Allah decidisse, seria bom para ele ter seus amigos ao lado.

O coche cortava as ruas de uma Londres deserta àquela hora, com fúria. O cocheiro, estimulado pela gratificação considerável que recebera, fustigava os animais, incitando-os a ir cada vez mais rápido. Pickering Place, a viela sem saída onde se daria o embate, ficava em St. James, não muito longe de onde estavam. Mesmo assim, era assustador perceber o quão rápido o sol despontava.

A névoa gelada que subia espiralada do chão parecia envolver seu coração. Em pânico, temendo não chegar a tempo, desalinhada, roupas amarfanhadas e os cabelos ao vento, Pimble torcia as mãos e suplicava aos céus e a todos os deuses que lhe permitissem encontrar Willian vivo.

Keats, o poeta, estava enganado. Uma noite não fora suficiente, nem mesmo uma vida o seria, ela o queria por mil vidas, ela o queria pela eternidade.

O estojo de armas foi aberto, e as pistolas, apresentadas. Tristan e o padrinho de Trumble as examinaram, cada uma delas municiada para um disparo. O juiz estipulou que deveriam manter-se quinze passos afastados e, ao sinal, cada um dos opositores deveria disparar. Ao primeiro sangue, o duelo estaria encerrado, o que significava que não seria necessário, embora possível, que a morte ocorresse, bastava que o tiro acertasse.

Em mangas de camisa, em total contraste a Trumble, que se apresentava com um traje completo, inclusive cartola, Willian se posicionou à distância estabelecida, o braço empunhando a arma ao longo do corpo, esperando o sinal.

Estava calmo. Tinha consciência de que por vezes demais ignorara os insultos e impropérios de Trumble. Fora cortês e relevara as afrontas, mesmo as mais gritantes. A vida era sempre desejável, e aquele que declarava o contrário era um idiota que não merecia ser tratado com seriedade. No entanto, havia limites para o que um homem deveria tolerar e causas que mereciam o risco. A honra de Pimble merecia, sem dúvida.

Com força, como a fortalecê-lo, os sentimentos que o inundaram durante aquela noite o fizeram sentir o coração pleno de amor e certezas. Ela era o amor de sua vida, a força que lhe dava coragem, o estímulo que precisava para ter fé e acreditar que viveriam sua história. Por ela, tudo valia a pena.

O juiz ergueu o braço, prestes a agitar o lenço que sinalizaria o momento do embate e...

O tiro se fez ouvir.

O juiz, o braço ainda imóvel e erguido no ar, fixou os olhos no opositor que, covardemente, se antecipara.

A mancha vermelha se estendeu, maculando a brancura da camisa de Willian.

Um grito de mulher rompeu o silêncio da manhã.

— Willian!

Pimble chegara no exato momento em que o tiro fora disparado, e seu grito ecoou ao perceber que ele fora ferido. Do braço esquerdo, quase no ombro, sangue vertia em profusão. O covarde se antecipara e atirara mirando o coração, e fora por muito pouco que não atingira o objetivo.

— Willian — repetiu ela, dessa vez em um sussurro.

Ele não havia atirado. Mantinha-se em pé. Agora tinha o direito inquestionável de fazê-lo. Com calma e precisão, ergueu o braço direito, a arma diligentemente apontada para Trumble, que visivelmente tremia.

Todos aguardavam em profundo silêncio, os padrinhos, o juiz, Rashid... O suor de Trumble fazia sua testa brilhar e encharcava suas roupas. O cheiro acre de seu medo se misturava ao da pólvora disparada.

Foi então que a voz de Pimble, suave e sensata, se ergueu e fez-se ouvir por todos.

— Meu querido, não vale a pena. Que tipo de satisfação poderá vir de uma consciência atormentada por ter tirado uma vida? Ele é um miserável, um crápula desonesto, um infame, mas você… Ah, você não é um assassino. Você é um cavalheiro e tem opções. Não escolha a que lhe tirará a paz.

Segundos angustiantes se passaram até que Willian falou, a arma ainda totalmente em posição, o braço firme.

— A srta. Davenport tem razão. Você não vale nem mesmo isso, o disparo de uma arma. Trumble, você deve a vida a esta dama, pela qual acabo de expor a minha. A pedido dela, suspenderei a sentença; porém, jamais, veja bem, jamais volte a trabalhar ou conviver no ambiente do Museu Britânico. Se eu algum dia o encontrar lá, exercerei meu direito de atirar. Agora vá! Tenho a todos aqui como testemunhas, não quero vê-lo, jamais!

Rubro de vergonha e ódio, mas trêmulo de medo e ciente de que Willian cumpriria a ameaça sem hesitar, Trumble recolheu as migalhas de seu orgulho e, meneando a cabeça, assentiu.

Um suspiro de alívio se fez ouvir, provavelmente de Tristan.

— *Allah Al'Akbar* — agradeceu Rashid, baixinho, enquanto Pimble corria em direção a Willian.

E foi quando ele abriu os braços para ela que seu corpo começou a ceder…

32

Tudo pareceu se desenrolar em câmera lenta.

Pimble estranhou o silêncio profundo, incapaz de ouvir os próprios gritos, enquanto Rashid saltava e a ajudava a amparar Willian, um rio de sangue escorrendo da ferida.

Ela mal conseguiu se lembrar do depois.

O médico acudindo, Tristan gritando pela carruagem, e ela abraçada a Willian, incapaz de se afastar. Uma eternidade se passou. Quando deu por si, Rashid falava algo que ela não compreendia e alguém — teria sido Sir Archibald? — lhe dizia para ir para casa.

Willian tinha sido tirado de seus braços e tudo o que ela queria era estar com ele.

Atordoada, deixou-se levar.

— Pimble, tudo vai ficar bem. O pior já passou — disse Mathilda, tentando tranquilizá-la.

— Tome o chá — insistiu Belinda. — Você passou por um choque muito sério. Tente acalmar-se. Teremos notícias em breve. O criado, o árabe que a trouxe, como é mesmo o nome dele?

— Rashid — Pimble falou baixinho. — O nome dele é Rashid, e ele é um amigo; Willian o considera um amigo.

— Pois bem, Rashid nos disse que Lorde Tristan levou Willian para casa. O médico ficará com ele pelo tempo necessário e, assim que houver alguma novidade, ele virá nos informar. Não há nada que você possa fazer a não ser esperar. Fique tranquila: Willian vai se recuperar. Não foi um ferimento fatal, certamente não. Não foi fatal, ele não vai morrer! — afirmou Belinda, como se a repetição tornasse a hipótese realidade.

— Eu preciso ir vê-lo. Por favor, não me impeçam — insistiu, em um fio de voz.

— Está bem, minha querida — Belinda cedeu diante da angústia que vislumbrou nos olhos de Pimble. — Vá ficar com ele, se é isso o que deseja. A opinião dos outros não importa, diante do que aconteceu. Mas não pode ir assim. Veja seu estado! Precisa trocar de roupa. Seu vestido está manchado de... — Apontou sem conseguir mencionar a palavra sangue. — Sem falar que você deve ter acordado antes do nascer do sol, se é que conseguiu dormir. Saiu tão cedo que nem mesmo a cozinheira a viu. Deve descansar um pouco, comer algo para refazer as forças.

Dormir... acordar...

Belinda não percebera que ela não dormira em casa. Como havia se recolhido cedo, as amigas deduziram que havia se levantado bem cedo para ir ao local do duelo. O fato é que, mesmo sem qualquer intenção, ela fora discreta ao sair, usara suas chaves e não avisara ninguém. Até porque jamais pensara em passar a noite fora. Seguira Willian em um impulso, sem imaginar o quanto tal decisão poderia mudar sua vida. Com carinho, olhou as amigas. Elas ainda não sabiam que um laço inquebrável, selado por amor, se formara entre eles. E naquele momento, ela não tinha forças para contar, tampouco confessar que, se ele perecesse, uma parte dela morreria junto. Nunca mais seria a mesma, nunca mais. Tudo o que lhe restava era estar ao lado dele, vibrando por sua vida. Mas Belinda estava certa, ela não podia ir nas condições em que estava. Descabelada, a pele pegajosa pelo suor do medo, as roupas manchadas de sangue.

— Tem razão, minha amiga, preciso de um banho — admitiu.

— Sim, e de descansar um pouco também. Você está pálida; é evidente que está exausta, tensa.

— Não, descansar será impossível. Eu não poderia, nem mesmo se tentasse. Preciso vê-lo, estar ao lado dele. Entenda, minha amiga, não existe outra hipótese para mim. Vou pedir a Susie que me ajude a levar a tina para o quarto.

— Eu faço isso — apressou-se Mathilda —, apenas suba e tire essas roupas. Eu e Suzie levaremos a tina e a água quente, e Belinda, por favor, peça à cozinheira algo para ela comer.

— Obrigada! Obrigada por entenderem e ajudarem — agradeceu Pimble.

— Vá logo — pediu Belinda, aquiescendo. — Vou providenciar o que comer e depois pedir uma carruagem de aluguel. Você acha que uma hora é tempo suficiente para ficar pronta?

— Menos do que isso. Serei rápida. O tempo urge e eu preciso ficar ao lado dele. Obrigada, minha amiga, mais uma vez obrigada.

— E pelo quê? Lembre-se do propósito de nossa confraria: ajudar mulheres! Somos amigas, minha querida. E seremos sempre, conte comigo — assegurou Belinda.

— E comigo — emendou Mathilda. — Agora, vamos. Como disse, o tempo urge.

— Mais uma coisa: por favor, avisem Sir Archibald que, enquanto Willian precisar, eu ficarei ao lado dele. Talvez a sra. Hastings possa ajudar; não sei, mas não vou ao museu enquanto ele estiver...

Um arquejo interrompeu suas palavras.

— Não se preocupe; eu mesma escreverei a Sir Archibald — prometeu Belinda. — Agora prepare-se e vá ao encontro dele.

Uma pálida Pimble desceu do coche e, sem nem mesmo agradecer, correu para a porta. Ansiedade, mas também um toque de nostalgia, a envolveu antes de tocar a aldrava de bronze. Quando se vira diante daquela porta, horas antes, sentira que algo importante estava por vir, mas não chegara a imaginar que, depois daquela noite, sua vida mudaria para sempre. Independentemente do que viesse a acontecer, independentemente de como sua relação com Willian se desenvolvesse, ela sabia que algo dentro de si mudara. Permitir-se viver conforme seus sentimentos e a própria consciência lhe mostrara que a vida deveria ser mais do que um amontoado de regras e proibições sociais.

Fora uma noite de amor.

E ela não se arrependeria, jamais.

Erguendo a cabeça, usou a aldrava.

Rashid observava o homem que, com uma desenvoltura impressionante, dava ordens e estabelecia regras numa casa que não era a dele. Embora fisicamente ele se parecesse com Sayid, seu comportamento era muito diferente. Anos mais velho do que Willian, George de Montefort, o herdeiro do título, tinha a mesma arrogância e o mesmo desprezo do pai pelas classes menos abastadas. Em algum momento, e por conta própria, o médico à cabeceira de Willian entendera ser seu dever avisar à família sobre a grave situação do paciente. Assim, havia alguns minutos, Rashid fora surpreendido por sua chegada. Mais baixo, os cabelos claros já ralos, olhos empapuçados e uma barriga protuberante que denunciava uma vida farta em prazeres, ele estendeu a capa e a cartola, lançando um olhar de desprezo a Rashid assim que a porta lhe foi aberta.

— Onde está meu irmão? — indagara, sem nem mesmo um cumprimento. — Leve-me imediatamente até ele.

Com sua discrição habitual, Rashid o encaminhara ao quarto onde Willian jazia, uma atadura cobrindo-lhe o ombro, prostrado em um sono artificial induzido pelo láudano.

— Montefort... — Um preocupado Tristan levantou-se da poltrona aos pés do leito. — Que bom que veio.

— Não poderia deixar de vir. Ainda que rebelde, ele é meu irmão e é um Montefort. Por mais que meu pai abomine o que aconteceu, eu não me furtaria a esse dever. Imagine desafiar Jeffrey Trumble por uma criada vulgar! — falou em um tom irônico. — Enfim, está feito. Qual o prognóstico? — perguntou com frieza.

— As próximas horas serão cruciais. Se ele resistir a esta noite, suas chances aumentarão — respondeu Tristan, por sua vez, com a voz firme, mas com um tom claramente preocupado. — A bala transfixou o corpo sem atingir pulmão ou coração. No entanto, rasgou uma artéria e, em consequência, ele perdeu muito sangue. O médico limpou e suturou a ferida. Agora só resta esperar que seu próprio corpo resista e se recupere.

— Há algo que eu possa fazer? Talvez trazer outros médicos ou alguém para permanecer ao lado dele? Imagino que você não ficará à beira do leito. Seria ridículo.

Tristan sentiu o sangue ferver, mas conteve-se.

— Não há necessidade; ele foi bem-atendido. Eu ficarei mais algum tempo. Quero ter certeza de que ele não terá febre. Rashid permanecerá aqui depois que eu me for.

— Rashid? O árabe que abriu a porta? E de onde surgiu ele? Por um momento achei que ele poderia cravar-me uma faca às costas. Não podemos confiar nesse tipo de gente.

— Wiliam me contou que, mais do que um criado, Rashid é um amigo. Embora desconheça as circunstâncias, sei que salvou a vida de seu irmão no Egito e lhe é bastante devotado. Confio nele. Fique tranquilo, Willian será bem-cuidado.

— Hum. — George fez um muxoxo com um ar de desprezo. — Só mesmo meu irmão rebelde para considerar um árabe como amigo. Parece que ele vem se sentindo à vontade com a convivência de serviçais. Enfim, se está tudo bem, não há muito a fazer senão esperar.

— Milordes — Rashid interrompeu-os —, a srta. Davenport está lá embaixo e gostaria de vir ver Lorde Montefort.

— Como ela se atreve? — A voz de George saiu rascante, furiosa, claramente marcada por um tom de desprezo. — Como essa mulher ousa vir aqui?

Sem esperar um comentário ou reação de Tristan, desceu as escadas, os punhos fechados e o rosto rubro de indignação. A jovem aguardava no vestíbulo, as mãos torcendo um lenço, aflita. Não imaginara que, ao ir à procura de Willian, acabaria por se defrontar com outro membro da família. Rashid a alertara rapidamente que Lorde Montefort não parecia ser um homem gentil, e ela sentiu a inquietação aumentar. Controlando-se, ergueu o queixo e inclinou-se levemente quando ele surgiu.

— Davenport... a criada que se acha suficientemente boa para conviver com a elite intelectual e a aristocracia inglesa. Quanta petulância! — criticou ele, rodeando-a e examinando-a com evidente desprezo.

— Não quero afrontá-lo, senhor, muito menos fazer a defesa de minhas credenciais. Preciso apenas ver Willian. Como ele está?

— Willian?! Quanta ousadia e intimidade! Lorde Montefort, você quer dizer? Ele está às portas da morte, e a culpa é sua.

— Está enganado, senhor. Saiba que, se fosse por minha vontade, essa infelicidade jamais teria ocorrido. Eu tentei evitá-la a todo custo.

— Não, o que você fez foi usar de artimanhas femininas, sabe-se lá quais, para enredar meu irmão e fazê-lo tomar uma atitude totalmente equivocada em relação a Jeffrey Trumble. Mas isso não ficará assim, não mesmo! Agora, fora daqui! — berrou, expulsando-a. — Se eu a vir novamente, mandarei prendê-la, por furto ou... qualquer coisa assim, e será sua palavra contra a de um nobre. Você precisa entender qual é o seu lugar! Fora daqui, fora!

— Eu vou, mas não por medo. Engana-se se pensa que pode assustar-me! Eu vou em consideração a Willian, porque uma briga aqui e agora não o ajudaria em nada. Eu jamais faria algo que pudesse prejudicá-lo, ainda que minimamente. Como podem dois irmãos serem tão diferentes? Um altruísta e nobre e o outro... simplesmente desprezível! Pobre Willian, em que família execrável veio ao mundo.

E, antes que George saísse de seu estupor por tamanha ousadia, ela deu-lhe as costas e saiu, não sem antes perceber o olhar de Rashid, de plena aprovação.

— O que isso significa? — Tristan desceu as escadas, atraído pelos gritos que ouvira. — Onde está a srta. Davenport?

— Eu a expulsei — George respondeu com arrogância.

— Você o quê? Está louco, George? Como se atreve a invadir a casa de um homem e, sem qualquer autoridade, agir assim? Saiba que Willian, antes de ser dominado pelo láudano, chamou por ela, apenas e tão somente por ela. Só imagino a reação dele quando souber que você expulsou a mulher que ele ama de sua casa! — O tom de Tristan era absolutamente severo. — Por muito menos ele duelou com Jeffrey e só não o matou a pedido da srta. Davenport. E eu imagino que ela não fará o mesmo por você.

— Imagine que meu irmão vai desafiar-me por causa de uma... uma...

— Da mulher que ele ama! Uma jovem inteligente, culta, bonita e extremamente interessante. Uma jovem de sangue bom, mesmo não sendo nobre, ao contrário do seu. Uma jovem de boa índole e caráter. Mas você não pode entender, porque nem mesmo sabe o que isso significa.

— Como se atreve? Quem pensa que é?

— Sou Lorde Tristan, conde de Kensey. Mais do que isso, sou alguém que conhece Willian de Montefort de verdade! Vocês jamais foram próximos, muito menos amigos, ambos sabemos disso. Sua presença não só é desnecessária como chega a ser abusiva. Willian detestará saber que se atreveu a vir dar ordens em sua casa. Fora daqui, agora! Rashid, coloque esse sujeito na rua e, se ele tentar voltar, bata-lhe a porta na cara.

O olhar soturno e assustador que Rashid lançou a George enquanto abria a porta foi o suficiente para fazer o calhorda estremecer dos pés à cabeça.

— Isso não vai ficar assim!

— Tem razão, não vai mesmo. Quando estiver bem, Willian ainda irá em busca de satisfação. Agora, fora! — ordenou Tristan com firmeza, e o calhorda não ousou contrariá-lo. Fosse em altura, importância do título ou fortuna, tinha consciência de que o conde o sobrepujava com fartura.

33

Pimble caminhava a passos trôpegos. Raiva, medo, tristeza, ansiedade... Eram tantos os sentimentos a envolver seu coração que ela não conseguia distingui-los. Só conseguia pensar em Willian ferido e à mercê de um irmão como aquele. Lágrimas lhe vieram aos olhos, e ela não conseguiu entender se eram de tristeza ou frustração. Teria errado em não o enfrentar, em aceitar o que o grosseirão havia feito? Por ela, teria insistido em ficar ao lado de Wiliam, mas a verdade é que não tinha como saber o que ele teria preferido. Afinal, o sujeito era seu irmão, e ela desconhecia a forma como se dava a relação deles. Willian dissera que a amava, que a queria, provava isso ao defendê-la perante Trumble, mas... Qual seria realmente a importância disso quando se tratava do irmão? Insegura, ela caminhava sem destino.

A manhã já estava quase no fim; as pessoas circulavam pela rua alheias à dor que a consumia. Tudo o que desejava era sentar-se ao lado de Willian, segurar sua mão e sussurrar em seu ouvido que ela estava ali e que ficaria até que ele estivesse curado. Restava saber se era isso o que ele também teria desejado. Estava tão absorta em sua aflição que não ouviu chamarem seu nome. Apenas quando Tristan lhe surgiu à frente, bloqueando seus passos, foi que o notou.

— Lorde Tristan, o que aconteceu? Ele... Willian...

— Ele está bem. Rashid está a seu lado e, pelo pouco que Willian comentou sobre ele, imagino que posso ficar despreocupado, por isso vim em seu encalço. Você... Oh! Srta. Davenport, não chore! Eu não consigo ver uma jovem assim angustiada, chorando. Venha, vamos nos sentar em algum lugar e tomar uma xícara de chá — sugeriu, indicando a direção.

— Desculpe-me, milorde. Eu não costumo agir assim, mas foram muitos acontecimentos, e eu simplesmente não estou conseguindo controlar a emoção. Tenho ido do céu ao inferno com uma rapidez estonteante.

— Acalme-se, vai ficar tudo bem. A primeira coisa que devo dizer é que George não a perturbará mais. Eu o expulsei, e Rashid não lhe facultará de novo a entrada — informou, puxando uma cadeira para que Pimble se acomodasse. Em seguida, pediu chá com *scones* ao criado que os atendeu. Nenhum deles tinha fome, mas a confeitaria, pequena, estava praticamente vazia àquela hora, o que lhes daria privacidade para conversar.

— Então você ouviu a conversa, se é que eu possa chamar aquela altercação horrível de conversa — comentou Pimble. — Como é possível dois irmãos serem tão diferentes? Minha vontade foi... não sei, talvez o enfrentar e correr escadas acima, Mas ele é irmão de Willian, e eu desconheço que tipo de autoridade detém naquela casa. Além disso, tenho certeza de que, se eu tentasse, ele me impediria, fisicamente, quero dizer. Uma briga assim, se fosse ouvida por Willian, não seria algo bom.

— Talvez eu deva lhe contar um pouco sobre Willian e sua família. Em tese, não deveria. Afinal, tal comportamento pode ser visto como muito indiscreto, mas tenho certeza de que, falando, não trairei a confiança de meu amigo. Conheço-o muito bem, e sei que ele jamais tomaria a atitude que tomou se a senhorita não lhe fosse importante. E diante do comportamento repulsivo de George, sei que ele ficará tranquilo quando souber que eu me adiantei a explicar-lhe. Como todo segundo filho, Willian foi tratado quase como um substituto de George, alguém que só tinha importância na medida em que serviria para tomar o lugar do irmão caso isso fosse necessário. Gilles, o pai de ambos, é um homem frio, preso a tradições, com uma imagem distorcida da aristocracia, e que sempre enxergou casamento e filhos como uma necessidade para perpetuação do nome e do título. A mãe... bem, não é muito diferente. Enfim, um casamento típico da aristocracia inglesa.

— Pobre Willian, em que meio horrível cresceu. Eu sempre fui pobre, não tenho vergonha de dizer, milorde; conhece minha origem. Mas, embora meus pais tenham falecido cedo, fui uma criança amada. Depois, quando estava a serviço de Lady Georgina, aprendi que afeto e confiança são laços muito mais firmes do que os de sangue ou nobreza.

— Você tem razão. É fato que Willian sempre tentou despertar a atenção do pai, sempre se esforçou para conseguir sua aprovação. Não teve muito êxito, mesmo tendo adotado, por vezes, comportamentos que não eram exatamente a conduta que escolheria por si só. Mas vou lhe contar uma coisa: conhecer você o fez repensar alguns conceitos.

— O que quer dizer? Não sei se estou entendendo.

— Quando se conheceram, há tanto tempo e de uma forma inusitada, Willian falou a seu respeito. Eu me lembro com nitidez de como era evidente a admiração que sentia por você, srta. Pimble, pelo seu conhecimento e inteligência. É fato que não houve uma continuidade no relacionamento de vocês, talvez por pressão familiar. Eu creio que ele não estava pronto para romper com todas as tradições. Contudo, analise a amizade que desenvolveu com Rashid, a consideração que um demonstra pelo outro. Willian passou a entender e a respeitar as pessoas independentemente das circunstâncias de seus nascimentos e origens. E eu acredito que isso começou com a senhorita.

— Está querendo dizer que Willian mudou por minha causa?

— Sim, de certa forma, sim. Willian jamais tomaria a atitude que tomou se não a respeitasse muito, e não me refiro apenas ao duelo, mas à forma como enfrentou tudo e todos, inclusive o próprio pai, para incluí-la na expedição. E vou além: o evidente apreço pela senhorita transformou-se em um sentimento mais forte. Ele a ama, e isso mudou-o, sim, para melhor.

Pimble sentiu o peito expandir-se em um longo e incontrolável suspiro. As palavras de Tristan soavam como música aos seus ouvidos e ao seu coração.

— E eu o amo também, muito! Tudo que quero é vê-lo curado, para que possamos viver nossa história.

— Hum! — resmungou o conde. — Para alguém cético como eu, ter meus dois melhores amigos vivendo verdadeiras histórias de amor é quase inacreditável.

— O que quer dizer, Lorde Tristan?

— Thomaz e Lady Georgina... e agora você e Willian... Se continuar assim, vou ser forçado a acreditar que essa fábula chamada amor é verdadeira — comentou, com certa ironia.

— Pode acreditar que sim, é verdadeira. Basta que as pessoas se livrem de ideias preconcebidas, conceitos autoritários e deem voz ao coração. O amor existe, milorde.

— Gostaria de acreditar. Infelizmente, minha experiência a respeito não foi muito agradável. Mas esse não é um assunto que eu queira abordar. Minha história não teve, digamos, um final feliz, e aprendi a lição. Algumas pessoas, eu diria que a maioria, não são agraciadas por essa dádiva. Eu, certamente, não sou uma delas. Recentemente acreditei que talvez tivesse surgido alguém merecedora de atenção, porém, mais uma vez, enganei-me. Mas, acredite, viver só e com tranquilidade pode ser uma benção, sinto-me muito bem assim. Um dia deverei procurar uma mãe para meu herdeiro, mas não hoje, não agora.

— Contudo, eu poderia dizer, se não for muito atrevimento de minha parte, que Lady Belinda...

— Por favor, não diga nada. Vim buscá-la porque acredito que Willian a queira a seu lado — interrompeu Tristan em um rompante, impedindo-a de continuar. Restou bem claro que ele não queria falar sobre Belinda, e Pimble sentiu seu coração chorar pela amiga. Belinda não teria a mesma sorte que ela; não veria seu amor ser correspondido. — Se já terminou seu chá, podemos ir. Fique com ele, tenho certeza de que sua companhia e seus cuidados o ajudarão.

Com um gesto de concordância, Pimble levantou-se e seguiu-o. Gostaria de ter argumentado em favor do amor, de ter tentado demonstrar a Lorde Tristan que era um sentimento real e possível, e que todos mereciam senti-lo e vivê-lo. Mas, naquele momento, Willian era sua prioridade. Um dia, a oportunidade surgiria, e ela tentaria dizer-lhe o quanto ele poderia ser feliz se acreditasse nos sentimentos de Belinda. Um dia, mas não agora.

— Ele ainda está dormindo, senhora — disse Rashid ao abrir a porta. — O médico está com ele.

— Quero vê-lo, por favor — pediu Pimble.

Rashid assentiu e subiu à frente.

Willian tinha os olhos fundos em um rosto emaciado. A perda de sangue transparecia na cor da pele. Eles haviam rasgado a camisa, deixando-o com o peito nu, e apenas as bandagens contornando o tórax marcado por sangue seco. Ela sentiu um soluço sacudir-lhe o peito, mas controlou-o e enxugou as lágrimas com as costas da mão.

— Como ele está, doutor?

O médico tinha um semblante sério, com um ar distinto. Sem qualquer observação desagradável, ele cumprimentou-a e respondeu com uma voz tranquilizadora, talvez para amenizar o impacto das palavras.

— O ferimento foi grave, mas Lorde Montefort é forte. As próximas horas serão cruciais; se ele não tiver febre, as chances de melhora serão maiores. E ele precisa acalmar-se para que a ferida não se abra. Ele já tentou arrancar a bandagem, mas não deve fazer isso.

— Eu ficarei ao lado dele. Não sairei daqui, doutor — garantiu Pimble com segurança. — Quanto tempo mais ele deve dormir?

— Não temos como saber; ele é que deverá reagir. O quanto antes seu corpo responder, melhor será — informou o médico, penalizado pela preocupação que leu nos olhos da jovem. — Não há mais nada que eu possa fazer agora. Se houver alguma mudança, devem me chamar — afirmou, despedindo-se.

Por um longo tempo, enquanto Rashid acompanhava o doutor, Pimble deixou-se ficar olhando para o rosto amado. Ela sabia que sua permanência ao lado dele lhe custaria, talvez, a reputação. Mas nada, nada mais lhe importava, a não ser ele. Afinal, como sempre defendera, sua consciência deveria valer mais do que a opinião alheia, e aqueles que importavam entenderiam.

Com firmeza, mas tranquila quanto a sua decisão, virou-se para Rashid, que retornava e pediu:

— Por favor, pode trazer-me uma toalha e uma bacia com água fresca? Vamos limpá-lo e umedecer sua testa. Ele se sentirá mais confortável, não acha? Ajudará a evitar a febre.

Ele estava tão pálido...

— Descanse, meu querido — sussurrou. — Descanse enquanto eu velo seu sono. Precisa refazer suas forças, pois temos uma linda história para viver. Há tanto para você me mostrar, tanto a me ensinar. Quero cavalgar a seu lado pelas areias douradas, amar você sob a luz das estrelas. Meu querido...

Rashid a observava, os olhos escuros sempre atentos e protetores, mas seu coração estava tranquilo. Ela era uma boa mulher. Ele sabia que Sayid a amava e que ela o faria feliz. Teriam lindos filhos, e ele, Rashid, os ensinaria a cavalgar pelas areias do deserto. Sim, porque ele não tinha qualquer dúvida de que Lorde Willian viveria e voltaria ao Egito ao lado de sua amada, e que lá seriam felizes. Os deuses de seus ancestrais já o haviam intuído, e os deuses jamais se enganavam, pensou, satisfeito.

34

— Pimble foi para a casa de Lorde Montefort? Sozinha, sem acompanhante? Isso me parece um despautério. O que irão dizer? Belinda, esse absurdo vai atingir essa casa, é uma total falta de decoro! — Lady Carlyle seguia a filha pela casa, horrorizada ao saber do resultado do duelo e da decisão de Pimble.

— Por favor, mamãe, não seja tão intransigente. Realmente você acredita que, diante da morte, devemos nos preocupar com o que possa ser ou não dito? Willian pode morrer, e a Pimble isso é tudo o que importa. Ela não vai deixá-lo passar por esse momento sozinho. Sua atitude não deveria ser criticada, muito pelo contrário.

— As coisas não são tão simples. Quando todos souberem, será um escândalo!

— Acontece que ninguém sabe que ela foi até lá. Basta a senhora não comentar, e a situação ficará assim. Na verdade, eu nem deveria ter contado; provavelmente a senhora nem se daria conta da ausência dela. Mas, já que falei, seja discreta. Será melhor para todos nós.

— Ninguém, ninguém mesmo sabe? — insistiu a dama, percebendo apenas o detalhe que lhe interessava.

— Além de nós? Só Sir Archibald saberá. Estou justamente indo escrever a ele, relatando que Pimble não comparecerá ao museu por alguns dias, já que pretende ficar à cabeceira de Lorde Montefort até que ele se recupere. Como ela foi solidária com a sra. Hastings, acredito que a secretária não se importará em substituí-la naquilo que for possível. Ah, e diante de sua preocupação, vou pedir a Sir Archibald que se limite a dizer que Pimble não poderá ir, sem entrar em detalhes. Ficará mais tranquila se eu insistir na discrição?

— Sir Archibald? Oh, o que ele vai pensar sobre mim, sobre nós?

Belinda, ele tem sido tão atencioso; cheguei a pensar que... bem, que algum interesse pudesse surgir. Mas agora acho que será impossível! Que homem poderá se interessar por mim se um escândalo surgir dessa situação?

— Um que goste de sua companhia de verdade? Por favor, mamãe, sejamos mais autênticas; a vida não pode ser apenas aparência. Pimble é uma boa moça, não fez nada que a envergonhe; está apenas sendo decente com alguém que arriscou a vida por ela. Mas, explique-me, esse interesse em Sir Archibald, isso é sério?

— E por que não seria? Somos ambos viúvos e solitários, temos alguns gostos em comum. Faríamos companhia um ao outro e acho que nos divertiríamos.

— Apostas e cavalos, a senhora quer dizer?

— Hum... não exatamente, mas ele talvez se interesse se eu lhe apresentar as alegrias do turfe. Na verdade, estou pensando em convidá-lo para ir ao hipódromo qualquer dia. Quem sabe ele também não encontre nesse esporte um foco de interesse?

— Mamãe, vai arrastar Sir Archibald para o hipódromo? Esse não me parece, de forma alguma, o estilo dele.

— Vou apenas tentar fazer com que ele se divirta. Ele vai compreender-me e acabará por concordar. Nessa altura da vida, o que podemos desejar, a não ser companhia e alguma emoção? Também iremos à Royal Opera House; há um concerto agendado para daqui a uma semana.

— E posso saber quando combinaram isso? Vocês se conhecem há poucos dias — questionou Belinda, surpresa.

— Não combinamos ainda; na verdade, ele não sabe dos meus planos, mas é apenas uma formalidade. Tenho certeza de que irá aceitar. Aliás, já que vai escrever a ele, convide-o para o chá.

— Mamãe!

— Ora, Belinda, se eu não tentar... — justificou-se a dama.

— Com licença, Lady Carlyle, há um senhor desejando falar com a senhora — interrompeu Susie, entregando um cartão.

— Um senhor? Quem poderia ser? — questionou Belinda.

— Ele tem bigodes imensos — respondeu a criada, claramente impressionada.

— Sir Archibald! — exclamou Lady Carlyle, triunfante. — Eu sabia. Percebi o interesse dele! Leve-o até a sala de estar e peça que aguarde um pouco; desceremos logo. Quanto a você, Belinda, ajude-me a trocar esse vestido e talvez prender melhor o cabelo.

— Mamãe, você é mesmo impossível! Vou ajudá-la, mas a senhora terá que recebê-lo sozinha, pois tenho um compromisso esta tarde. Contudo, depois do que ouvi, acho que não será um problema.

— Na minha idade, não há nenhum óbice a que eu o receba sozinha, mas um compromisso? Isso é curioso. Posso saber do que se trata?

— Preciso esclarecer algumas coisas, mas não se preocupe com isso. Vou sair por algumas horas, mas Mathilda irá comigo. Vá receber Sir Archibald. Não o deixe esperando; não seria educado.

— Ele já chegou? — indagou Mathilda, que gentilmente acompanhava Belinda. — Eu receio não poder identificá-lo, posto que nunca nos encontramos.

Belinda respirou fundo e vasculhou o salão antes de propriamente entrar. Ele estava em uma mesa discreta, quase ao fundo. Ainda não sabia como diria o que lhe ia no coração, mas não podia mais furtar-se a fazê-lo. O que acontecera com Pimble e sua coragem de enfrentar as adversidades e buscar o lugar que desejava e merecia a fizeram ver a vida com outros olhos.

Suas expectativas, para não dizer seus planos, haviam mudado. Não que um casamento tivesse deixado de fazer parte de seus sonhos; mas, mais do que nunca, ela não se contentaria com menos do que merecia. Diante disso, não se casaria apenas para não ficar solteira; essa hipótese fora descartada. E, embora ele fosse um rapaz interessante, ela não sentia seu coração estremecer ao lado dele.

— Sim — respondeu Belinda. — Está numa mesa ao fundo, e acho que acabou de nos ver. Levantou-se, vê? Ostenta um sorriso tão confiante — ressaltou Belinda.

— Não se deixe impressionar, minha amiga. A sinceridade é sempre a melhor opção; se você não se sente confortável, se não tem intenção de aceitar-lhe a corte, esclareça de vez a situação. De qualquer maneira, seja qual for sua decisão, nós a apoiaremos; o importante é que você seja feliz.

— Mathilda, esse apoio é muito bem-vindo, obrigada. Vamos até lá. Quanto antes eu enfrentar a situação, melhor.

— Não vejo necessidade de acompanhá-la até a mesa. Será melhor que tenham privacidade para conversar. Estarei ali à frente, comprando alguns caramelos para levarmos a Pimble. Basta encontrar-me quando estiver pronta para ir. Eu espero que tudo fique bem, minha amiga.

Ele ergueu os olhos e a viu, um sorriso estampado no rosto, um pequeno ramalhete de flores sobre a mesa. Com um suspiro, Belinda se dirigiu até ele. O capitão Anderson era um homem gentil. Vinha lhe fazendo a corte e, em um primeiro momento, ela aceitara suas atenções. Mas não podia enganar seu coração; não era por ele que ansiava, não era com ele que dividia suas noites em sonhos românticos e apaixonados. Fosse ela a Belinda de outrora, aceitaria a imposição da mãe e aceitaria o pedido do capitão; no entanto, Pimble lhe ensinara muito. Já não era a mesma, e tivera na coragem da amiga um exemplo.

Provavelmente, Tristan jamais retribuiria seus sentimentos, mas ela encontraria um propósito na vida, ainda que ele não fizesse parte dela. O que não aceitaria era comprometer seu futuro com algo que não a empolgasse ou fizesse feliz. Seria clara com o capitão, ela o admirava, mas não o suficiente para casar-se.

Há alguns dias vinha pensando o quanto o sucesso de Pimble a motivara. Encontraria algo construtivo que a entusiasmasse, talvez a própria confraria. Afinal, como sempre observara a amiga, a vida não precisava ser resumida à busca de um marido, a festas, vestidos e fitas.

Com um sorriso no rosto, mas convicta de que a decisão tomada era a melhor, Belinda aceitou o convite para sentar-se à mesa. Talvez fosse uma conversa desagradável, talvez ela o magoasse, mas era a coisa certa a fazer.

— Capitão Anderson, que lindas flores...

Tristan não conseguia tirar as palavras de Pimble da cabeça. "O amor existe..." lhe dissera ela com a convicção dos apaixonados. Ele já sentira o mesmo, já se apaixonara, há muito tempo, e quase tivera o coração arrancado do peito pela decepção.

Josephine...

Ele esporeou o garanhão. A tarde findava; cavalgar com tanta fúria ao crepúsculo não era algo aconselhável. Mas ele precisava espairecer, pois a mente atormentada pelos últimos acontecimentos não lhe dava trégua. Ele percorria o parque, saltando obstáculos e sebes, enquanto um redemoinho de emoções e lembranças afloravam de forma desordenada.

Aprendera a dominar sentimentos, a cobri-los com a pátina da indiferença e da ironia. Mas Willian, quase à morte, abrira uma fenda em suas defesas. O imenso amor que o amigo dedicava a Pimble levara-o a admitir que talvez, apenas talvez, sentimentos nobres e profundos pudessem realmente existir.

Ele gostaria de acreditar, de poder confiar. De ter certeza de que era capaz de provocar um sentimento assim, desvinculado de interesse. No entanto, como se fossem parte de uma ladainha maldita, que reverberava vezes sem fim em seus ouvidos, as últimas palavras que ouvira da boca de Josephine voltavam a ressoar com força e insistência em seus ouvidos, destruindo suas ilusões.

Meu querido, amor é uma palavra linda, mas apenas um invólucro bonito para disfarçar nossos desejos. A paixão é algo que nos envolve, mas não deve obscurecer a razão. Eu amo você, mas... Arnold é um duque, enquanto você é apenas um herdeiro...

O coração de Tristan se partira de forma implacável, destruído pela frieza da mulher que amava. Sim, porque, ao contrário do que ela levianamente afirmara, ele a amava.

Mais uma vez ele forçou o animal a saltar uma sebe alta, como se isso tivesse o poder de lhe limpar a mente. Mas, no íntimo, sabia que precisava enfrentar sua dor.

Confiança é um cristal delicado que, ao se partir, mesmo colado, deixa cicatrizes indeléveis. Lady Belinda não agira mal, mas aceitar a atenção do capitão despertara sua habitual desconfiança, e ele preferira afastar-se. O fato é que sua crença nas mulheres fora destruída. Voltar a acreditar que nem todas eram iguais, separar o joio do trigo e reaprender a confiar levava tempo. Mas uma pequena brecha havia se aberto em sua couraça e, embora ainda não estivesse pronto, uma centelha de esperança surgira em seu espírito. Entretanto, para lançar-se nessa aventura chamada amor, precisava estar seguro de que Josephine já não ocupava os recônditos escuros de seu coração.

Tempo, o senhor da razão...

Ele lhe entregaria seu destino.

Esporeando o alazão, saltou uma sebe com coragem.

Precisaria de muita coragem para voltar a acreditar.

35

— Pimble! Minha amada... minha vida...

O sussurro a despertou. Exausta, ela acabara por adormecer sentada ao lado do leito, a cabeça apoiada nos braços. Por horas, ficara ao lado dele, murmurando palavras doces em seus ouvidos, declarando seu amor enquanto lhe banhava a testa ou acariciava suas mãos. A esperança de que ele acordasse dividia espaço em seu coração com o medo de perdê-lo. Até que sucumbira ao cansaço.

Rashid quisera rendê-la, sugeriu que ela descansasse um pouco, mas Pimble se recusara a sair dali. Ficaria ao lado de Willian, não importava quanto isso lhe custasse.

Esfregando os olhos vermelhos, tentou se localizar, a mente enevoada pelo cansaço. E foi então que percebeu: ele a observava com adoração, um sorriso leve nos lábios, os olhos límpidos, a pele fresca. Ele estava a salvo, e ela sabia exatamente quais seriam as primeiras palavras que lhe diria.

— Willian de Montefort, eu o amo!

— Eu também a amo, minha Pimble!

Com o coração invadido pela felicidade, ela o beijou nos lábios, devagar, com suavidade e cuidado. E ele a acolheu com toda a força do querer. Não havia outras palavras a serem ditas; aquelas refletiam exatamente o que lhes ia no coração.

O futuro chegara. O tempo do amor retornara para eles.

Não seriam três dias de felicidade a deixar lembranças; seriam todos os anos de uma vida a preencher o tempo com felicidade.

O velho pároco esperava o pequeno grupo, no extremo leste da Abadia de Westminster, na bela The Lady Chapel, a capela dedicada à Virgem

Maria. Uma licença especial de casamento fora concedida; um navio partiria naquela noite com a maré, e dois jovens apaixonados deveriam estar nele. O sacerdote observou-os se aproximando, e um sorriso fugaz lhe tomou os lábios. Era agradável a seus olhos, e certamente aos olhos de Deus, celebrar bodas calcadas em afeto. E era inegável o sentimento que envolvia o casal vindo em sua direção, seus rostos felizes, transfigurados pelo amor.

Com um leve cumprimento de cabeça, Willian, o coração acelerado, se colocou no lugar que lhe foi determinado com Tristan a seu lado.

Pimble, com o coração crescendo dentro do peito, sentia a emoção transparecer em seus olhos, e foi com essa expressão que ela foi entregue a Willian pelo braço de um orgulhoso Sir Archibald.

Tudo fora decidido rapidamente. Não havia tempo para um casamento festivo, apenas para uma cerimônia simples. No entanto, Willian se recusara a embarcar sem que Pimble fosse oficialmente sua esposa, e ela o aceitara com todo o seu coração, ciente de que estarem juntos para sempre seria a verdadeira festa.

E agora estavam ali, prontos para enfrentar a maior aventura de suas vidas, ou, sendo mais exato, as duas maiores aventuras. E não poderiam estar mais felizes, dividindo sua alegria com os amigos.

— Willian, Lorde de Montefort — disse o pároco, que o conhecia desde menino —, está seguro de sua decisão? É esse seu desejo, casar-se com a srta. Pimble Davenport?

— Não há nada mais verdadeiro no Universo do que o amor que sinto por essa mulher — respondeu ele, olhando-a nos olhos, com a segurança de um homem que sabia que havia encontrado a razão de ser feliz. — Sim, estou absolutamente certo de que quero passar a vida a seu lado, quero amá-la, protegê-la e respeitá-la como esposa e como companheira, quero que tenhamos filhos, que formemos uma família; eu a quero para sempre.

— Srta. Davenport, eu lhe faço a mesma pergunta.

— Eu não poderia responder melhor do que Willian, senhor. Sim, eu tenho certeza. Vou amar, honrar e acompanhar esse homem, vou lhe dar filhos e ficar a seu lado. E uma vida será muito pouco para a felicidade que, tenho certeza, viveremos.

— Então, se estão absolutamente certos de que é isso que desejam, e não havendo nenhum obstáculo, eu os declaro marido e mulher. Tem um anel, Lorde Montefort?

Willian sentiu seu coração afundar no peito — ele não tinha um anel. E foi a voz de Sir Archibald que veio em seu auxílio.

— Aqui está — disse o egiptólogo, estendendo o anel de ouro que trazia a imagem da deusa Hator, exatamente a joia que Willian lhe dera de presente ao retornar do Egito. — Eu acredito que esse anel possa ter um significado importante para vocês. Faço questão de que fiquem com ele.

Lágrimas de emoção vieram aos olhos de Pimble, e foi com o coração arrebatado de amor que ela viu Willian colocar o anel em seu dedo.

— Eu a amo, Lady Montefort, eu a amo apaixonadamente. Sou todo seu, e você é toda minha. Nada no mundo é mais importante do que isso, e nada será capaz de nos separar.

Com essas palavras, ele a envolveu nos braços e selou os votos com um beijo apaixonado.

36

Seis meses depois...

Era uma manhã fria de outono, e as árvores já estavam se despindo de suas folhas e se recolhendo, guardando forças para enfrentar o inverno. Os prédios da universidade estavam vazios naquela manhã de domingo; o movimento maior estava restrito ao prédio da capela, logo à entrada do complexo.

A Catedral de Christ Church, a capela da Universidade de Oxford, uma mistura de arquitetura românica e gótica inglesa e uma construção datada do século XII, era reverenciada por seus pequenos e belos detalhes arquitetônicos, acrescentados ao longo dos séculos. Não era um local usualmente escolhido para a celebração de matrimônios, mas naquele caso não poderia haver um local mais adequado ao casal.

Enfeitada por delicadas rosas brancas, o som de um órgão tocando Bach ao fundo, a capela abrigava não mais do que duas dezenas de pessoas, que alegres aguardavam a noiva.

— Será que ela vai se atrasar? — indagou Mathilda, linda em um vestido de seda verde, os cabelos ruivos presos em cachos no alto da cabeça, aproximando-se de Belinda, que aguardava próxima ao altar.

— Não — respondeu ela, igualmente bela em um discreto vestido cor de lavanda, os terríveis babados finalmente deixados para trás. — Ainda não está na hora; falta um quarto para as onze horas.

— Vou sentar-me; não quero perder nada da cerimônia — afirmou Mathilda. — Você deve ficar aqui, certo? Não lhe disse ainda, mas achei lindo sua mãe pedir-lhe que fosse a madrinha.

Belinda ia comentar que também ficara feliz, mas um leve burburinho agitou os presentes e, encantada, ela notou que os o visconde e a viscondessa de Durnhill tinham acabado de entrar. Lady Georgina, mais linda do que nunca, deixou que Thomaz se acomodasse e foi abraçar Belinda com carinho.

— Como você está bonita — elogiou. — Tem um ar feliz, mais tranquilo. Isso me alegra muito.

— Lady Georgina, não imagina a satisfação que nos dá com sua presença. Mamãe ficará eufórica; é mesmo uma honra e uma deferência ter vindo a Oxford para o casamento dela.

— Minha querida, eu jamais faltaria. Nunca vou esquecer o carinho com que trataram minha Pimble, a forma como a apoiaram e a ajudaram a realizar seus sonhos e a conquistar a felicidade — disse Georgina. — Thomaz e eu seremos sempre gratos por isso.

— Pimble conquistou o que desejava, mas o mérito do sucesso é apenas dela. Há alguns dias, Sir Archibald recebeu notícias. Eles estão indo muito bem, parece que fizeram uma grande descoberta. Voltarão cobertos de honra.

— Voltarão? Talvez, mas as cartas de Pimble me dizem que estão absolutamente felizes lá; não creio que desejem retornar tão cedo. Mas, quando o fizerem, eu vou organizar uma grande festa, para a celebração do casamento e de seu sucesso. Esse é um evento do qual não abrirei mão. Eu gostaria de ter ido a Londres para a cerimônia, mas foi tudo tão rápido, e Priscilla não estava bem, ainda na fase das cólicas — explicou, sorrindo, e claramente orgulhosa. — Você sabe, um bebê às vezes altera todos os nossos planos... Dois então! Embora eu deva reconhecer que Phillip já é um garotinho.

— Sim, eles crescem tão rápido, não é? Espero vê-los antes que retorne a Red Oaks. Quanto ao casamento de Pimble, foi uma cerimônia pequena, apenas os padrinhos e o vigário, mas Willian não quis embarcar para o Egito antes de formalizá-lo. Era importante, mais para ele do que propriamente para ela, que fossem Lorde e Lady de Montefort. Ele queria esse reconhecimento público e a relação legalizada. E eles não tiveram muito tempo, como sabe. O incidente em que ele se envolveu — falou Belinda, sem querer mencionar a palavra duelo —, exigiu um período longo de recuperação. E eles tinham uma data certa para partir com a expedição. Mas, no final, tudo deu muito certo.

— É verdade, ela está feliz; é possível ver claramente em suas cartas. E quanto a você, Belinda, como está? Não, não quero ser intrometida, apenas gosto muito de você.

Por um instante, Belinda divagou, a imagem de Tristan bailando à sua frente. Não o encontrara mais depois da partida de Willian e Pimble. Soubera que ele decidira fixar residência no campo, por algum tempo. Mas, ainda que a relação entre eles não tivesse se desenvolvido, não se arrependia por ter recusado a proposta do capitão, jamais seria feliz em um casamento sem amor. Com um suspiro, afastou as lembranças. Aquele era um momento de festa e alegria. E, se até sua mãe encontrara o amor, por que não manter a fé de que isso aconteceria também a ela?

— Estou bem, Lady Georgina. Na verdade, tanto Pimble quanto a senhora me fizeram ver que a vida merece ser vivida de acordo com os ditames de nosso coração, e que nossa própria realização é mais importante do que todas as regras sociais que nos são impostas. Não precisamos afrontá-las; isso apenas nos acarretaria a ruína, mas tampouco podemos permitir que elas nos cerceiem a liberdade de tentar ser feliz.

— Sim, é exatamente isso, minha querida.

— Tenho alguns planos, um pouco ousados confesso, mas com o casamento de mamãe... creio que haverá espaço e tempo para colocá-los em prática. Ainda não sei o que farei, mas gostaria de poder apoiar, de alguma forma, jovens a buscarem a realização de seus sonhos e aspirações. Tudo começou quase como uma brincadeira, quando mamãe comentou que Pimble, Mathilda e eu estávamos parecendo uma confraria. Uma confraria feminina! Agora, com a partida de Pimble e o casamento de minha mãe, penso em como poderei transformar essa ideia em algo produtivo. — Belinda sorriu, levemente encabulada pela ousadia da ideia.

— Que maravilha! Pode contar comigo, faço questão de colaborar no que quiser.

Um novo burburinho e Sir Archibald entrou, muito elegante em um fraque preto. Alisando furiosamente os belos bigodes brancos, ele colocou-se no altar à espera da noiva. Que achassem ridículo um casamento na sua idade — ele não se incomodava, em absoluto. Maggie, e esse era o nome de Lady Carlyle, trouxera cor e divertimento para sua vida, e isso era tudo o que importava. Ela e o estudo de suas múmias no museu, obviamente, porque um homem não mudava totalmente da noite para o dia, pensou com uma risadinha.

A organista iniciou os acordes de *Für Elise*, de Ludwig van Beethoven, seu compositor favorito e, de certa forma, o responsável por unir o casal. Encantado, ele viu Lady Carlyle, sua Maggie, assomar à porta em uma profusão de babados amarelos, radiosa como um sol de verão. A seus olhos, ela estava bela.

Epílogo

Montado em um camelo, as bordas do *thobe* branco e do turbante esvoaçando, o homem vasculhava o horizonte, montando guarda nas imediações da escavação, em uma área não muito distante da margem esquerda do Nilo.

A tarde ia ao meio. Protegidos por um toldo e sob a supervisão de Willian, meia dúzia de homens cavavam e vasculhavam cada centímetro do terreno. Estavam todos animados; nos dois últimos dias, a mudança percebida nas camadas do solo sugeria que as entranhas daquela terra guardavam parte da história egípcia. Semanas após o início da jornada, pareciam enfim estar perto de uma descoberta. Se tivessem sorte, talvez uma tumba recheada de tesouros. Quando isso acontecesse, os artefatos seriam todos catalogados e embalados para serem posteriormente analisados já no Cairo. Era um trabalho lento, exaustivo, e que exigia muito cuidado para que pequenas evidências não fossem destruídas.

Willian levantou-se e secou o suor da testa na manga da camisa. Além do toldo, um chapéu tentava protegê-lo do sol ardente; mesmo assim, ele estava vermelho, a pele quente. Protegendo os olhos com a mão, voltou-se em direção à tenda aberta, onde Pimble diligentemente fazia anotações relacionadas ao andamento da pesquisa. Com a testa franzida, ela estava completamente absorta no que fazia. Era indiscutível: sua esposa se mostrara uma pesquisadora nata, que se dedicava ao trabalho com extrema satisfação.

Uma onda de orgulho e amor inundou seu coração. A cada dia ela lhe parecia mais bela. Mesmo vermelha pelo calor, usando uma saia de algodão cinza, uma blusa branca, sem adornos, os cabelos torcidos em um coque simples, era a mulher mais deslumbrante e apaixonante que já vira. Como se tivesse percebido que ele a olhava, Pimble levantou os olhos e sorriu, e Willian sentiu seu coração se desmanchar.

Sua vontade era correr e tomá-la nos braços, enchê-la de beijos e amá-la até que... Sacudiu a cabeça, essa era uma atitude impensável — na verdade, um risco. O grupo era formado por homens rudes, com costumes e tradições diferentes. Fazê-los enxergar Pimble como uma pesquisadora fora um exercício de persistência, mas ela acabara por conquistar o respeito de todos. Ainda assim, tomá-la nos braços e beijá-la em meio ao burburinho não seria uma atitude inteligente.

Ele a viu levantar-se e secar o rosto com um lenço. O ambiente sufocante perduraria por mais algumas horas, até o cair da noite, quando as areias iam progressivamente perdendo o calor e o frio acabaria por chegar. Percebendo que ele a encarava, ela acenou e voltou-se às próprias anotações.

O chamado de um trabalhador chamou sua atenção e Willian retornou ao trabalho. Quando deu por si, a tarde findava e, ele notou, Pimble não estava mais em seu lugar habitual, sob a tenda-escritório. A passos largos ele seguiu para a tenda-dormitório que ambos ocupavam, distante alguns metros do centro do acampamento, mas ela tampouco estava lá. Franzindo o rosto, ele esboçou a intenção de ir à sua procura, quando notou o bilhete preso ao travesseiro do catre. Estava em inglês, o que garantia que nenhum dos trabalhadores conseguisse ler. Ela o avisava de que havia ido até a beira do rio para um banho, e que Rashid estaria montando guarda.

Por um breve instante, Willian se aborreceu. Pimble sabia que sair da área do acampamento era perigoso. Por outro lado, estava muito quente e ele não tinha dúvidas de que sob a proteção de Rashid ela estaria segura. Não lhe era difícil saber para onde ela fora, um local que a encantara quando haviam dado um passeio dias antes. Dez minutos de caminhada e ele encontrou o árabe, de costas para o rio, atento a todo movimento.

— Obrigado, Rashid. Agora eu tomo conta dela. Vá descansar — disse Willian, dando uma palmadinha no ombro do amigo.

— A senhora não me escuta; ela viria de qualquer jeito — justificou o árabe. — Melhor acompanhar do que impedir.

— Sou obrigado a concordar: ela viria de qualquer jeito. Obrigado por acompanhá-la e cuidar dela — agradeceu, antes de Rashid afastar-se.

Aquela era Pimble. Ela faria o que tivesse vontade, ainda que necessitasse desafiar todas as convenções, ou os perigos. Mas, afinal, o que a tornava tão especial era essa determinação em conquistar e tornar real os próprios sonhos. E ele a amava ainda mais exatamente por isso.

O ar ainda estava quente e abafado, mas o crepúsculo chegara, transformando o azul do céu em uma profusão de cores que iam do violeta ao laranja, passando pelo cor-de-rosa, em um espetáculo belíssimo. O Nilo serpenteava à frente, majestoso e carregado de mistérios e segredos. O pio das aves e o barulho do vento que agitava os juncos compunham uma bela sinfonia.

Sobre uma pedra estavam o vestido e as botinas de Pimble, além de uma toalha de linho dobrada. Afastando a vegetação que guarnecia a margem, ele a viu. Bela e coberta apenas pela chemise, molhada e transparente.

Ela estava deslumbrante! Gotas d'água refletindo a luz poente, brilhando sobre a pele como se fossem pérolas. Ela mergulhou e, ao subir, seus cabelos desceram pelas costas, uma massa de cachos úmidos. Willian arfou de desejo. Pimble, como se pressentindo sua presença, virou-se. Um sorriso malicioso lhe surgiu nos lábios e ela ergueu o corpo ainda mais, deixando os seios perfeitos expostos. Em um convite tentador e atrevido, e ela mordeu levemente o lábio inferior, mantendo os olhos dele presos aos seus.

Willian sentiu seu corpo transbordar em um misto de sentimento e desejo. Arrancou as botas, a camisa e as calças grosseiras de trabalho e avançou por entre os juncos em direção a ela.

O amor quando é real ultrapassa o limite físico e se torna sublime, uma expressão da alma. Como se a pedido dos deuses, o sol jogou sobre eles os últimos raios dourados, em um halo quase mágico. Willian a abraçou, sentindo sua pele arrepiada pela brisa que começava a soprar ou pelo contato de seu próprio corpo. Seus lábios se encontraram, as línguas em um balé doce, no mesmo compasso, matando a mesma sede. Ela lhe enlaçou o pescoço e circundou a cintura com as pernas, sustentada pela água. Seus corpos se encaixavam à perfeição.

— Lady Pimble de Montefort — gemeu Willian —, a senhora é uma dama muito atrevida!

— Sou, meu marido? — indagou ela com uma expressão indefinível entre a inocência e a malícia, os dedos acariciando o peito forte, os dentes mordiscando um ponto sensível em seu pescoço.

— Uma dama muito atrevida... e magnífica! E eu a amo apaixonadamente! Você é a razão da minha vida, Pimble, sempre foi. Você é minha e eu sou seu, pela eternidade.

E com essas palavras ele a envolveu e a tomou para si, numa demonstração de amor e comunhão, seus corpos unidos na mesma sintonia, vibrando na melodia do amor.

O sol se deitou, e o manto da noite os cobriu, numa imensidão de veludo azul coalhado de estrelas que se derramaram sobre eles. A lua acabou por vir saudá-los, e os deuses se aquietaram em respeito a tanto amor.

FIM